太平洋戦争研究会主宰
（『ペリリュー ─楽園のゲルニカ─』原案協力）
平塚柾緒

玉砕の島ペリリュー

生還兵34人の証言

PHP

2015年４月９日、天皇・皇后両陛下がペリリュー島を慰霊訪問。「西太平洋戦没者の碑」に花を手向け、一礼される（毎日新聞社提供）。

世界遺産にも登録されているロック・アイランドの「南洋松島」の景観（1972年）。

米軍が最初に上陸を試みたペリリュー島の西浜。米軍はオレンジビーチと呼んだ（2015年）。

ペリリュー島（左）とガドブス島（右）。蒼い海と蒼い空に挟まれている（2015年）。

日本軍の95式軽戦車。

米軍の水陸両用戦車。

洞窟陣地から海上をにらむ日本軍の火砲（４点とも2015年）。

ペリリュー島の洞窟の入口。こうした洞窟が無数に残されている。

日本政府が建立したペリリュー島西浜の「西太平洋戦没者の碑」。2015年４月に天皇・皇后両陛下が慰霊に訪れた（２点ともに2015年）。

中川州男大佐（戦死後、２階級特進で中将）をはじめとするペリリュー守備隊司令部の最期の地・大山の洞窟前に建てられた「鎮魂」の碑。

はじめに

戦後に生まれ育った日本人にとって、パラオ諸島とかペリリュー島、アンガウル島といった地名はあまり馴染《なじ》みがなかったと思う。この馴染みの薄い島々を、我々日本人に身近な存在にしてくれたのは、二〇一五年四月の天皇・皇后両陛下によるペリリュー島への慰霊《いれい》訪問であった。天皇・皇后両陛下がパラオを慰霊のために訪問すると発表されたとき、日本の各マスコミをはじめ多くの国民は「なんで？」と首をかしげたに違いない。戦後育ちの日本人の中で、パラオ諸島（現パラオ共和国）のペリリュー島とアンガウル島が日米の激戦地で、日本軍が全滅した戦場――玉砕《ぎょくさい》の島であることを知っている人は関係者を除いてあまりいなかったからだ。

両陛下のペリリュー島訪問は、多くの日本人にペリリュー島の戦いに興味をそそがせた。その証拠ともいえるのが、二〇一六年の年初から漫画雑誌「ヤングアニマル」（白泉社）に連載がはじまった武田一義さんの『ペリリュー　―楽園のゲルニカ―』が、多くの読者を集めていることだ。同作品は二〇一七年度の日本漫画家協会賞優秀賞も受賞している。漫画はあくまでもフィクションであるが、全体のストーリーは史実に裏打ちされており、作者の武田さんは二〇一七年四月につづいて、二〇一八年六月にもペリリュー島に渡って現地取材を行っている。

「ペリリューの戦い」に代表されるパラオ諸島の戦闘は、アメリカでは知られた激戦の一つに数えられている。その大きな理由は、米軍の敵前上陸部隊の代表的存在である第1海兵師団の歴史で、唯一〝敗北の戦場〟として記録されているのがペリリュー島だからである。詳細は本文に譲《ゆず》るが、精鋭を誇る米第1海兵師団はガダルカナル戦を皮切りに、沖縄戦にいたるまで常に第一線で戦っている。その第1海兵師団配下の第1海兵連隊は損害が大きく、ペリリュー島上陸二週間後に「戦力回復」のために早々と島を去り、残る連隊も十月三十日までにすべて島を去っている。

日本軍守備隊一万、攻める米軍四万強と、圧倒的戦力を有する米軍がなにゆえに大きな損害を出したのか。その裏には、それまでの日本軍守備隊には見られなかった新たな戦術があったのだ。それは、最後の一兵になるまで戦う「徹底抗戦」を唯一最大の戦術としたからである。

ペリリュー地区隊長の中川州男《なかがわくにお》大佐は、米軍上陸前の一九四四年八月末に「ペリリュー地区隊戦闘指導要領」なるものを策定しているが、その第五項に記している。敵を水際《みずぎわ》で撃滅することができず、橋頭堡《きょうとうほ》を築かれてしまったときは、島の中央に連なる洞窟陣地に潜み、積極果敢なゲリラ戦を展開するとしたのである。そのため中川大佐は、島の山岳地帯にくまなく洞窟陣地を築き、兵も武器もすべて洞窟内に隠蔽《いんぺい》して敵を迎え撃ったのである。しかし、敵米軍に島を包囲され、一粒の米も、一発の小銃弾も補給されない守備隊の全滅は時間の問題であったが、米軍指揮官の「三日か四日もあればこんな島は占領できるさ」という豪語に抗して、日本軍は七十四日間も抵抗したのだった。

ところが指揮官自決後の島の洞窟やジャングルには、尚も何十人かの日本兵が潜み、抵抗をつづけていた。そして最後の日本兵が銃撃戦の末に〝投降〟してきたのは、終戦後の一九四七年（昭和二十二）四月二十二日であった。その数は三四人を数えた。

本書は、この三四人の体験談を中心に、パラオ集団司令部（第十四師団司令部）参謀長の多田《ただ》督知《とくち》大佐が、戦後、パラオから復員する際、米軍MPを欺《あざむ》いて日本に持ち帰ることに成功した、ペリリュー守備隊が集団司令部に発信した戦闘報告の電文綴《つづ》りを参考にまとめたものである。

尚、戦闘報告の電文綴りは、アンガウル島戦からの生還者・船坂弘氏の『玉砕――暗号電文で綴るパラオの死闘』（読売新聞社）を参考にした。

玉砕の島 ペリリュー　目次

本書は、二〇一〇年八月に学研パブリッシングより刊行された『証言記録　生還――玉砕の島ペリリュー戦記』を加筆修正・改題のうえ、復刊したものです。

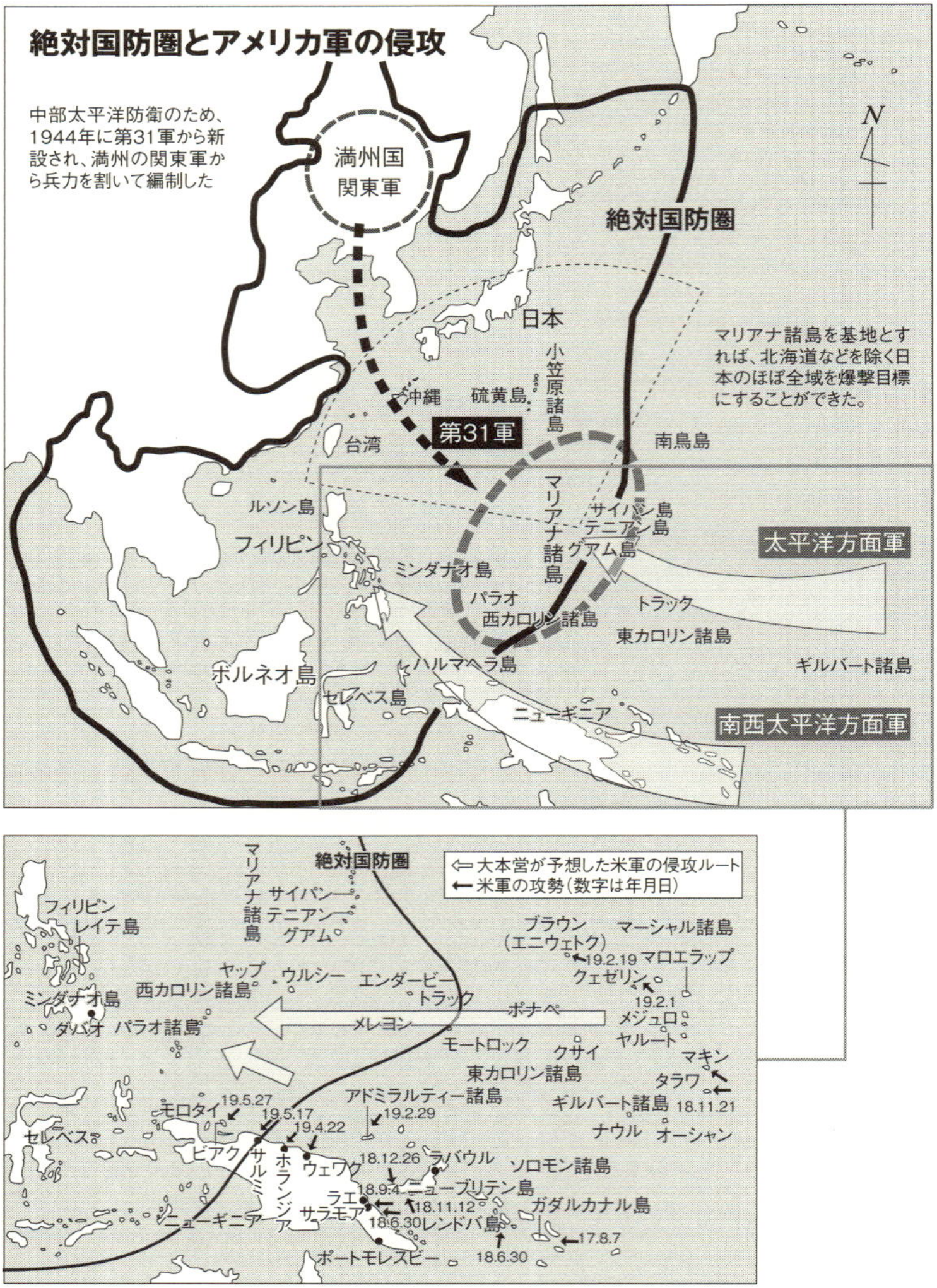

昭和19年初頭、米軍は、マーシャル諸島を攻略。大本営は、米軍の次期攻略目標を、ニューギニアからの攻勢ルートと太平洋ルートが合流するであろう西カロリン諸島、とくにパラオ諸島と想定した。

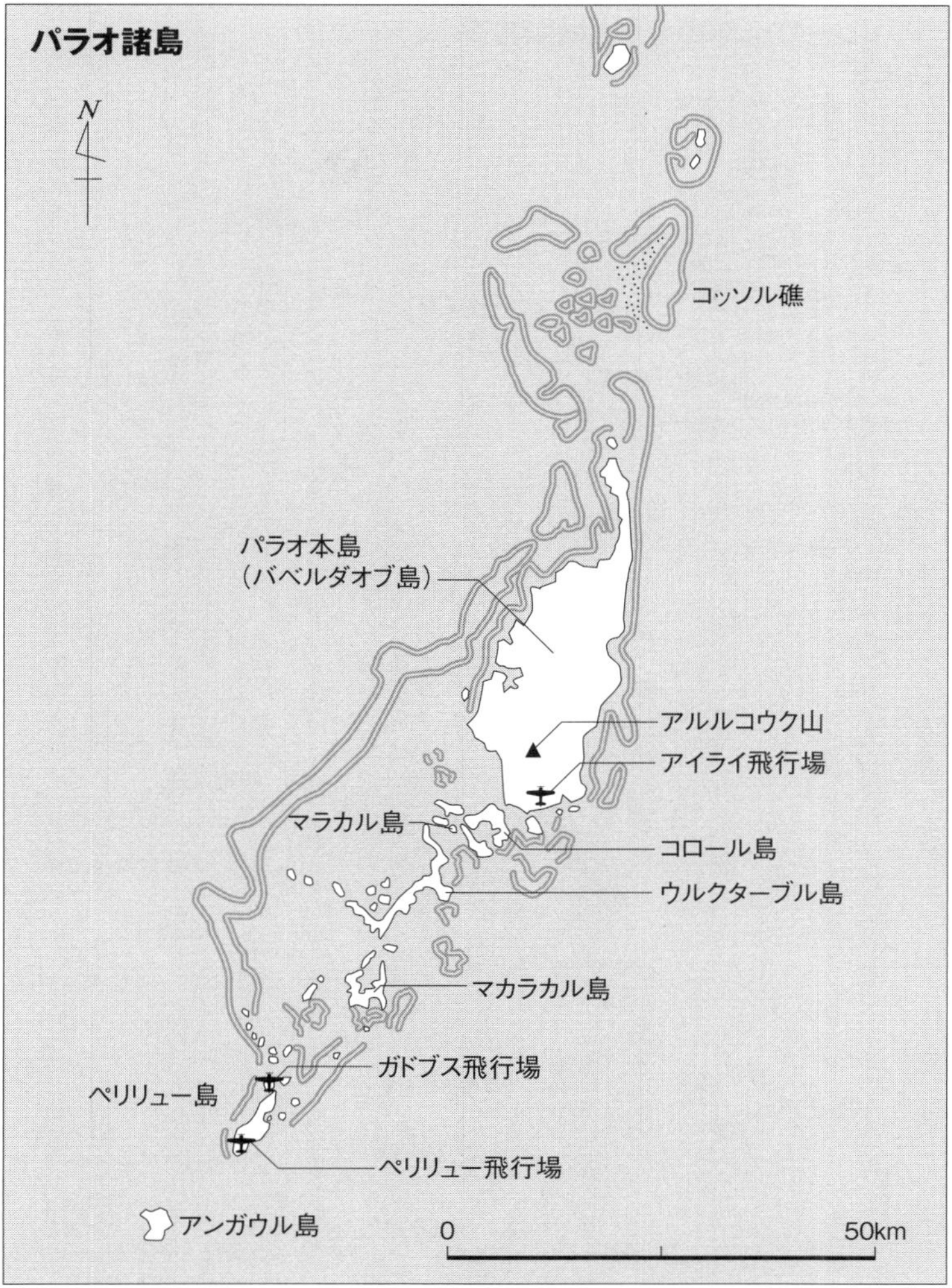

パラオ諸島は、環礁に囲まれたうえに多くの島があり、艦隊泊地として適していた。またペリリュー島の飛行場は大型機用滑走路が2本あり、ガドブス島の飛行場と合わせれば東洋一といわれる有力な航空基地といえた。

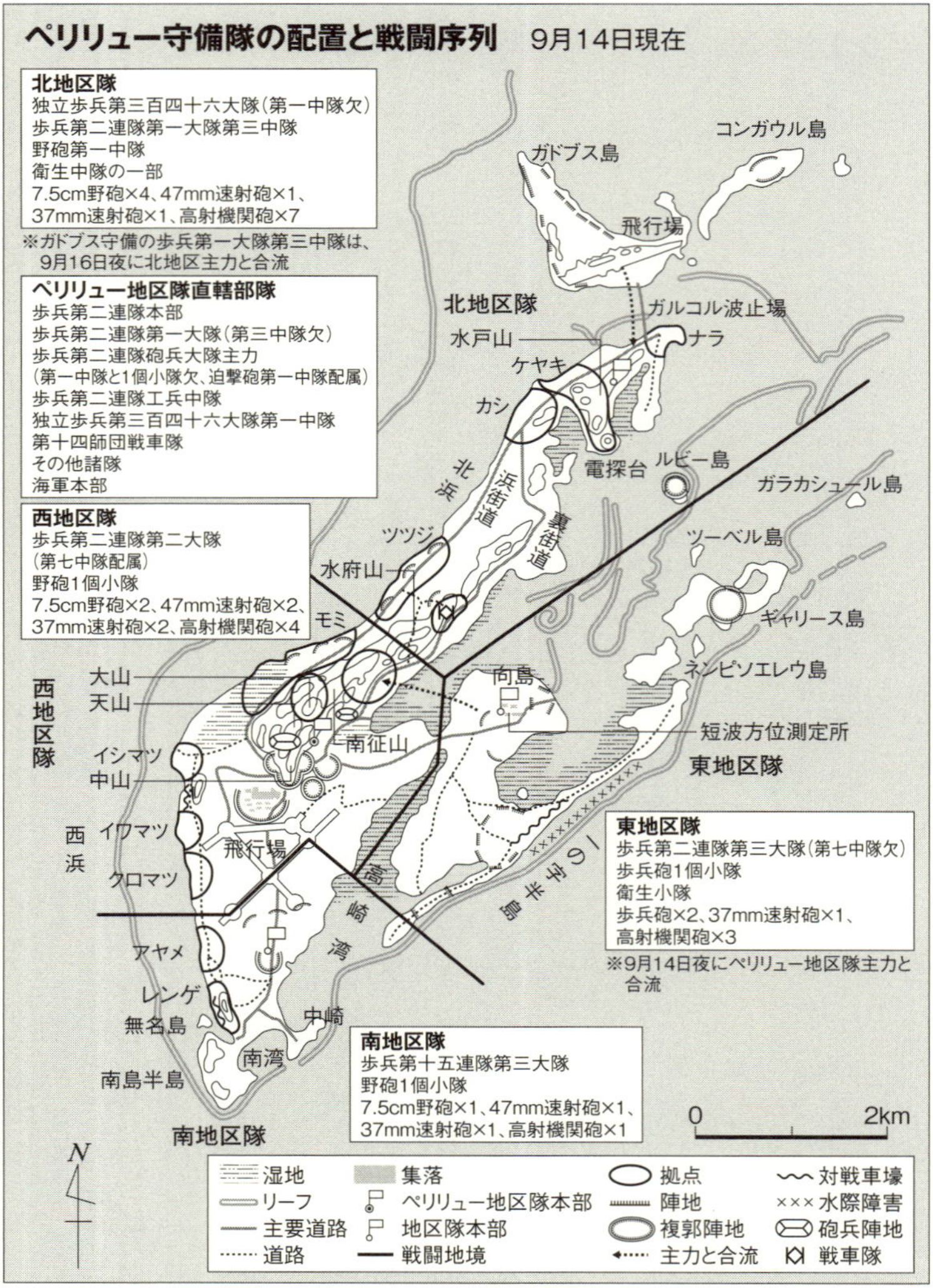

水戸歩兵第二連隊を基幹とするペリリュー守備隊は、水際に強固な拠点を築くとともに、山地にも持久のための陣地を準備した(直轄部隊の各種火砲は省略)。

序章　五十年目の玉砕地

——ペリリュー島と生還兵たち

激戦の島へ

その日のコロール波止場《はとば》は、早朝から賑《にぎ》わいを見せていた。人々の多くはアメリカ人で、高齢の男女が目立った。赤道直下のパラオ諸島は湿度が高く、陽射《ひざ》しも強い。それら気候のせいばかりではないだろうが、人々は男も女も短パン姿が目立った。

日本が先の戦争で連合国に降伏するまで、国際連盟信託統治領のパラオ諸島は日本が委任統治する「南洋群島」の中心地だった。そのパラオの中心地がコロール島で、南洋庁も置かれ、多くの日本人が住んでいた。戦後は国際連合＝国連のアメリカ委任統治領を経《へ》て、一九九四年にパラオ共和国として独立を果たした。コロール波止場は、そのパラオ共和国の首都であるコロール町(コロール島)の海の玄関である。

波止場の岸壁《がんぺき》には、一隻の軍艦が横付けされていた。アメリカ海軍の強襲揚陸艦《きょうしゅうようりくかん》で、艦名は「ペリリュー」といった。強襲揚陸艦とは、部隊が敵前上陸を行うときに海兵隊員や戦車などを海岸線まで運ぶ艦《ふね》のことである。軍艦の中では小型の部類に入るけれども、普段、艦艇《かんてい》などに接する機会のない私どもには、とてつもなく大きな鉄のかたまりに見えた。

その日、平成六年(一九九四)九月十五日の朝、私たち二十数人の日本人グループは、強襲揚陸艦と同じ名前のペリリュー島に渡るため、ホテルを出て港にやってきたのである。ペリリュー島は昭和十九年(一九四四)十一月に日本軍守備隊が玉砕した島である。私を除くメンバーの大半は、島で戦死した日本兵の遺族か旧軍関係者だった。

私たちはカラフルなシャツを着たアメリカ人たちをかき分けるようにして、岸壁につながれた船に乗り込んだ。船は大型遊漁《ゆうぎょ》船ほどの大きさで、ペリリュー州政府所有の連絡船だった。

やがて船はディーゼルエンジンをうならせて岸壁を離れ、ペリリュー島をめざした。パラオ諸島の最南端にあるペリリュー島は、コロール島から直線距離にしておよそ四五キロある。パラオ諸島は二〇〇以上もの小島からなっているため、航路もロック・アイランドと呼ばれる風光明媚《ふうこうめいび》な島々を縫《ぬ》うように走るため、優に五〇キロは超える距離になる。

私がペリリュー島を訪れるのは、この日が七回目だった。渡島の目的は、いずれもペリリュー戦の生還者や遺族に同行しての遺骨収集と慰霊《いれい》の旅だった。

詳しくはのちに触れるけれども、昭和十九年（一九四四）九月十五日、ペリリュー島の日本軍守備隊（総兵力九八三八名）は、延《の》べ四万二〇〇〇の米軍の強襲を受け、文字どおりの死闘を開始した。戦いの帰趨《きすう》は、七十四日後の十一月二十四日に日本軍守備隊長の自決をもって決するが、実は、戦いはその後もつづいていたのである。戦後の昭和二十二年（一九四七）四月、ペリリュー島のジャングルや洞窟の中から武装した三四名の日本兵が、米軍と家族の必死の救出作戦に応じて〝投降〟してきたのである。

戦後も二十五年を過ぎた昭和四十五年（一九七〇）の秋ごろから私たちは、兵士として戦争を体験した人たちの取材を進めていた。当時、私は出版社に勤めていて、週刊誌編集部に籍をおいて記事を書いたり編集業務に就《つ》いたりしていた。その週刊誌で、戦争体験者の聞き書きを連載することになったからである。

連載記事は「ドキュメント太平洋戦争——最前線に異常あり」というタイトルで、翌昭和四十六年の新年号から一年間の予定で開始された。先に「私たち」と書いたように、この連載の取材・執筆のために、私は「太平洋戦争研究会」という取材・執筆のグループを立ち上げた。メンバーはずいぶん入れ替わったが、常時五〜六名の人たちが取材に当たっていた。当時のメンバーの中には、現在でも著名な作家として活躍している人や、何十冊もの戦史を著している現代史家もいる。

私がペリリュー島から生還した三四名の日本兵の存在を知ったのは、連載がスタートして間もないころだった。部隊が玉砕してから二年半も洞窟に潜んでゲリラ戦をつづけていたという異常さに惹《ひ》かれ、私は自ら三四名が作っている戦友会「三十四会《みとしかい》」に接触した。

私がこの戦友会に惹かれた理由は、もう一つあった。ペリリュー島守備隊約一万名の中核になったのは、茨城県水戸の歩兵第二連隊で、将兵の大半は私が生まれ育った故郷の人たちだったことだ。そして「三十四会」と接触し、戦友会の名簿を手にして私は驚いた。歩兵第二連隊の生還者の五〜六名は、私が生まれた村に隣接する町や村の人たちだった。さらに驚いたことに、名簿には母親の従兄弟《いとこ》の名前もあったのである。

私は半ば興奮気味に、茨城の母親に電話を入れ、事のいきさつを説明した。

「そういえば、三郎（本名・浅野三郎）が復員してきたのは戦争が終わってだいぶ経《た》ってからだったなあ……」

「それで、今どこに？」

「ああ、あれは死んだよ。還ってきてから十年ぐらいしてからだったかなあ、交通事故でなあ……」

文字どおり九死に一生を得て帰還したのに、まだ三十代の若さで死んでしまうとは――私は愕《がく》然《ぜん》として言葉が出なかった。

こうして私と三十四会の接触がはじまり、五～六名の生還者に集まっていただき、座談会形式で話を聞いたこともある。東京から遠く離れて住んでいる人の場合は、ルポライターの広田和子さんに取材していただいた。戦友会の例会にも何度か出席した。そんなあるとき、生還者の人たちからペリリュー島行きを誘われた。

「今度、われわれ三十四会の有志は遺族の皆さんと一緒に遺骨収集に行くんだが、あんたも行きませんか？」

戦友会の何名かはすでに遺骨収集に参加した経験を持っていて、現地の様子を語ってくれた。

「厚生省（現・厚生労働省）などはペリリュー島の遺骨収集は済んだと言っているけど、それは山の麓《ふもと》や平地でのことで、崖の中腹や山の中の洞窟内は、玉砕した当時のままだよ。戦友の遺骨が折り重なっているんだ。あんたも、一度見ておいた方がいいと思うよ」

私は辞退する理由が見つからず、結局、同行することになってしまった。昭和四十七年（一九七二）三月のことだった。以来、平成五年（一九九三）九月十五日の渡島まで六回を数えることになる。平成五年の渡島は、仏式の「五十回忌」にあたり、パラオ集団（第十四師団を中心とする日本軍のパラオ防衛部隊）のいくつかの戦友会と遺族によって結成された慰霊巡拝団だった。

そして翌平成六年の七回目の渡島は、アメリカ政府とペリリュー州政府共催の「ペリリュー戦五〇周年記念式典」に自主参加することだった。

船中の邂逅《かいこう》

船は南洋群島を代表する景勝の地・ロック・アイランドを、滑《すべ》るように進んでいた。このロック・アイランドを、日本の人々は親しみを込めて「南洋松島」と呼んでいた。ペリリュー島までの五〇キロの間に大小さまざまな島が浮かんでいるからである。水深のある海はどこまでも蒼《あお》く、浅瀬にかかると、珊瑚《さんご》の白い海底は色彩豊かな魚たちの遊泳を見せてくれる。

私は隣に座っている、がっしりした体格の年輩者に声をかけた。

「ペリリューは何回目ですか？」

「初めてです」

「ご遺族ですか？」

「ペリリューで戦っていました。工兵隊の少尉でした」

その年輩者はそんなふうに応《こた》えたように思う。私たちはおたがいの姓を告げ合い、「どうぞ、よろしく」と軽く会釈をし合い、短い会話はそこで終わった。

工兵隊の少尉——私はそっと腰を上げ、船尾に移ってナップザックからツアー参加者の名簿を取り出した。そして「藤井」と名乗った元少尉の名前を探した。

藤井《ふじい》祐一郎《ゆういちろう》。栃木県小山《おやま》市に住む人だった。同時に私はハッとした。五十年前の今日、すなわち昭和十九年九月十五日の早暁、米軍がペリリュー島への上陸戦を開始してきたとき、その真正面を守備していたペリリュー守備隊西地区隊に配属されていた工兵隊の小隊長だった人ではないか——。

当時の私は、このペリリュー戦の実態を書くつもりで、奇跡の生還を果たした三四名の日本兵を取材中だった。その三四人の生還兵の中で、将校は山口永《やまぐちひさし》少尉ただ一人だった。だが、取材の過程で山口少尉のほかにも数人の将校が生還していることを知った。

ペリリュー守備隊約一万名の中で、前記の三四名のほかに生還できた将兵は三〇二名にすぎない。生還者の多くは戦闘開始早々米軍に投降した朝鮮半島出身の軍属で、飛行場建設などに動員されていた人たちだった。実際の戦闘員で捕虜になったのは、負傷などで体の自由がきかなかった一四名だけだった。藤井少尉もその負傷による捕虜の一人だった。ペリリュー戦を玉《たま》と砕《くだ》ける「玉砕戦」と書けば悲壮な美しさも漂《ただよ》うが、実際は凄絶《そうぜつ》な全滅戦だったのである。

当初、私はペリリュー戦の数少ない証言者として山口、藤井の両少尉に会うことから取材をはじめようとした。山口少尉は茨城県の生家の跡を継いでいたからすぐにお会いできたが、藤井少尉はついに居所がわからなかった。私が熱心に捜さなかったこともあるが、ペリリュー島で藤井さんに直接聞いたところ、当時は仕事の関係で四国に住んでいたという。

その藤井少尉が、いま偶然にも一緒の船でペリリュー島に渡ろうとしている……。私は、うっすらと水平線上の彼方《かなた》に姿を見せてきたペリリュー島の低い山並みを見つめながら、感慨にひたった。

終戦（アメリカにとっては「戦勝」）五〇周年目にあたる一九九四年、アメリカ政府は世界各地で第二次世界大戦五〇周年の記念式典を開いていた。いわゆる〝戦勝記念祭〟である。ナチス・ドイツに対する反撃のスタートとなったフランスのノルマンディーでも盛大な式典が行われた。もちろん太平洋戦線の激戦地でも次々と開いていた。式典はいずれも米軍が上陸を決行した日か、占領を宣言した日が選ばれていた。

アメリカ政府がグアム島に次いで中部太平洋地域で行った式典は、パラオ共和国のペリリュー島であった。昭和十九年九月十五日、米軍はフィリピンのレイテ島上陸に先立って、航空基地確保と日本軍撃滅を狙《ねら》ってペリリュー島と隣のアンガウル島に上陸を敢行してきた。アメリカ政府とパラオ共和国ペリリュー州共催の記念式典は、この米軍上陸五十年目の九月十五日に行われたのである。

日本でも旅行会社が「五〇周年祭パラオ諸島友好親善慰霊巡拝団」という形で参加募集を行

い、五〇名ほどがパラオに飛んだのだった。しかし、ペリリュー島の式典への参加者は二〇余名にすぎなかった。軍隊経験者や遺族の中には、「アメリカの戦勝記念祭には参加できない」と辞退者が続出したからである。

われわれ式典参加希望の日本人を乗せた船は、予定どおり島の北端にあるガルコル波止場に着いた。岸壁では島の女性たち十数人が手を振っている。そして船から上がった私たちに、女性たちは小さな貝殻で作ったレイを一人一人の首に掛けてくれた。

「よくいらっしゃいました」

満面に笑みを浮かべ、きれいな日本語で歓迎の言葉を述べた。

いってみれば、われわれの団体は押しかけ参列者で、式典に招待されているわけではない。しかし、島の人たちはそんなことには意を介するふうもなく、ほとんど同時に着岸したアメリカ人たちと同じに、私たちを歓迎してくれたのだった。

波止場から式典会場に通じる道路の両側には、パラオ国旗とペリリュー州旗、さらに星条旗と日の丸が交互に立てられ、潮風にはためいていた。それを見た途端《とたん》、私は、このイベントが単なる〝戦勝記念祭〟ではないのだと知らされた。

あとで日本の委任統治時代を知っている知り合いの島の老人に質問すると、その人は言った。

「式典には誰が参加してもいいんだ。日本人を断わる理由なんかない。だって、この島は日本の兵隊さんのお墓じゃないか。アメリカは戦争が終わると戦死した兵隊の遺体は全部持ち帰ったけど、日本の兵隊さんの遺骨はいまもペリリューにある。日本人が来るのは当たり前だし、当然だよ。死んでしまえば敵も味方もない、みんな神様だよ」

式典会場は島の小中学校の校庭だった。すでに学校の周囲には大勢の人たちが集まっていた。ベテランズと呼ばれる七十過ぎの元米兵の姿も多い。元将兵の子供や孫たちと思われる若いカップルも多く、それら約二〇〇〇人強のアメリカ人の大半は米海軍の強襲揚陸艦「ペリリュー」でやってきて、その艦に寝泊まりして一週間をパラオで過ごすのだという。本来なら客船をチャーターして寝泊まりした方が快適なはずだが、アメリカ政府はあえて激戦地の名をとった「ペリリュー」を派遣したのだった。

五十年目の再会

会場はアメリカからの参加者と地元の老若男女でごった返していた。陸・海・空・海兵の米四軍の現役将兵もパレードの準備をしている。

「平塚さん」

突然、後ろから声をかけられた。早川一郎《はやかわいちろう》さんだった。早川さんとは五、六年前のパラオ諸島慰霊巡拝団で一緒になり、それが縁で東京でも酒を酌《く》み交わす間柄になっていた。早川さんは父親の仕事の関係で、戦時中の少年時代をパラオで過ごした方である。

「山口さんにお会いになりましたか?」

私は、あの山口永少尉かと聞き返した。そうだと言う。

「山口さんが来てるんですか？」

驚いた私は聞き返した。

「ほら、あそこにいますよ」

そう言って早川さんは学校の前に建つ島の集会所の方を指さした。早川さんの話では、数日前から山口さんと同じ歩兵第二連隊に所属していた元兵士との三人で島に滞在しているという。目的は、元米軍将校だったアメリカ人と一緒に行う、中川大佐の司令部壕跡（戦闘指揮所）の調査だった。中川大佐というのは中川州男《なかがわくにお》歩兵第二連隊長のことで、米軍と激闘を展開した日本軍のパラオ集団ペリリュー地区隊長だった人である。

中川大佐を指揮官とするペリリュー守備隊は、米軍上陸以来二カ月半、文字どおりの死闘を繰り広げ、昭和十九年十一月二十四日午後、中川大佐をはじめ守備隊首脳は自決し、七十四日間の戦闘に終止符を打った。その自決の場所は、戦闘指揮所になっていた島の中央に聳《そび》える大山（日本軍の呼称）の洞窟とされており、近くには慰霊碑も建立されている。慰霊団が必ず訪れる場所の一つである。

ところが、戦後の米軍調査資料によれば、日本軍の司令部洞窟は別のところで、現在「最期の地」とされている洞窟から数百メートル離れたところにあるという。この情報を日本側にもたらしたのは、当時、ペリリューで日本軍と戦い、退役後はハワイの米軍関係の仕事に携わっているアメリカ人、すなわち、山口さんや早川さんたちと一緒に洞窟調査をしている元米軍将校その人であるという。

「洞窟の中には間違いなく中川大佐たちの遺骨があるはずです。ところが米軍が洞窟を爆破しているため、入口は大きな岩で塞《ふさ》がれており、とても人力では動かせないんですよ。あきらめざるを得ません……」

早川さんはそう言い、無念の表情を見せた。

私は山口さんに近寄り、型通りの挨拶《あいさつ》と長年のご無沙汰を詫《わ》びたのち、言った。

「山口さんは、同じ西地区隊にいた工兵隊の藤井少尉を記憶してますか？」

「ええ、よく覚えてますよ」

山口さんは当然のことのように答えた。

「実は、ここへ来てます。お会いになりませんか？」

私の唐突な申し出に驚いたのか、山口さんは一瞬、言葉を失ったように「ええ」と短く答えた。私は藤井さんのもとに走り、山口さんのところに案内した。

二人が顔を合わせるのは、五十年前のこの日、米軍がペリリュー島に上陸した日以来のはずである。

栃木県生まれ（藤井）と茨城県生まれ（山口）の武骨な二人は、ぎこちなく挨拶を交わし、

「やあ、どうも……」

ペリリュー島で50年ぶりに再会した山口永さん（右）と藤井祐一郎さん。

ペリリュー島の玄関であるガラコル波止場前に作られた、50周年記念式典参加者の歓迎ボード。旗は右から日本の日の丸、ペリリュー州旗、パラオ国旗、アメリカの星条旗。

と言い、しばらく見つめ合っていた。私は他人の秘め事を盗み聞きするような心境にとらわれ、数歩下がっていた。二人は何ごとかを話しはじめ、やがておたがいの住所でも教え合っているのか、二人ともメモを取りはじめた。

終戦のとき二人の元将校は二十五歳だったから、再会したこのときは七十五歳になっていたはずだ。二人は再会でも約束していたのか、何度も両手を握り合い、離れていった。

捕らわれた藤井少尉

五十年前の昭和十九年九月十五日、米軍がペリリュー島の上陸地点に選んだのは日本軍が西浜と呼んでいた南部海岸だった。詳細は後章にゆずるが、守備をしていたのは歩兵第二連隊（水戸）第二大隊の西地区隊と、歩兵第十五連隊（高崎）第三大隊の南地区隊だった。

日本軍は西浜に六つの水際《みずぎわ》陣地を構えていた。北からモミ、イシマツ、イワマツ、クロマツ、アヤメ、レンゲと名付けられていた。山口少尉が所属した歩兵第二連隊第六中隊は一番北のモミ陣地で、藤井少尉の工兵小隊が配属された第五中隊はイワマツ陣地だった。米軍の先遣第一陣は、このイワマツ陣地の真正面に殺到してきたのである。

戦闘は熾烈《しれつ》をきわめた。しかし、日本軍守備隊はよく耐え、米第一陣の撃退に成功した。

米軍は西浜正面の日本軍を強力と見たのか、正面を迂回《うかい》して西地区隊と南地区隊の間にできたわずかな間隙《かんげき》を衝《つ》くかたちで強行突破をはかり、上陸に成功する。このため山口少尉や藤井少尉たちの西地区隊は、米軍に背後を衝かれる形になり、最前線の海岸陣地に取り残されてしまうのである。

「本当にひどかったのは一週間くらいでした。その後はもっぱらゲリラ戦です。山間の自然の洞窟を利用して造った陣地に引き揚げて、防禦態勢《ぼうぎょ》に入ったわけです。日中は洞窟陣地にいて、夜になったら出かけていくゲリラ戦の毎日でした」(山口少尉)

十月に入ると日本軍はジリジリと追いつめられ、戦闘がつづいているのは守備隊の戦闘指揮所がある島の中央山岳部と北部の一部くらいだった。いぜん南部の旧陣地付近にいた藤井少尉と工兵中隊の生き残り兵は、二組に分かれて脱出することにした。一組はまだ戦闘がつづいている北地区に向かい、もう一組はパラオ集団司令部があるパラオ本島をめざすことにした。

藤井少尉は部下の斎藤治作《さいとうじさく》軍曹と桜井操《さくらいみさお》上等兵と相談、北地区に脱出することにした。

「海が干潮になった夜の十二時過ぎに海岸を離れ、沖合のリーフづたいに北に向かったです。二キロ近くも進んだでしょうか、小休止をしているうちに三人とも眠ってしまったです。戦闘前の私は一七、八貫(約六四~六八キロ/一貫は三・七五キロ)はあったけど、そのころは一二、三貫目(約四五~四九キロ)しかなく、体力がないうえに疲れも重なって眠ってしまったんでしょうね。目を覚ますと海は満潮になっており、その上リーフのまわりは米軍の小型舟艇三隻に取り囲まれていた。もう動きが取れない……」

パラオ諸島の島々は隆起珊瑚礁(リーフ)に囲まれていて、天然の防波堤の役割を果たしている。沖合二〜三キロにあるリーフ外側の外海は文字どおりの深海で波も荒いが、内側は波も穏やかで、まるで湖のようである。「南洋松島」といわれるゆえんである。そのため大型船舶が波止場に着岸できるのは、リーフの切れ目につながる水道に恵まれているところに限られた。

パラオがトラック島とともに、日本海軍の前線基地になっていたのも、護《まも》りやすく攻めにくいという地形上の理由によるところが大きかった。ペリリュー海岸に大型強襲揚陸艦などが乗り上げられなかったのは、この天然防波堤のためだった。

藤井少尉たち三人は自決を決意した。手榴弾を取り出し、リーフで叩いた。だが、手榴弾は「二つともハネない」。満潮で水浸しになり、発火しなかったのだ。

「そのときです、舟艇の米軍がダイナマイトを放り投げてきたんです。それっきり私は意識がなくなり、気がついたときはハワイの米軍病院にいました。あとで聞いたところによれば、米軍の負傷者搬送機でハワイへ送られたそうです」

藤井少尉が飛行機で運ばれたのは数少ない将校の捕虜だったからである。

「ハワイの病院には六カ月ほどいましたが、傷が良くなってからは連日のように尋問を受けました。特に聞かれたのは、私が北関東出身ということで、群馬の太田市にある中島飛行機製作所のことだったですね。私はずっと軍隊にいたから、太田のことなんか知らないって答えていると、『お前は典型的なトージョー・ボーイだ』って言われ、サンフランシスコ湾に浮かぶエンジェル島の刑務所に入れられてしまった。足にクサリを巻かれて一カ月くらいいました」

そして次に移送されたのが、テキサス州のサン・アントニオにある捕虜収容所だった。

「私の隣の幕舎には真珠湾攻撃のときに特殊潜航艇に乗って出撃し、艇の故障で捕虜になった酒《さか》巻《まき》和《かず》男《お》少尉がいました。酒巻さんは毎朝六時に観音経を唱えはじめるので、私には時計代わりになってました。

酒巻さんという方は大変な人格者だったようで、収容所内を歩いていると米軍将校が酒巻さんに敬礼していくんです。私は、どうしたらあのような人格を形成できるんだろうと、ある日酒巻さんの幕舎を訪ね、観音経を教えていただきました。それ以来、私も観音経に親しむようになり、ペリリューにも当時の部下や戦友の名前を書いた写経を持参し、慰霊碑に供えてきたわけです」

藤井少尉が日本に帰還したのは終戦翌年の昭和二十一年一月だった。米軍艦艇で浦賀に上陸したのだが、上陸と同時に再び米軍に呼び戻され、その場で別の駆逐艦に乗せられた。そして連れていかれたのが、なんとペリリュー島だった。

米軍は戦後、日米の各激戦地の戦闘を再調査し、以後の作戦資料にするため綿密な戦場再現をやっていた。米軍にとって、太平洋戦争下の激戦地の一つに挙げられているペリリュー島の生還者である藤井少尉は、貴重な存在だったのである。その藤井少尉が、本当に帰還できたのはその年、昭和二十一年八月だった。生家の仏壇にはすでに藤井少尉の位牌が置かれていた。

前記したように、ペリリュー島からの将校の生還者はほんの数人にすぎない。その一人の山口少尉は、藤井少尉が再度ペリリューに連れて来られたときは、まだ三三人の日本兵たちとともに島の洞窟に潜んでいた。そして山口少尉ら日本兵が救出され、日本に帰ったのは昭和二十二年四月である。五〇周年式典に参加したアメリカ人の元兵士たちの間でも、「ゲリラ隊長ヤマグチ」は知られた存在で、英雄扱いだった。この数奇な運命をたどった二人の将校が、その激闘の地・ペリリュー島で再会した。

「どうしていままでペリリューに来なかったんですか?」

私は藤井さんに聞いた。

「この五十年間、整理がついていなかったもので……。ペリリューに行くときは、すべての部下と一緒にと思っていたから、全員の墓参りを済ませ、写経し、そしてペリリューの霊前に参ろうと思っていたからです。

私は『生きて虜囚《りょしゅう》の辱《はずかし》めを受けず』という『戦陣訓』を身をもって体験してきた一人です。しかし、私自身は決して恥ずかしい行いをしたとは思っていません。やるだけのことはやったのだという、満足感のほうが強いですから……」

第1章

死出の旅

――極寒の満州から赤道直下のパラオへ

絶対国防圏

清朝最後の皇帝・愛新覚羅溥儀《あいしんかくらふぎ》を皇帝に据えた「満州帝国」は、日本の敗戦と同時に瓦解《がかい》した。その満州北部の海拉爾《ハイラル》、斉斉哈爾《チチハル》、嫩江《のんこう》（ネンチィアン）、昂昂渓《こうこうけい》付近の守備についていた関東軍の精鋭、第十四師団（宇都宮）に太平洋方面への転進命令が下ったのは昭和十九年（一九四四）二月十日であった。零下三〇度を超える極寒の地から赤道直下への大移動である。

対米英蘭戦に突入して丸二年二カ月、日本軍の戦況ははなはだ悪かった。ミッドウェー海戦の惨敗（昭和十七年六月）を境に、米軍の本格的反攻作戦が開始されるや主客は逆転、長い敗走の旅の真っ只中だった。

「餓島《がとう》」といわれたソロモン諸島のガダルカナル島の奪還も成らず、昭和十八年二月に退却し、五月には北海の孤島アッツ島守備隊が全滅、隣のキスカ島守備隊は奇跡的な完全撤退に成功（同年七月）したものの、東部ニューギニアは地獄の戦場と化していた。広大な太平洋に散らばった日本軍に、明るい材料は何一つなく、日本の防衛線は縮まる一方であった。

もしこのまま手をこまねいていれば、日本が委任統治している国際連盟信託統治領の南洋群島、すなわちマーシャル、カロリン、マリアナの各諸島——いわゆる日本の〝外堀〟を敵手に委《ゆだ》ねることにもなりかねない。

これらの外堀を突破されれば、日本軍が占領しているフィリピンは直接攻撃にさらされるし、台湾、沖縄はいうにおよばず、日本本土自体が裸同然になってしまう。そして、事実そのとおりになるのだが、それは「大日本帝国」の崩壊を意味した。

大本営が『帝国戦争目的達成上絶対確保ヲ要スル圏域』、いわゆる「絶対国防圏」なる外堀防衛の新作戦方針を打ち出したのは、このような情勢下のときであった。

大本営とは日本独特の対外戦争指導機関のことである。戦前の大日本帝国憲法には「天皇ハ陸海軍ヲ統帥ス」とあるように、日本軍の最高指揮官は天皇であって、絶対の命令指揮権を持っていた。これが「統帥権」で、首相をはじめ陸軍大臣、海軍大臣でも介入することはできなかった。この統帥権の下に作戦計画や兵力の動員計画を実行する機関として置かれたのが、陸軍の参謀本部と海軍の軍令部であった。その作戦・動員計画の最高責任者が陸軍は参謀総長、海軍は軍令部総長といった。

しかし、いざ戦争となった場合、陸軍と海軍が別々に作戦を立てて勝手に兵力を動員していたのでは、それこそ戦《いくさ》にならない。そこで戦時に限って陸海軍が一体となって作戦を立て、遂行する機関として設置されたのが大本営である。明治二十六年（一八九三）の日清戦争開始直前に設けられたのが最初で、構成員は参謀本部員と軍令部員が横滑りで兼務し、それぞれ大本営陸軍部員、大本営海軍部員となり、参謀たちはいずれも大本営参謀となった。

だが、膨大な国家予算を消費し、複雑な国際関係が絡《から》む国対国の総力戦でもある現代の戦争で、内閣の首相や陸相、海相といった行政の責任者を除外しては作戦は成り立たないし、戦争も遂行できない。そこで日中戦争下の昭和十五年（一九四〇）十一月に設けられたのが「大本営政府連絡懇談会（のち「大本営政府連絡会議」に拡大）や「最高戦争指導会議」といった国の最高決定機関だった。

その大本営は昭和十八年（一九四三）九月三十日に御前会議を開き、新たな「戦争指導大綱」を決めた。すなわち「千島—小笠原—内南洋（中西部）—および西部ニューギニア—スンダ—ビルマをふくむ圏域」を絶対に守る線と決定したのである。世にいう「絶対国防圏」であった。

だが、この太平洋を真っぷたつに割った広大な地域の守備兵力は少なく、とても米軍には太刀打ちできない。そこで考え出されたのが、隊員の大半を現役兵で構成している日本陸軍の虎《とら》の子・関東軍配下の部隊の転用だった。マリアナ諸島（サイパン、テニアン、ロタ、グアム）への遼《りよう》陽《よう》に本拠を置く第二十九師団、西カロリン群島（ヤップ、パラオ諸島）への第十四師団の派遣は、関東軍からの本格的転用第一陣であった。

第二十九師団の歩兵第三十八連隊第三大隊員だった水上正《みずかみただし》一等兵は、グアム島の攻防で捕虜となり、米本国の収容所に送られて昭和二十一年暮れに帰還した一人である。

「われわれ兵隊に動員令が下ったのは昭和十九年二月十九日です。その前にも何度か動員がかかったことはありますが、行軍の途中で演習に代えられたりで、実際に動いたのは十九日が最初じゃった。遼陽から朝鮮半島を南下して釜山に着き、そこで輸送船に乗り込んだわけじゃ。

おかしいんじゃね、イ号演習という名目で動員をかけられたのに完全軍装したうえ、装備を全部新品と取り替えさせられたんじゃ。三八《さんぱち》式歩兵銃のかわりに新式の九九式をもらいました。帯《たい》剣《けん》も新品で、これには刃がついている。演習には刃のついた帯剣は持って行くことはないわけでしょう。それに防毒面や蚊帳《かや》もある。わしゃ擲弾《てきだん》兵でしたから九九式擲弾筒と持てるだけの弾薬(六発)を持たされました。これだけ持つと転んだら起き上がれないくらい重いです。

遼陽からは貨物列車で釜山に向かいました。その汽車の中で、どうもこりゃ演習じゃなくて大宮島(グアム島)に行くらしいという噂《うわさ》が流れましてな。本当だったわけだが、そのころ兵隊は大宮島がどこにあってどんな島なのかぜんぜん知らない。わかっていることといえば、南方にあって、日本が真珠湾を攻撃した直後に占領した島で、いいとこらしいというぐらいじゃった」

水上一等兵たち一般将兵が演習という名目で動員され、行き先も知らされないまま船に乗せられたのは当然であった。日露戦争以来、日本軍部の仮想敵国はソ連であった。その対ソ連用にのみ構成され、訓練されてきた在満州の関東軍精鋭部隊が、次々と任務地を去っていることがソ連にわかってはまことにまずい。秘密、秘密、何ごとも秘密裡《り》にというのが方針であったからだ。

事実、戦局が怪しくなり、どうしても関東軍を南方に転用しなくては台所が追いつかなくなった昭和十九年初めに「転用企図秘匿要領」なる文書が、在満各部隊に示達されている。

関東軍の精鋭、太平洋戦線へ

第二十九師団の水上一等兵と同じく、第十四師団の将兵も動員当初は本当の目的は教えられていなかった。同師団は歩兵第二連隊（水戸）、歩兵第十五連隊（高崎）、歩兵第五十九連隊（宇都宮）を中心とした北関東出身の現役兵で構成されていた。現役兵というのは予備役や後備役からの召集兵ではなく、二十歳の徴兵検査を受けて入隊した兵のことだから、大半は昭和十六年から十八年の間に入隊した者がほとんどだった。いずれも二十歳から二十二、三歳の若者ばかりである。

大本営の〝転進命令〟が出たとき、歩兵第二連隊は満州国黒龍江省の嫩江にいた。吐く息が凍り、立ち小便はたちまちにして半円形の棒状と化す酷寒の地である。その歩兵第二連隊第二大隊第五中隊の狙撃兵である程田《ほど た》弘《ひろし》上等兵には、その日、昭和十九年三月十日は「死出の旅」への出発日として、忘れられない記念日になっている。

「いやな記念日だが、冬期の大演習をやるなんてウソをつかれて出発したんです。当分帰ってこないから内地に送れるものはみんな送れ、貴重品や頭髪、ひげ、爪なんかも送れともね。それから貯金なんかも送っておけといわれました。私も貯金を送ったけど、このうち××円は学校へ寄付して、○○円は親たちが使えなんて書いてやりました。いまに換算すればかなりの額だったでしょうな」

このとき第二大隊本部付だった武山《たけやま》（旧姓・飯岡）芳次郎《よしじろう》上等兵は九〇円の貯金を持っていた。軍隊では金を使う必要もないから、九〇円という額は現役兵たちの平均貯蓄額でもあったらしい。敗色濃いとはいえ、昭和十九年初めころの日本軍には、まだ「給料」を払うだけの余裕があったらしい。

兵隊たちの給料は、武山上等兵の記憶では一カ月九円数十銭であったという。もっとも海軍の場合は板一枚下は死の海という危険手当も含まれていたのか、三〇円の高給取りであった。

程田、武山両上等兵の故郷は、関東平野のど真ん中に聳《そび》える筑波山の麗《ふもと》の静かな農村地帯だから、残っている親兄弟が食糧に困って飢えるということはなかった。しかし、米は強制的に供出させられていたから、農家の現金収入は少なかった。それだけに戦地の息子から送られてきた一〇〇円近い金は、大金であった。もちろん、なぜ送ってきたのかは知る由もなかった。

こうして「演習」という名目でそれぞれの任務地を後にした第十四師団の将兵は、満鉄（南満州鉄道）の無蓋《むがい》貨車に積まれ、一路、南下した。列車は師団の乗船待機訓練地である遼東半島の大連、旅順地区に向かっていたのだが、自分たちの行き先を知っている兵はいなかった。

三月十四日、列車は大連に着き、次いで終点の旅順に到着した。ただちに演習が開始された。この演習で、兵隊たちは初めて通常の演習ではないことを知った。敵前逆上陸戦闘、対潜監視にその戦闘法、対空監視、船舶遭難に対応する動作の訓練といった、およそ大陸とは縁のない演習ばかりだったからである。ここにいたって、兵隊たちは「南方」に派遣されることを感じはじめていた。

演習は十日間で打ち切られ、三月二十六、二十七日の両日をかけて大連港に停泊している三隻の輸送船（阿蘇山丸、東山丸、能登丸）に装備、資材の積み込みが行われた。このとき積載された装備、資材は、防衛研修所（現・防衛研究所）戦史室の戦史叢書によれば「弾薬半会戦分、自動車用燃料一カ月分、兵器手入材料、修理用部品、真空管三カ月分、乾電池類四カ月分、主食、副食、調味品六カ月分、衛生材料戦傷三会戦分（平病は三カ月分）等」であった。

一会戦というのは、普通三、四カ月間の作戦期間を想定した呼称であるから、弾薬の半会戦分は二カ月間前後の戦闘量しかない。他の資材を見ても、いずれも三、四カ月分であるから、第十四師団の命運はすでにこの出発のときに定められていたのであった。

もちろん補給を前提にした〝当面の携帯量〟ということであったのだろうが、当時の太平洋戦線の戦況を冷静に判断していた指揮官がいたとしたならば、補給は期待できないことを知っていたであろう。

事実、この半年後の昭和十九年九月十五日、パラオ諸島のペリリュー島に布陣していた歩兵第二連隊と歩兵第十五連隊（一大隊欠）、海軍の西カロリン航空隊（臨時編制の陸戦隊）を主力とする守備隊は、米軍の敵前上陸を受けて全滅するのだが、その組織的戦闘はまさに保有弾薬量と合致する半会戦――すなわち二カ月間で終止符を打っている。

装備や資材の船積み命令が出たことで、兵士たちはもはや「イ号演習」などではなく、戦場行きであることを悟った。それは船積みが終了すると同時に発令された乗船命令によって、決定的となった。

装備の船積みが終わった翌日の三月二十八日、第十四師団長井上貞衛《いのうえさだえ》中将は隷下《れいか》全部隊に「出陣ノ訓示」をした。
「御国ノ危急ニ奮起シ撃チテシ止マム勝タスハ帰ラスト互ニ誓フ諸子カ純忠ノ赤誠ハ先《ま》ツ茲《ここ》ニ能《よ》ク至難ナリシ出陣ノ諸準備ヲ完成セリ　烈々タル闘魂必勝不滅ノ確信ハ……」

そして、この日三月二十八日の午後十二時、船団は大連港を出港した。その総兵力は一万一七九七名であった。以後、船団は朝鮮半島南岸の鎮海湾を経由し、四月三日に横浜に入港する。しかし「畳一枚に八人の割」で船内にスシ詰めにされた完全軍装の兵隊たちには、目的地はいっさい知らされなかったし、故国への一時上陸も許されなかった。

横浜港に近いところに生家があるという若い一等兵は、泣きそうな表情を見せて程田上等兵ら戦友に語りかけた。

「ほら、あそこに煙突が見えるだろう？　あの煙突のちょっと右側にデコボコしたビルディングがあるなあ、あのビルディングの裏に俺んとこの家があるんだ。親父とおふくろと妹二人がいるんだ。親父は次男坊で田舎を出て工場に勤めながら家を建てたんだ。だいぶ苦労したらしいけど……」

一等兵は丸い船窓に顔を押し当てながら、仲間の兵隊たちにつぶやくように語りかけていたという。

このとき、歩兵第五十九連隊の将兵を乗せている東山丸には、佐々木《ささき》マサさん（栃木県今市《いまいち》市＝現・日光市）の夫・佐々木正夫《まさお》伍長もいたはずである。

「照集団（第十四師団の戦時秘匿名）は大連港からパラオに向かう途中、補給のために横浜に一週間近くも寄港していたそうなんですが、行き先は秘密にされていたので家族に知らせることができなかったんだそうです。あとでこのことを知って、父親も母親も『横浜に一週間もいたんなら、ひとり息子に会えたのに……』と残念がりましてなあ……」

佐々木伍長が宇都宮の歩兵第五十九連隊に現役入隊したのは昭和十六年であった。このとき、妻のマサさんは二十三歳、夫の正夫さんは二つ年下の二十一歳であった。

「私が結婚したのは十九のときだったんです。そう、夫は十七でした。農家で一人息子だったもんで早かったんですよ。ですから夫が出征したときは子供が二人いました」

正夫さんは入営してわずか一週間で宇都宮を発《た》ち、満州に向けて日本を離れていった。出征の旗を振ってわずか一週間で外地行きとは……。マサさんは意外に早い家族面会の知らせに、さほどの危惧《きぐ》もいだかずに幼い二人の子供を連れて宇都宮の兵営に駆けつけた。

「そのとき夫に会ったのが最後になってしまいました。あの人が『子供を頼むよ』と言ったことが、いまでも忘れられないんです……」

残された二十三歳の若妻は、二人の子供と夫の両親をかかえ、再婚など考える余裕もなく苦しい戦中戦後を生き抜いてきた。

私がそのマサさんを取材したのは、彼女の夫の正夫伍長がパラオ諸島のアンガウル島で戦死してから三十数年の歳月が流れているときだった。苦労の年輪を刻んだ褐色の肌と、深い皺《しわ》につつ

パラオ諸島アンガウル島の戦没者慰霊祭で、同島で戦死した夫に、子供たちが無事に成長したことを報告する佐々木マサさん（昭和46年２月）。

まれたその口からは、「夫は満州の二百十九部隊小松隊にいました」と、さっと出る。おそらく、三十数年の間に何度となく、いや何百回も胸の中で繰り返しつぶやいてきた部隊名に違いない。

昭和四十六年（一九七一）二月、私は「パラオ諸島慰霊団」の一員として、夫の死地を訪れる佐々木マサさんたちに同行した。

まだ直行便がなかった時代で、グアム島で乗り継いだ飛行機がリーフに囲まれたパラオ諸島の上空に近づいたとき、窓に眼をすり寄せていた彼女は、足元のショルダーバッグから小型カメラを急いで取り出した。そして窓越しに、節くれだった指で何度もぎこちなくシャッターを切った。その、じっと見据えた視線は、眼下のジャングルに吸い寄せられていた。

他の乗客たちは「うわアー」とか「すばらし

いッー」と、さかんに感嘆符を発している。しかし、ひたすらシャッターを切る佐々木さんの眼は、ただ静かだった。怒っているのではないかと思えるほど、まばたき一つ見せなかった。

「ここに来るのが念願だったんですよ」

三十数年ぶりに「夫に会いに来た」彼女は、飛行機がアイライ飛行場（パラオ空港）にその脚を着けようという寸前、そうつぶやいた。

混乱する師団の転用先

昭和十九年四月六日午前八時十分、第十四師団は西部ニューギニアに向かう第三十五師団の第一次輸送部隊とともに横浜港を出港した。船団は千葉県館山沖にいったん仮泊し、翌四月七日早朝、三隻の駆逐艦に護衛されて最終目的地に向かうことになった。

しかし、船倉にスシ詰めにされたままの兵士たちで、最終目的地を知っている者はまだいなかった。師団の連隊長や大隊長など幹部将校でさえ、目的地が「パラオ」と知らされたのは横浜を出港するほんの数日前であった。

そもそも第十四師団が大本営から南方転進命令を受けたときの目的地は、西部ニューギニアであった。ところが昭和十九年一月末から二月にかけて、米空母機動部隊はギルバート諸島のマキン、タラワの日本軍守備隊を撃滅し、つづけて日本が統治する南洋群島のマーシャル諸島（ミクロネシア）に押し寄せてきた。ルオット、クェゼリンといった環礁守備隊は相次いで全滅、同地区の航空部隊もほとんどが撃破されてしまった。

増援を送り、迎撃するだけの陸上兵力も航空機も日本にはすでになかった。こうなると策定したばかりの「絶対国防圏」域の正面、マリアナ、カロリンの重要防衛線に米軍が矛先《ほこさき》を向けてくるのは時間の問題である。

あわてた大本営は、急遽《きゅうきょ》、二月十日に第十四師団と第二十九師団の転用命令を発令した。大本営の予定では北部マリアナ（サイパン、パガン、テニアン）を第十四師団に、南部マリアナ（グアム、ロタ）を第二十九師団に防衛させるつもりであった。

この大本営の見通しというより危惧は奇《く》しくも裏付けられることとなった。米機動部隊は東カロリン群島にある中部太平洋方面で最大の日本海軍基地、トラック島の大空襲につづいて、二月二十三日にはマリアナ諸島への一斉空襲を行ってきたからだ。三月二十日、大本営は正式に第十四師団のマリアナ派遣を発令したのだった。

ところが、東京の大本営が机上で部隊をあっちだこっちだと動かしている間に、スプルーアンス中将率いる米第5機動艦隊は、今度は西カロリン群島のパラオ諸島を襲い、停泊中の艦船や航空機の地上撃破を敢行《かんこう》してきた。三月三十、三十一の両日にわたったこの空襲で、日本側は航空機一四七機、艦船一八隻（沈没）、座礁三隻、そして死者七〇名を含む二四六名の死傷者を出すという大損害をこうむった。この二日間にスプルーアンスは延《の》べ十数回、六五〇余機の反復攻撃を行っている。

ブーゲンビル島上空で撃墜死させられた山本五十六《やまもといそろく》大将の後任として連合艦隊司令長官に就任してまもない古賀峯一《こがみねいち》大将と、参謀長の福留繁《ふくどめしげる》中将が幕僚とともに二機の大型飛行艇に分乗し、パラオを発ってフィリピンのダバオに向かう途中、暴風雨に巻き込まれて遭難したのもこの日、三月三十一日であった。

古賀司令長官は行方不明で殉職し、福留参謀長一行は乗機がフィリピンのセブ島沖に不時着したところを抗日ゲリラに襲われ、捕虜になってしまった。のちにゲリラ側との交渉で参謀長一行は解放されたが、このとき連合艦隊が決定していた次期作戦計画書などの機密書類が奪われ、米軍の手に渡ってしまった。日本海軍では山本五十六大将の戦死を「海軍甲事件」と呼び、古賀峯一大将らの遭難を「海軍乙事件」と呼んだ。

トラック島につづくマリアナ諸島とパラオ諸島への空襲は、大本営内にかなりの動揺を与えた。パラオはトラックと並ぶ日本海軍の太平洋における重要な根拠地である。さらにパラオを失うことは、膨大《ぼうだい》な兵力を集結させているフィリピンが直接危険にさらされることを意味する。大本営の中部太平洋方面への兵力増派プランは、またまた変更せざるを得なくなってしまった。

四月三日、大本営は先にマリアナ派遣を決定したばかりの第十四師団を、今度はパラオに再転用することにした。そして第十四師団のかわりに、サイパンなど北部マリアナには名古屋にある第四十三師団を派遣することにしたのだった。船倉の中に完全軍装のまま詰め込まれている兵士たちが、「南洋方面」という以外、どこに連れていかれるのか皆目見当がつかなかったのは当然だったのである。

米潜水艦に狙われる輸送船団

昭和十九年四月七日午前五時半、館山湾を出港した船団(東松五号船団)はパラオ諸島に針路をとった。

日本を離れて二日間、船団は何ごともなく船脚を進めていた。船内の気温は刻一刻と上昇している。零下二〇度、三〇度という北満を出て五十余日、すでに洋上の気温は三〇度近かった。スシ詰めで身動きすらできない船倉の兵士たちにとって、この五〇度近い気温の差は船酔い以上に苦痛だった。

三日目、船団は硫黄島の沖を南進していた。ところが船団は急に反転し、北上をはじめた。戻りはじめたのである。第十四師団と第三十五師団の将兵を乗せた三池丸、能登丸、阿蘇山丸、東山丸、済陽丸と二隻の護衛駆逐艦に指揮艦艇の「東松五号船団」は、そのまままる一日近くも北上をしつづけ、やがて小笠原の二見《ふたみ》港(父島)に入港した。後日、「敵機動部隊がパラオ、トラック方面に策動中」という情報に接し、船団は急遽反転して小笠原に難を逃れたことを知らされるまで、船内の兵士たちにはなぜ行ったり来たりして時間を無駄にしているのか理解できなかった。

当時、日本の海軍が誇った連合艦隊は、マリアナ沖海戦を決行する直前であったから、多くの主要艦艇は失っていたものの、まだ戦力は残っていた。しかし、太平洋の制海権はすでにチェスター・W・ニミッツ大将率いる米太平洋艦隊が握りつつあった。加えて日本海軍の暗号を解読しているニミッツの司令部は、日本の艦船の動きを自在につかみ、兵員や補給物資を積んで航行する日本の船団に待ち伏せ攻撃を繰り返していた。

第十四師団とともに関東軍からの南方方面への転用第一陣になった第二十九師団（師団長・高《たか》品彪《しなたけし》中将）は、朝鮮の釜山から宇品港に入り、二月二十六日の夜半、三隻の駆逐艦と護衛艦隊航空隊に護られて目的地の南部マリアナ（グアム、ロタ）に向け出港した。ところが出港三日目の二十九日、台湾沖にさしかかったところで米潜水艦の魚雷攻撃に遭《あ》った。将兵は安芸丸、東山丸、崎戸丸の三船に分乗していたのだが、歩兵第十八連隊（豊橋）と師団司令部、師団戦車隊の一部が乗っていた崎戸丸（九二四七トン）は二発の魚雷を食らって撃沈され、安芸丸も一発食らったが、かろうじて沈没だけはまぬがれるという被害をこうむっている。

撃沈された崎戸丸の乗船者三九〇〇余名中、二二〇〇余名が海没死、あるいは行方不明となり、救助された兵は一七二〇名だけであった。うち五七〇名は重傷者のうえ、肝心の武器も小銃七挺、擲弾筒《てきだんとう》一挺、軽機関銃二挺が残っただけで、戦車をはじめとするすべての武器は海底に沈んでしまった。もちろん弾薬などは一発もなかった。無傷だったのは東山丸だけで、この満身創《まんしんそう》痍《い》の第二十九師団をグアム島に送りとどけ（三月四日）、トンボ帰りで大連港に待機する第十四師団をふたたび乗船させ、パラオに向かうことになる。

小笠原の父島に退避したその東山丸ら東松五号船団は、米潜水艦との接触はあったが、護衛駆逐艦の防戦で難を逃れ、無事であった。しかし、四月十日に二見港に退避以来すでに一週間が過ぎていた。井上貞衛第十四師団長をはじめ、幕僚たちのいらだちは募《つの》るばかりだった。三月三十、三十一日の空襲の際、米艦上機から多量の機雷を投下されたパラオの周辺海域では、その機雷掃海に手間取っていたのである。

やっとのことで船団が二見港を出たのは四月十八日の夕方であった。途中、グアム島沖でアメリカの哨戒機に発見され、またもや反転北上をしたりはしたが、四月二十四日午前十一時三十分、船団はやっとのことでパラオ諸島コロール島のマラカル波止場に到着した。二月十九日に北満の海拉爾《ハイラル》、斉斉哈爾《チチハル》、嫩江《のんこう》、昂昂渓《こうこうけい》の各駐屯地を出発して以来、実に二カ月余の長旅であった。

いや、長い旅は終わったのではない。はじまったばかりであった。五カ月後、これら第十四師団の各部隊には、ある部隊は米軍と戦い全滅し、ある者は飢餓との戦いに敗れて餓死し、永遠にジャングルの苔の中に埋もれる運命が待ちかまえているからである。

最期の地ペリリュー島へ

第一次世界大戦で戦勝国の仲間入りをした日本が、中部太平洋のマリアナ、西カロリン、東カロリン、マーシャルの各諸島をベルサイユ条約などにより委任統治（国際連盟信託統治領）することになったのは大正八年（一九一九）である。現在のサイパン島などの北マリアナ連邦とトラック島やマーシャル諸島などのミクロネシア連邦、それにパラオ共和国を含む広大な地域である。

日本は大正十一年にパラオ諸島のコロール島に南洋庁を新設、現地人をはるかに上回る数の日本人を送り込んで、日本への同化政策を開始した。主な諸島に現地住民用の公学校をつくり、日本国内の学校教育がそうであったように「サイタ、サイタ、サクラガサイタ」式の徹底した日本化教育を行った。そのため日本人が「南洋群島」と呼んだこれらの島々の人たちは上手な日本語をあやつり、日本名を持ち、戦後育ちの日本人が聞いたら目をシロクロさせるような皇国史観をぶったりした。

昭和十九年、この南洋群島の〝首都〟コロール島があるパラオ諸島には、日本人（軍人を除く）が約二万五〇〇〇名、朝鮮人約二五〇名、そして現地住民が約六五〇〇名の合計約三万二〇〇〇名が住んでいた。その大半はコロール、バベルダオブ（パラオ本島）、アンガウル、ペリリュー、マラカルの各島に住んでおり、残る一〇〇余の島々はほとんどが無人島であった。

コロール島には南洋庁をはじめ日本の各種官庁の出先機関や商店街があり、椰子《やし》の並木に覆《おお》われた静かな街並みをつくっていた。街の中心地には××楼、〇〇館といった日本名の遊廓や芸者置屋が軒を並べ、日本髪姿の女性たちが行き来していた。

しかし、極寒の満州から二カ月余の船旅の末にやってきた第十四師団の将兵が、コロール町に近いマラカル港に上陸したときには、美しい街並みは米軍の爆撃ですでに瓦礫《がれき》の街と化していた。ましてや妓楼で休憩などという贅沢《ぜいたく》は許されるはずもなかった。それどころか、ただちに揚陸作業にとりかからなければならなかった。島の周囲には米潜水艦が潜んでいるに違いないし、いつ敵機動部隊の艦上機が爆撃にやってくるかわからない。

第十四師団の揚陸計画によれば、「五十時間内ニ完了スルヲ目途トス」という途方もない強行スケジュールである。一個師団一万名を超す兵員とその装備、物資をわずか二日間で陸揚げするなど無謀ともいえた。しかし、やらなければならなかった。アメリカの空母機動部隊は確実に針路を北西にとり、パラオ諸島を含む西カロリン群島に刻一刻と近づきつつあったからである。

作業をする兵隊たちにとって、疲れや仕事のきつさもさることと、いちばんこたえたのは暑さだった。能登丸に乗っていた歩兵第二連隊の程田弘上等兵も、その夜、徹夜で島の人たちとともに装備の揚陸をしていた。

「なにしろ上陸したときいちばん驚いたのはジャングルだったです。満州から行くとき南方とはどういうところであるか、暑いところだと話には聞いていたが、なるほど暑い。満州のあの寒いところから行ったんですから、そりゃあたまらんですわ。満州では零下三、四〇度なんていうところにいて、パラオに来たら摂氏の三四度だというんでしょう、頭がおかしくなりますよ」

六〇度の気温差は頭だけではなく、体全体をもおかしくしていた。俗に南洋ボケと言われるやつで、行動や判断力が鈍《にぶ》くなる。そんな中で兵たちはまる二日間というもの、ほとんど徹夜に近い状態で揚陸作業をつづけたのだった。そして予定どおり「五十時間内」に終了した。しかし、疲れきった将兵に休息は与えられなかった。敵の艦上機がいつ襲ってくるかもわからないからだった。

四月二十六日のその日、各部隊は即日配備の命令を受けた。歩兵第二連隊はペリリュー島に、歩兵第五十九連隊（第二大隊欠）はアンガウル島の守備につけというもので、のちにペリリュー島の歩兵第二連隊に部隊の六割（二大隊）を増援することになる歩兵第十五連隊は、師団直轄の機動部隊としてパラオ本島に待機することになった。

ペリリュー島はパラオ諸島の中心地コロール島から南へおよそ五〇キロの、珊瑚礁（リーフ）に囲まれた孤島である。南北約九キロ、東西約三キロ、カニの爪のような形をした隆起珊瑚礁の島だ。島には昭和十四年に完成した飛行場があり、一二〇〇メートルの滑走路が二本あった。当時は東洋一の飛行場とも言われていた。さらに橋で結ばれている隣接のガドブス島にも滑走路があった。

このペリリュー島からさらに南西へ一一キロ離れたところにあるのがパラオ諸島最南端のアンガウル島で、南北約四キロ、東西約三キロの小さな島である。戦前から燐鉱石の採掘が行われていた島で、一二〇〇メートル級の滑走路が造れる飛行場適地を持っていた。

日米両軍とも、この二つの孤島が攻防の的になると睨《にら》んだのは、その飛行場の存在だった。地図を見れば一目瞭然であるが、パラオはフィリピンのミンダナオ島の真東に位置する。フィリピン奪還作戦を計画している米軍にとって、これらパラオ諸島の日本軍飛行場の存在は脇腹《わきばら》に匕首《あいくち》を突きつけられているようなものだ。逆にこれらの飛行場を奪取すれば、日本の絶対国防圏内に不沈空母を得ることになる。まさにペリリュー島とアンガウル島は、日米両軍の利害が真っ向から対立する戦略拠点となっていたのである。

ペリリュー、アンガウル両島に配備される歩兵第二連隊と第五十九連隊は、取るものも取りあえず大発艇に分乗、上陸したばかりのマラカル波止場を離れた。

一方、米軍はこれら日本軍の移動をつぶさに知っていた。島々のまわりには多数の潜水艦が潜んでいたし、ハワイの太平洋艦隊司令部では日本海軍の暗号解読と通信解析などから、日本軍の行動を読み取っていたからだ。もっとも、これら米潜水艦の行動や暗号解読などの実態が明らかになったのは戦後に公表された記録によってであって、もちろん当時の日本軍は知る由もなかった。

だが、幸か不幸かペリリュー島とアンガウル島に派遣された日本軍部隊は、全員無傷で上陸することができた。パラオ諸島の島々は周囲を隆起珊瑚礁に囲まれているため天然の防波堤を持っているようなもので、アメリカの潜水艦は島づたいに移動する日本軍舟艇部隊を目前にしながらも、攻撃できなかったのかもしれない。

炎暑の中の地下洞窟陣地造り

ペリリュー、アンガウル両島に上陸した兵士たちは、あの広大な満州の平原にくらべ、新たな任務地があまりにも小さいのに驚いた。ペリリュー島は、島の中心部から歩いたとしても、いちばん遠い南北端まで一時間以上はかからない。アンガウル島はさらに小さく、文字どおり南海の孤島という表現がぴったりの島である。

戦史叢書『中部太平洋陸軍作戦②』は、ペリリュー島をこんなふうに紹介している。

「隆起珊瑚礁の島で、島の中央部には最高九十メートルの峻険な大山及び水府山を中心に富山、天山、中山、観測山、東山等の制高点があり、その北部の中ノ台、電探及び水戸山等の低山脈が連なるほか、一般に平坦である。山地には多くの自然洞窟、断崖、絶壁、峡谷、亀裂《きれつ》などがある」

山の名前は日本軍守備隊が進出してから便宜上付けたもので、本来のものではない。島には湿地帯は多いが河川はなく、飲料水に適する水源といえば雨水と、島にたった一つある〝天然の井戸〟だけである。自然の洞窟内に湧き出る塩分の薄い海水だ。米軍上陸後の激戦中、喉《のど》の渇《かわ》きに耐えられず、死を覚悟で最期の一滴、末期《まつご》の水を自ら求めて這い寄り、待ち受ける米軍に狙い撃ちされて多くの兵たちが死んでいく井戸である。

ペリリュー、アンガウル両島に上陸した部隊は、師団司令部のあるパラオ本島からの応援部隊も交えて、炎天下の陣地構築に明け暮れた。隆起珊瑚礁でできた島には、いたるところに自然の洞窟がある。守備隊はそれらの自然壕を拡張し、人も兵器もすっぽりと隠れるように構築するのである。

パラオ地区集団の防備計画でも、ペリリュー、アンガウル両島の築城にあたっては「セメント、鋼材、石材などの資材をもって築城素質の強化を図ると共に、岩盤部を利用する地下施設を完整し、熾烈な砲爆撃に対し戦力の維持培養を図る」（戦史叢書）とされた。さらに「一部永久築城による強化」も行い、洞窟と洞窟は内部に連絡路を設けて地上の敵に対して神出鬼没の作戦が採《と》れるように構築するとされた。すなわち、水際《みずぎわ》の防禦《ぼうぎょ》陣地と山岳部の自然壕を拡大した一大地下要塞の構築だった。

だが、水際陣地も山岳部の洞窟陣地構築も容易ではなかった。珊瑚礁と燐鉱石で固まった島の土地は、鉄筋コンクリートよりも硬かった。シャベルやツルハシでは歯が立たない。ハンマーでたたき、鑿《のみ》やバールで罅《ひび》を入れてこじ開け、爆薬で爆破するなど、将校も兵士もまるで石屋と同じような作業を来る日も来る日もつづけた。しかし一日の成果はわずかで、二〇センチか三〇センチを掘るのがやっとだった。

陣地構築は五月、六月、七月とつづく。作業には将校や兵士の区別はなかった。手の空いている者は全員が穴掘りに参加した。作業は後述するように定期便のようにやってくる米軍の艦上爆撃機による攻撃でしばしば中断させられた。しかし将兵には、その空襲の間が休憩時間でもあった。

だが、六月に入ってサイパン戦が開始されると、米軍艦上機の空襲はほぼ毎日となり、多い日には三〇〇機を超えていた。こうなると休憩どころではなく、掘りかけの洞窟に頭を隠してひたすら敵機の去るのを待つほかはなかった。

このペリリュー島で、戦後の昭和二十二年四月まで地下洞窟に立てこもってゲリラ戦に挑《いど》んでいた三四名の日本兵がいたことは序章でも触れたが、その中で唯一の将校である山口永《やまぐちひさし》少尉は次のように語る。

「上陸してから九月十五日の米軍上陸直前まで陣地構築と訓練の連続でした。ペリリュー島は石灰岩の山だから、陣地構築はそりゃあ大変だったです。欲しい資材は一〇分の一ぐらいしか手に入らない。石山だから鑿で穴をあけ、そこへ爆薬を入れて爆破していったですが、そのダイナマイトさえ充分に手に入らない状態でした」

歩兵第二連隊がペリリュー島に上陸したとき、同島の守備をしていたのは海上機動第一旅団輸送隊（船舶工兵）と海軍航空隊など二、三〇〇名にすぎなかった。陣地らしい陣地はほとんどなく、陣地構築作業のすべてが満州からやってきた兵隊たちの役目として待っていた。

陣地構築だけではなく、ペリリュー島の守備は明らかに手不足であることがわかり、パラオ集団司令部（集団長・井上貞衛第十四師団長・中将）は、歩兵第十五連隊第三大隊（大隊長・千明武久《ちぎらたけひさ》大尉）七五〇名の増派を決定した。昭和十九年五月二十四日であった。

陣地構築作業と併行して訓練も厳しさを増していた。

米軍が上陸した西浜を見下ろせる日本軍の洞窟陣地の入口。硬い珊瑚岩を兵士たちは鑿とハンマーで掘っていった。

奥行きが10メートルを超える洞窟陣地も多い。壁が黒いのは米軍の火焔放射器で攻撃されたため。

「訓練は、船から降りたところが敵の一番弱いところだ、そこを狙えということで水際撃滅を方針としてやった。実際は敵の数があまりに多くて撃滅はできなかったですが、打撃は相当に与えることができた。

上陸してきた敵は四万、二個師団だったが、あんな小さな島ですから、まさかそうは上陸するとは思わなかったんでしょう。日本の偉い人たちはせいぜい一個師団くらいに考えていたのではないでしょうかねえ」

上陸以来、連日の陣地構築と訓練、兵隊たちは誰もが疲れていた。波田野八百作《はたのやおさく》一等兵（旧姓小林）は歩兵第二連隊の工兵隊だったから、歩兵よりも陣地構築作業が多かった。

「蚊《か》と蚋《ぶゆ》（ぶよ）がいてひどかった。夜は昼の疲れでただ寝るだけです。満州の寒いところから暑いところへ行けるというので喜んでいたのだが、とんでもないところだった。

そのうえ風土病がありまして、デング熱（蚊によって伝染《うつ》るウイルス性の熱帯性伝染病）といって四〇度ぐらいの熱が出て、うわごとを言ったりする。命に別状はなく、一度罹《かか》ればあとは罹らないらしいんだが、なにしろ四〇度近い炎暑の中での病気ですから、体の消耗はたいへんなものです。それから赤タムシといって顔や尻にまで全身に湿疹ができ、汁が出てすごいんです」

こうした悪条件の中の兵隊たちにも、楽しみはあった。ある生還兵は「寝ること」と言い、「食うこと」とも言った。そして作業をしながらでもできる唯一の楽しみは、「内地にいる親兄弟や故郷の畑や真っ黄色にたれた稲穂の風景や、いろんな故郷の景色などを想い浮かべることだった」という。そんな中で内地の肉親に手紙を書く時間は「ラブレターを書く高校生の心境」で、文字どおり最大の楽しみであった。

昭和十六年三月入隊の現役兵だった原裕《はらゆたか》上等兵（旧姓中島）は、ペリリュー上陸以来二カ月間は退避壕《たいひごう》や幕舎構築をしていたが、その後は部隊の軍事郵便取扱所勤務になった。

「内地から部隊宛に手紙が来たのは二、三回だったです。一度に一五〇通ぐらい来たかなぁ。こちらからは毎日出していたが、着いたものもあり、着かなかったものもあります。家族にはペリリューにいることはもちろん、南洋という文字も書けなかった。ですから椰子の木や南十字星の絵などを描いて、〈満州から南洋に移った〉と暗に示すんです。

手紙は全部検閲して情報掛主任の印がなければ通りません。葉書の文面でも検閲官に見てもらって悪いところはスミで消していました。封書は将校が見ていた。赤道直下とか南方などという字があるとたちまちスミで消されたものです」

原さんは約四カ月間〝戦場の郵便局〟に勤務したが、やがて戦闘部隊に再編入された。米軍の上陸が目前に迫っていたからだった。

サイパン守備隊の玉砕

状況は刻一刻と悪化していた。米軍の艦上爆撃機による爆撃は飛行場のあるペリリュー、アンガウル、パラオ本島、ヤップ島など主要な目標は言うにおよばず、パラオ諸島を含む西カロリン群島全域におよんでいた。

当時、南洋庁のヤップ出張所長であった榊田幸太郎《さかきだこうたろう》は、その『備忘録』の中に昭和十九年四月以降、米艦上機による空襲が一段と強化されたことを書きとどめている。

一、ヤップ島ノ大型機ニ依ル定期空襲

○四月三〇日午前九時二四分　B24二機高々度ニテ飛来、各方面ヲ偵察シテ去ル

○六月五日午前九時三〇分　B24二機同右

○六月一四日午前一時三〇分　B24二機第一、第二飛行場ニ投弾

○六月一六日午前一時二〇分　B24一機第二飛行場方面ニ投弾、棚原憲徳死亡、負傷二名

○六月二二日午前一一時一〇分　B24二八機第一飛行場方面ニ投弾

○六月二三日午前一一時五〇分　B24三〇機第一飛行場方面ニ投弾

示《(ママ)》後、八月末頃迄毎日午前一一時前後ニB24及PB2Yヨリ成ル二〇～四〇機ノ編隊ヲ以《モッ》テ来襲、各飛行場、市街地、燈台、港湾、波止場方面ヲ次次ト爆撃シ之《コレ》ニ依リ完全ナル建物壊滅ノ状態トナレリ（アドミラルテー方面ヨリ来襲）

この榊田氏の日記からもわかるように、三月の初空襲にはじまる西カロリン群島への空襲は日を追って激しくなってくる。それは米軍の攻略目標が日本の内堀ともいえるマリアナ、西カロリ

ン、西部ニューギニアにいたる「絶対国防圏」に向けられてきたことを物語っていた。すなわち、日本軍に対する敵前上陸作戦を開始する前に、それらの地域に展開している日本の航空戦力を壊滅するための作戦であった。

実際、五月十日に米太平洋艦隊司令長官チェスター・W・ニミッツ大将は「パラオ攻略準備計画」を発効、同月二十九日には「パラオ攻略第一次準備命令」を下していた。呼応して、ハワイで訓練を積んでいたマリアナ攻略部隊は、五月二十五日から三十日にかけてつぎつぎと真珠湾を出港していた。スプルーアンス中将麾下《きか》のミッチャー中将率いる第58機動部隊である。

そして六月十五日、米軍はついに日本の「絶対国防圏」の一角サイパン島に上陸、現地住民をも巻き込んだ死闘の開始となった。戦闘は七月六日に、南雲忠一《なぐもちゅういち》中将をはじめとする守備隊首脳の自決によって日本軍は抵抗に終止符を打った。

サイパン島で日米双方が激戦を交えているとき、海上でも死闘が展開されていた。

日本の連合艦隊はスプルーアンス提督の「米軍正規空母群を撃砕、次いで全力を挙げて米機動部隊と攻略部隊を覆滅《ふくめつ》する企図のもとに進撃を開始した」（戦史叢書『中部太平洋陸軍作戦①』）。

六月十九日にはじまるこの「マリアナ沖海戦」（米軍呼称は「フィリピン海海戦」）は、米軍パイロットたちが「マリアナの七面鳥撃ち」と称したように、訓練不足で未熟なパイロットしか搭乗させられなかった日本機はつぎつぎと撃墜され、作戦の目的とは逆に日本の空母部隊は壊滅してしまった。世に知られる「あ号作戦」の終焉《しゅうえん》である。この陸海における日本軍の完敗は東条内閣を総辞職に追い込み（七月十八日）、小磯《こいそ》・米内《よない》連立内閣が代わって発足（同二十二日）するという政変に発展していった。

陸軍に編入された海軍部隊

米軍がサイパン攻略を開始する直前の六月十一日、二隻の駆逐艦に護衛された輸送船五隻が、サイパンから西カロリン群島に向かっていた。船にはヤップ島に向かう独立守備歩兵第十二大隊（土井詮生《どいとくお》中佐）と、パラオに向かう第一航空艦隊（基地航空部隊）所属の海軍部隊が乗っていた。

昭和十八年一月に大竹海兵団（広島）に入り、横須賀の海軍工作学校で航空機の溶接技術の教育を受けた整備兵の浜田茂《はまだしげる》上等兵（山口県出身）と塚本忠義《つかもとただよし》上等兵（東京都出身）も、この輸送船団に乗っていた。二人はペリリュー島に上陸後、部隊が玉砕したあとも生き残り、文字どおり生死をともにして帰還する仲になるのだが、まだこのときはおたがいに顔も知らなかった。

二人は昭和十八年の末に鹿児島で編制された第一航空艦隊（司令長官・南雲忠一中将）第三百四十三航空隊の零式戦闘機部隊「隼隊」へ転属になり、昭和十九年四月下旬に転進命令を受けて空母「龍鳳」に乗り組み、零戦七〇機とともにサイパンに寄港していた。

「六月十一日の午前零時か一時ごろでしたか、『あ号作戦』の発動で転進命令が出まして、輸送船に移乗してサイパンを出港、パラオに向かって南下したんです。このとき昼ごろでした。『サイパン、テニアン空襲警報、わが船団第一警戒に入れり』という船内放送があり、しばらくして

『有力なる輸送船団発見、敵は上陸する模様なり』といった放送があったのは。ここはうまく逃げたんですが、米軍がサイパン、テニアン、グアムを空襲したのはこの日の午後だった。そしてサイパンに米軍が上陸したのは四日後の十五日だったんですよ」（塚本上等兵）

浜田茂上等兵がサイパン砲撃の船内放送を聞いたのは、出港三日目の六月十三日であった。ところがこの日、浜田上等兵たちの船団も米機動部隊の襲撃を受けた。ヤップ島北東五〇〇マイル（約九〇〇キロ余）を南下しているときであった。

「グラマン（戦闘機）だと思う、二三機ぐらい突っ込んできた。護衛の駆逐艦が直撃弾を食らい、われわれの乗っている船も至近弾を食らいました。水柱が一五メートルぐらい噴き上がり、そのたびに船は激しく揺れるから船の鋲《びょう》までゆるんでしまう。そのためかなりの海水が入ってしまった。二十分か二十五分くらいの戦闘だったが、かなりの死傷者が出たです。

鉄カブトをかぶって鉄砲を持って座っている兵隊がいるから、おかしいなあと思って鉄カブトを取ってみたら、前から後に頭をぶち抜かれている。グラマンの機銃弾は一三ミリだから、入ったところは小さいが、突き抜けて出たところは大きな穴があいて、そこから脳が二〇センチぐらいぶら下がっているんです……。

戦闘中でなければ『海ゆかば』かなんか合唱して水葬にするらしいんだが、そんな悠長なことはしていられない。ただ毛布にくるんで重しをつけ、敬礼をして水葬にしました。死体というのはすぐ沈まないいんですねえ、船の航跡の白い波の上で一〇〇メートル近くも浮いていたのがいまでも忘れられないです。このとき戦友が三人死んだ。朝飯をいっしょに食ったのがもういないのかと思うと、とても夕飯など食う気になれなかったです」

幸いにも船団は沈没だけはまぬがれ、被弾した船を他の船が曳航《えいこう》して最初の目的地ヤップ島を目前にすることができた。ところが被弾船を長いロープで引っ張っているため、港に通じる水道に入ることができない。船団はやむを得ず全船をパラオに入港させることにして、ふたたび南下を開始した。そして六月十七日、船団はパラオ港に入港、ヤップ島に上陸予定だった陸軍部隊も、パラオ諸島の中心地コロール島に上陸してパラオ地区集団に編入された。

一方、浜田、塚本両上等兵たち隼部隊の工作班員たちは、パラオ本島にある新任地の海軍航空基地・アイライ飛行場にたどりついた。ところが、飛行場に肝心の飛行隊の姿はなかった。すでにこのとき、飛行隊は米軍のサイパン、テニアン島上陸に対応するため前線基地をふたたびグアム島に設け、移動したあとだったのである。

塚本さんは言う。

「私たちが着いたときには飛行機は八機か九機しかなかった。他の六十数機はグアムを基地にして全部サイパンやテニアンの上陸米軍の攻撃に突っ込んでしまっていた」

こうなると浜田、塚本上等兵ら工作班の整備兵たちは、主《あるじ》を失った飼い犬同然の立場である。居場所も仕事もなくなってしまった——しかし、心配はいらなかった。戦局は若い現役兵を遊ば

ペリリュー地区隊編成表（米軍上陸時）

- **ペリリュー地区隊　隊長・中川州男大佐（歩兵第二連隊長）**
  - **第十四師団派遣幕僚　村井権治郎少将（第十四師団司令部付）**
  - **地区隊本部**
    - 歩兵第二連隊本部　242名
  - **西地区隊**
    - 歩兵第二連隊第二大隊（隊長・富田保二少佐）　635名
  - **南地区隊**
    - 歩兵第十五連隊第三大隊・同配属部隊（隊長・千明武久大尉）　750名
  - **北地区隊**
    - 独立歩兵第三百四十六大隊（隊長・引野通広少佐）　556名
  - **直　轄**
    - 歩兵第二連隊第一大隊（隊長・市岡英衛大尉）　635名
    - 歩兵第二連隊第三大隊（隊長・原田良男大尉）　635名
    - 歩兵第十五連隊第二大隊・同配属部隊（隊長・飯田義栄少佐）　840名
    - 第十四師団戦車隊（隊長・天野国臣大尉）　122名
    - 歩兵第二連隊砲兵大隊（隊長・小林與平少佐）　666名
    - 歩兵第二連隊工兵中隊（隊長・五十畑貞重大尉）　250名
    - 歩兵第二連隊通信中隊（隊長・岡田和雄中尉）　180名
    - 歩兵第二連隊補給中隊（隊長・安部善助中尉）　185名
    - 歩兵第二連隊衛生中隊（隊長・安島良三中尉）　160名
    - 海上機動第一旅団輸送隊の一部（隊長・金子啓一中尉）　86名
    - 第十四師団通信隊の一部　39名
    - 第十四師団経理勤務部の一部（隊長・山本孝一少尉）　46名
    - 第十四師団野戦病院の一部（隊長・大矢孝麿中尉）　117名
    - 第二十三野戦防疫給水部の一部　37名
    - 第三船舶輸送司令部パラオ支部の一部（隊長・有園耕三大尉）　11名
  - **海　軍**
    - **西カロリン航空隊　司令・大谷龍蔵大佐**（中川大佐の指揮を受ける）
      - 西カロリン方面航空隊ペリリュー本隊　702名
      - 第三通信隊の一部　12名
      - 第四十五警備隊ペリリュー派遣隊　712名
      - 第二百十四設営隊（軍人20名・軍属793名）　813名
      - 第三十建設部の一部（軍人・軍属）　982名
      - 南西方面海軍航空廠の一部　109名
      - 第三十工作部の一部　10名
      - 第三隧道隊　50名
      - 海軍配属陸軍部隊（特設第三十三、第三十五、第三十八機関砲隊）　256名

総計9,838名
各隊の人員は一部推定。陸軍兵力は本表では6,192名であるが、米海兵隊戦史では5,300名、厚生省援護局の資料では6,632名になっている。

せておくほど悠長ではない。整備兵たちはアイライ飛行場に到着後、高射砲を対戦車砲の代わりにすべく、砲身を水平線に向けて海岸線に設置する陸軍の作業に狩り出された。作業は一カ月近くもかかり、戦局が容易でないことを肌で感じさせられた。

「サイパン、テニアンが玉砕し、あ号作戦が失敗したとき、すでに第一航空艦隊の機能はなくなっていたんです。

第一航空艦隊はサイパン、テニアンのほかグアム、ロタ、ヤップ、パラオ、ダバオ（フィリピン）に分散していて、戦闘機隊には虎《とら》、隼《はやぶさ》、雉《きじ》といったものがあった。三月に設置されて六月には消滅してしまったんですわ。それでわれわれはペリリュー島の西カロリン航空隊（司令・大谷《おおたに》龍蔵《りゅうぞう》中佐、のち大佐）所属に配置がえになった。といっても、すでに飛行機を操縦する搭乗員はいなかったから、われわれは陸戦隊要員としてペリリューに派遣されたというわけです」

陸戦隊要員とはいっても、実際の戦闘訓練は海兵団に入った当初の基礎訓練だけで、塚本さんの場合、小銃の実弾射撃の経験はたった二回しかなかった。

アイライ飛行場のあるパラオ本島からペリリュー島へ渡ったのは七月十四日だった。上陸して海軍本部の前に着いた途端、サイレンが鳴り響いた。米軍爆撃機の編隊が突っ込んできた。あとで聞くと一四機だったという。敵の飛行士の顔が肉眼でもはっきり見えるくらいの急降下爆撃だった。

上陸したばかりで西も東もわからない浜田さんらは、夢中で近くにあった水タンクの中に四つん這いになって隠れ、命拾いをした。

「あとは塚本と同じように、にわか仕込みの陸戦訓練ですよ。といっても陸戦訓練は二回ぐらいしか受けていないけどね」

そう言って浜田さんは苦笑した。

ラバウルに司令部を置く南西方面艦隊（司令長官・三川《みかわ》軍一《ぐんいち》中将）の空襲部隊第六十一航空戦隊所属の戦闘機部隊「西カロリン航空隊」が新設されたのは七月十日だった。しかし、まもなく司令部はペリリューからフィリピンのダバオに移った（八月二十二日）。あとには戦闘機が五、六機しか残らない。それも搭乗員のいない〝残機〟であったから、航空隊とはいっても名ばかりのものだった。

そこでパラオ諸島に在る海軍部隊は、七月十八日付をもって陸軍のパラオ地区集団の指揮下に編入された。そのためペリリュー島に在る西カロリン航空隊も、パラオ地区集団配下の歩兵第二連隊を中核とするペリリュー地区隊（隊長・中川州男《なかがわくにお》歩兵第二連隊長）の指揮下に入ったのである。

防衛省の資料では、歩兵第二連隊の指揮下に入った海軍部隊は推計で軍人、軍属（主に飛行場の建設、設営隊）合わせて三六四六名となっている。すでにペリリュー島には歩兵第二連隊を主力に歩兵第十五連隊第三大隊、独立歩兵第三百四十六大隊など五四〇〇名近い陸軍部隊が展開していたから、総兵力は約九〇〇〇名になったわけである。

米軍特殊工作部隊

昭和十九年七月二十一日、サイパン、テニアンを占領した米軍はマリアナ諸島最大の島グアム島に上陸していた。マリアナ制圧の詰めである。

第十四師団とともに関東軍からの南方転用第一陣としてグアム島の守備についていた第二十九師団は、戦闘開始十日後にはすでに組織的抵抗は不可能になっていた。追いつめられた生存兵の中からは、小銃や手榴弾で自決する者も相次いだ。将兵とともにジャングル内を逃げまどっていた邦人婦女子の中には、憲兵から「子供を取るか命を取るか」と二者択一を迫られ、涙を流しながらわが子を絶壁から海中に投げ捨てる者など、サイパンの悲劇に似た状況が訪れていた。

パラオ諸島の空襲が定期化し、いちだんと激しさを増してきたのはこのころであった。やがてグアム島の日本軍も玉砕した（八月十一日、小畑英良《おばたひでよし》第三十一軍司令官自決）という噂がパラオの兵士たちの間にも流れてきた。そして〈次はいよいよパラオだ〉と、誰もが信じて疑わなかった。

七月二十五日から二十八日まで連日つづいた米艦上機による猛爆は、その前ぶれにしては充分すぎる投弾量であった。米軍はパラオ本島、ペリリュー島、アンガウル島、ヤップ島にある日本軍の飛行場や主要建造物に徹底した反復銃爆撃を加え、その大半を破壊しつくしてしまった。

この連日延べ百数十機による空襲で、大正以来つづいた日本の南洋統治の中心地・コロール町は全焼し、文字どおり廃虚と化してしまった。それまでの空爆では少なかった人員の損害も続出するようになっていた。

この日、七月二十五日、波田野八百作一等兵はペリリュー島の陣地構築作業の最中にこの銃爆撃を受けた。波田野はあわてて鐘乳洞の割れ目に駆け込んだ。ところが、そこを爆撃されて出入口をふさがれてしまった。

うめき声が交錯し、戦死者や負傷者が出ているようだ。そのとき、ものすごい爆発音と爆風が襲ってきた。魚雷庫の魚雷が誘爆したのだ。

「その拍子《ひょうし》にちょうど体が出るくらいの穴があき、助かりました。そのとき一緒に何人いたかは覚えていないが、かなりいたと思う。しかし、生き残ったのは五人くらいです。あとは足をつぶされたり吹っ飛んだりして悲惨だったねえ。私はやっと這い出して『ここだ、ここだ』と叫び、ロープで体をしばりつけて引き出してもらったです。

まわりを見ると幕舎なんか吹っ飛んでいてなにもない。それで連隊本部に行って糧秣《りょうまつ》を分けてもらい、もとに戻ってふたたび洞窟掘りです。自分たちが入る穴ですよ」

このころ、歩兵第二連隊第二大隊本部勤務の武山芳次郎上等兵は盲腸で入院していた。入院といっても野戦病院だから土間に板を敷き、その上に毛布を八つ折りにしてじっと寝ているだけである。もう状況が悪く、本島（師団司令部のあるバベルダオブ島）への連絡船はなかなか出航できなかった。米軍の戦闘機は、一隻の小舟でも見つければ急降下で爆撃や機銃掃射を加えてきた。

「私が入院しているとき、その米軍の機銃掃射で腹から背中に弾が抜けた人が入院してきましたが、そりゃあすごいですよ。あの一三ミリ機銃ですから、傷口から軍医の手が中に入るんです。それで骨の折れた白いのが、こう上がってくるんです。

その患者が空襲のあった晩に意識不明の状態で寝ていたのだが、爆弾が近くに落ちてえらい音がしたためか、急に立ち上がった。そして爆発音のした方向と反対側に向きを変えたんですわ。意識があったのか、それとも本能的に退避の姿勢をとったのか……。

看護人の兵隊が、どうせ助からないんだからと、リンゲルをじゃんじゃん射ってました。息を引きとるとき、妹さんかおふくろさんの名前を一生懸命呼んでましたなあ」

しかし、この時期の日本軍の対空防禦網はまだ健在だった。七月二十五日からの四日間に、対空砲火で撃墜した米軍機が四十数機にもおよんでいることでもわかる。

パラオ本島の第十四師団司令部経理課勤務だった豊島次郎《とよしまじろう》軍曹（茨城県土浦市）は、日本軍の対空砲火で撃ち落とされた米軍パイロットを何人も見ている。

「日本の高射砲もなかなかいいやつで、一度に何発も発砲でき、敵の飛行機に当たるとぴたっと食い付いて爆発するようにできていた。だからずいぶん撃墜したねえ。よく島のまわりの海面に撃ち落とされた米兵の死体がぷかぷか浮いているのを見ましたよ」

「集団第一次パラオ作戦・前期」と呼称したこの対空戦闘で、米軍のB24爆撃機一機が撃墜され、一人の搭乗員がパラシュートで脱出、日本軍の捕虜になった。この捕虜はのちに（昭和二十年五月）高射砲隊の手によって「処刑」された。

翌八月になると、米軍の空襲はいちだんと激しさを増してきた。ことに飛行場適地を持つアンガウル、二本の滑走路を持つペリリュー両島への爆撃は凄まじいものであった。そして爆撃は、きわめて正確に主目標を破壊していった。

「島内にスパイがいる？」

といった噂が広がったのも、あまりにも米軍の攻撃が正確だったからである。

原裕《はらゆたか》上等兵はペリリュー島〝三四人〟の生き残りになる兵士だが、米軍上陸直前に噂を聞いている。

「魚雷壕など上空からの偵察では絶対わからないところにあるのに激しくやられる。そこで島民の中にスパイがいるのではないかと言われていました。それに艦砲射撃などの攻撃がある前には、必ずノロシが上がるというので、現地人が疑われたんです。そこで軍は現地人をペリリュー島からコロール島やパラオ本島に疎開させたんですよ」

コロール島は南洋庁などがある日本の南洋群島統治の中心地であり、パラオ本島には第十四師団など日本軍のパラオ集団本隊が駐屯していた。

ペリリュー島民の移住の理由は、必ずしも原上等兵の言うスパイ容疑だけではなかった。サイパン、テニアン、グアムと、マリアナ諸島の相次ぐ玉砕の報に、大本営自身「米軍の次の目標はペリリュー、アンガウル両島」と判断していたからで、そうなれば玉砕＝全滅は避けられない情勢にある。パラオ集団司令部が「サイパンの悲劇は繰り返したくない」と判断したとしても不思議はなく、島民の避難はむしろ当然すぎる処置だったともいえる。

現地住民の中に本当にスパイがいたかどうかは定かではない。しかし、パラオ諸島を襲った昭和十九年三月末の最初の大空襲前に、すでに米軍の特殊工作員グループが密かに上陸、いくつかの謀略工作をしていた事実はある。

Iさんというコロール町在住のペリリュー島出身者がいた。日本名も持つIさんは、ペリリュー島のある村の村長一族の一人であった。戦時中は日本軍の軍夫として徴用を受け、満州からやってきた歩兵第二連隊や第十五連隊の兵隊に交って、ペリリュー島の陣地構築に従事させられ、前記の住民引き揚げによってペリリュー島を離れた人である。

そのIさんの奥さんの実兄で、Mさん（日本名）というアメリカで教師をしていた人がいる。以下は、Iさんがこの義兄《あに》のMさんから聞いた〝スパイ工作物語〟の概要である。

戦後、Mさんはアメリカの大学（校名は秘す）に入った。しかし、戦後のパラオはアメリカの統治下で、実家の生活は苦しかった。Mさんへの仕送りどころではなかった。金に窮したMさんはまともに通学ができず、そのために一学期の試験に落ちてしまった。思いあまったMさんは、教授に相談した。

「私はマイクロネシア（ミクロネシア）から来ている者ですが、金がなくなったので働きます。私はマイクロネシアが日本の統治領時代からアメリカに来ている者ですから、働いてもいいと思うのですが……」

アメリカは現在でもそうだが、留学生のアルバイトは禁じられている。そのためMさんは教授に了解を得ようとしたのである。すると教授はなつかしそうな語調で言った。

「あなたは南洋方面の方なのですかあ……」

「バベルダオブ島のカラルドです」

「カラルドでしたら、あなたペリリューに行ったことありますか?」

「あります。私の妹はペリリューの男を夫にしていますので……」

教授はMさんの顔をじっと見つめると、静かな口調で言った。

「そうですか、それなら私が応援します。ペリリュー島は私の一生忘れられない島です」

Mさんは聞いた。

「先生はなぜペリリュー島を知っているのですか」

「私は戦争中、ペリリュー島にいたことがあります。ある仕事で……」

教授は急に口をつぐんだ。Mさんは黙って教授を見つめていた。すると、教授は意を決したかのように「ある仕事」の内容を訥々《とつとつ》と話しはじめた。

「そのころの私はダイバー関係の仕事をしていた。もちろん軍隊でです。一九四四年三月三十日にアメリカがパラオ諸島の日本軍基地を空襲する前に、私たちは潜水艦でペリリュー島の沖に送られました。そこには日本軍が敷設《ふせつ》した機雷があったのです。私たちの仕事は、そのペリリュー島を囲むリーフ（珊瑚礁）の外にある機雷の信管をはずして、アメリカの軍艦をリーフ内に入らせるのが目的でした。

仕事は順調にいき、ペリリュー島で仕事が終わったあとはバベルダオブ島方面に行き、アルゴロンの日本海軍砲台の前の水道入口に敷設されていた機雷の信管をはずす作業をした。

こうして主な機雷の信管をはずし終わってから、私たちは『攻撃開始ＯＫ』と報告し、やがてアメリカの軍艦がやってきました。ですから私はいまでもスキューバ・ダイビングは大変得意なのです」

太平洋のど真ん中に生まれ育ったＭさんも、もちろん海に潜ることは得意だったから、「私もダイビングはできます」というと、教授はもっと専門的に教えてやろうと言った――。

ＩさんがＭさんからこの物語を聞いたのは、学校を卒業して一時島に帰ってきたＭさんと近くの海でスキューバ・ダイビングをしているときだったという。教授の話では、工作グループは一五名で、教授以外は全員日系二世であったという。教授はどうやら工作グループの隊長か責任者であったらしい。

グループの活動は機雷の信管抜きだけではなかった。教授はその後メンバーを連れ、パラオ本島とコロール島の間の潮流の速いアルミズ水道まで潜水艦で送られ、上陸し、「さまざまな仕事をした」とも語った。

アルミズ水道は日本の艦船の往来がもっとも多い水道で、日本の南洋統治の首都ともいうべきコロール町の喉元であり、第十四師団を中心としたパラオ集団司令部が置かれた場所とは目と鼻の先である。距離にしてもほんの数キロだ。

教授はこんなことも言った。

「そのときのメンバーは日本の兵隊の服装をしていて、日本軍といっしょに仕事をしていたこともあります。日本の水兵を殺して軍服をはぎ取り、日本の水兵になりすましたわけです……」

二世グループのチーフは「森川という名前」だったとIさんは言う。だが「森川」の話をさらに詳しく聞こうとすると、Iさんは、

「その話はあまりしたくない。パラオの人はみんな知っているが、誰も話さない」

と急に口をつぐんでしまった。だが、アメリカの統治下になった戦後のパラオ諸島に、「森川という二世」はさらに居つづけ、相当の地位と権限を持った恐れられた存在であったことだけはIさんの口調から知ることができた。

戦争にスパイはつきものである。戦時下の日本で逮捕され、終戦直前に東京で処刑されたソ連の諜報員リヒャルト・ゾルゲとそのグループはあまりにも有名であるし、戦後のルバング島（フィリピン）で三十年近くも残置諜者として潜んでいた小野田寛郎《おのだひろお》少尉の帰還で、一躍クローズアップされた陸軍中野学校もまた、軍直轄の諜報・謀略工作員の養成所であった。

一人の優秀な諜報員は数万の軍隊に匹敵すると言われるように、より正確な敵情をいち早く手中にすることは戦いに勝つ必須条件である。

第2章

オレンジビーチの死闘

——生還兵が証言する水際の攻防戦

詳細に立てられた反撃計画

七月末のパラオ諸島への空襲は、米軍の次の目標がパラオに置かれていることを明確にした。ペリリュー地区隊長の中川州男《くにお》大佐は、防禦《ぼうぎょ》態勢の完成を急いだ。海岸の第一線陣地が破られても、即座に第二線陣地に下がって迎撃できるよう堅固な縦深《じゅうしん》陣地の構築を進めた。さらに敵の一部に上陸を許し、橋頭堡《きょうとうほ》を築かれた場合にそなえて、島内の要域に複廓《ふくかく》（郭）陣地も造った。

複廓陣地とは、やむを得ない状況に追い込まれた場合でも長期間抵抗戦ができるよう、幾重にも防禦をほどこし、弾薬や食糧などを備蓄した陣地のことである。そして七月末には、大小五〇〇を超える各種陣地がほぼ完成した。小は兵隊一人が入れる蛸壺《たこつぼ》状のものから、大は数百人も入れる洞窟陣地もあり、珊瑚岩の自然壕を巧みに利用した堅固なものだった。

中川大佐はペリリュー守備隊を南地区隊、西地区隊、北地区隊、東地区隊（九月十四日に地区隊本部直轄に編入される）の四地区隊に分け、それぞれ歩兵一個大隊を中心とした守備隊を編成して張りつけた（14ページ図参照）。

当初の防禦・迎撃計画は、日本軍伝統の水際《みずぎわ》撃滅作戦だったが、サイパンとグアムの戦訓を採《と》り入れ、成算のない一斉突撃などは厳に戒《いまし》める作戦に変更した。すなわち、最後の一兵になるまで戦う「徹底抗戦」を唯一最大の戦術としたのである。そのうえで完成したのが「ペリリュー地区隊戦闘指導要領」で、八月四日に井上貞衛《さだえ》パラオ集団司令官の承認を得た。

戦闘指導要領は第一の「戦闘指導要領」と、第二の「反撃計画」に分かれていた。第一の戦闘指導要領は、いってみれば総論で、次のような内容だった（原文はカタカナ交じり文。適宜《てきぎ》句読点を付した）。

一、地区隊は統合戦力の最高度発揮と積極潑剌《はつらつ》、弾力性ある戦闘とに依り敵を水際に撃滅す。

二、敵の行動に依り上陸企図、地点を偵知《ていち》せば全力を挙げ該方面に対する準備を周到にし、敵上陸を開始せんとするや、予《あらかじ》め準備せるところに依り隠密奇襲、機先を制し、果敢なる海上遊撃戦を実行し、敵を水中に撃滅するに努む。

三、敵上陸を開始せば過早に敵舟艇を射撃することなく穏忍、至近距離に於て海上決死攻撃及凡有《あらゆる》水中、水際火力、諸施設の威力を統合発揮し、果敢なる反撃と相俟《あいまつ》て瞬時に敵を撃滅す。

四、敵陸岸に地歩を占めんとするや直《ただ》ちに予備隊及他の地区より転用せる兵力を以て斬込、肉攻、特攻、海上戦闘と猛烈果敢なる反撃とを敢行し、敵海岸堡固《かた》からざるに乗じ手段を尽して之が撃摧《げきさい》に努め、遅くとも当夜中に覆滅《ふくめつ》す。

五、状況真に已むを得ざる場合は持久を策し、高地帯を堅固に保持し、敵の航空基地設定竝《ならびに》基地利用を妨害すると共に果敢なる遊撃戦を展開し、海軍陸戦隊と協同して敵を殲滅《せんめつ》するに努む。

この「戦闘指導要領」の第五こそが、中川大佐がペリリュー島戦で見せる日本軍初といってもいい徹底抗戦である。すなわち、敵を水際で撃滅することができず、橋頭堡を築かれてしまったときは、島の中央に連なる高地帯の洞窟陣地に潜み、積極果敢なゲリラ戦を展開するとしたのである。

第二の「反撃計画」は、その逆襲作戦計画を詳細に指示したもので、第一号反撃から第七号反撃まで述べられている。敵が島のどこに上陸するかによって、いかなる作戦を採るかを指示したのだ。その各号の反撃計画はさらに細かく指示されていた。たとえば次の第一号反撃は第一項から一二項まで指示されている。

第一号反撃　西地区全正面竝南地区に亘《わた》り上陸せる場合。

ちなみにこの「第一号反撃」の第一項はこう指示している。

「歩兵第二連隊第七中隊と工兵一コ小隊を予《あらかじ》め西地区隊長に配属す。西地区隊長は直ちに猛烈果敢なる逆襲を敢行し水際に撃滅す。之が為イシマツ、イワマツ両支点を堅固に保持し、先ず此《こ》の間の敵を撃滅す。爾後《じご》、主力の反撃に呼応し、モミ支点間の敵を撃滅す」

では、日本軍は米軍の上陸地点をどこに想定していたのだろうか。それは反撃計画を見れば察しがつくので、第二号以下の反撃計画の想定場所だけを記す。

第二号反撃　南地区隊より東地区隊正面に亘り上陸せる場合。
第三号反撃　西地区及東地区正面に上陸せる場合。
第四号反撃　東、西、南正面より同時上陸せる場合。
第五号反撃　北地区正面より西地区正面に上陸せる場合。
第六号反撃　北地区隊正面に上陸せる場合。
第七号反撃　敵全周より上陸せる場合。

この反撃計画の決定と同時に、中川大佐は実際に各部隊をそれぞれの計画に沿って戦闘開始直前の態勢に配置し、八月十日から十六日までの間、邀撃《ようげき》訓練を実施した。さらに八月二十一日には、敵が西浜と東浜から同時に上陸を開始したという想定の下に、第三号反撃の実兵演習も実施した。

ペリリュー島で大規模な上陸作戦可能な海岸は砂浜がつづく西浜と北浜である。浜辺から三五〇～八〇〇メートル付近にリーフ（珊瑚礁）が断続的に連なっており、リーフと海岸線間の水深は満潮時には一・二メートル、干潮時は七〇センチほどで、徒渉《としょう》も可能である。

中崎および南島半島の海岸は断崖が多く、上陸は難しい。高崎湾もリーフで遮《さえぎ》られており、マングローブが密生していて上陸作戦には不向きだ。東海岸の東浜（一の字半島正面）はところどころに断崖はあるが、中央の砂浜地区は上陸作戦は可能である。

だが、ペリリューの地図を見つめればわかるが、本格的な上陸作戦が可能な西浜と北浜をくらべた場合、北浜は背後が丘陵地帯で奥行きも浅く、大部隊が展開するには狭すぎる。それにくらべ西浜はおおむね平坦地のうえ、最大の攻略目標である飛行場がある。ペリリュー地区隊司令部が「敵は西浜に来る」と読んだのも、同じ理由からだった。その西浜に配置されたのが富田保二《とみたやすじ》少佐の歩兵第二連隊第二大隊を中心とした西地区隊と、千明武久《ちぎらたけひさ》大尉の歩兵第十五連隊第三大隊を中心とした南地区隊だった。

米軍の砲爆撃に耐える洞窟陣地

昭和十九年九月六日、米機動部隊がパラオ諸島南方とヤップ島北東方面に進出してきた。機動部隊というのは、飛行機を搭載した航空母艦を中心とした艦隊のことである。ウィリアム・F・ハルゼー大将率いる第3艦隊（西部太平洋任務部隊）麾下《きか》のマーク・A・ミッチャー中将率いる第38高速空母任務部隊（タスク・フォース＝TF38）だった。空母八、重巡四、改装空母八、戦艦七、軽巡七、対空軽巡三、駆逐艦六〇という大艦隊である。

パラオ地区集団が空襲警報を発令し、邀撃態勢を整えるのとほぼ同時の午後二時ごろ、ミッチャーの空母機が襲ってきた。パラオ本島・コロール地区に一三〇機、ペリリュー島に八〇機、アンガウル島に四八機、ヤップ島に二五機、延べ二八三機という大群だった（撃墜四機）。

この日の夕方、パラオ地区集団司令部は戦闘司令所をパラオ本島のアイミリーキからアルルコウク山（パラオ本島南部）に移し、七日早朝には開設を終えていた。そこからなら、ペリリュー島方向が目視できるからである。

その九月七日、米機動部隊の艦上機は前日を上回る数で襲ってきた。ヤップ島に二〇〇機、ペリリュー島に五三八機という大群だった（いずれも延べ数）。さらにペリリューには戦艦四隻、巡洋艦三隻による艦砲射撃も加わり、飛行場、港湾、海岸陣地、砲台、舟艇などに多大な損害を与え、ペリリュー飛行場は使用不能となった。

この日、ペリリュー地区隊から集団司令部に送られた暗号電は、こう記している。

至急電報ペリリュー発パラオ集団長宛（九月七日一六時五五分発）
七日敵艦行動状況
一、戦艦三巡洋艦Xヲ加エ四。〇八・一一　九〇度五〇キロニ出現、速力二〇ノットニテ西方進。〇九・三五　二七〇度一〇キロ、戦艦マズ南島ニ砲撃開始、目標ヲ北ニ移動「ガドブス」島マデヲ砲撃シツツ移動、爾後左ノゴトク砲撃ヲ実施シアリシガ、一三・二五　西南方水平線上ニ姿ヲ没ス。
第一次〇九・三五～一〇・〇〇北上中ニ約一五二発
第二次一〇・二〇～一〇・四五南下中ニ約二五四発
第三次一二・〇〇～一二・二〇北上中ニ約一七七発

第四次一二・三〇～一三・〇五南下中ニ約一六一発
二、砲撃目標ハ主トシテ両飛行場及ビ付属建築物ニシテ、西海岸陣地後方及ビ中央高地帯ヲモアワセ、約七五〇発ヲ実施ス。
三、砲撃時ハ観測飛行二～八機ヲモッテ直接目標誘導ニ任ズルタメ射撃集中、オオムネ確実ナリ。
四、一〇～一五ミリ口径砲ヲ使用シアルモ威力敢エテ恐ルルニ足ラズ。マタ陣地ハ目標トセザルモノノゴトク、被害ホトンドナシ。
地区隊長以下将兵、士気旺盛ニシテ、ヒタスラ戦機ノ熟スルヲ待チアリ。

米軍の艦砲射撃がはじまった九月七日は、兵士たちの多くは食事をとることもできず、終日壕の中でじっとしているよりほかなかった。艦砲が発射されるとカーンという音が届く。そのカーンという音につづいて頭上をヒュー、ヒューという音を残して砲弾が飛んでいく。しばらくするとドーンと破裂音がする。このカーン、ヒュー、ドーンの交錯音を耳にしている間は、恐怖心が全身を覆《おお》って壕から顔を出すどころか、外を覗《のぞ》くことすらできなかった。

米軍の空襲は九月八日も前日とほぼ同規模で行われ、以後、上陸戦を開始する九月十五日まで艦砲射撃とともに衰えることなくつづけられた。だか、島の洞窟に潜む日本兵たちは、艦砲二日目の八日には早くも「カーン、ヒュー、ドーン」に慣れ、米軍の攻撃が開始される前の早朝に炊

米軍パラオ侵攻軍の戦闘序列と第1海兵師団(増強)の編成

上陸作戦には常に圧倒的兵力を投入する米軍は、ペリリュー島に第1海兵師団、アンガウル島に第81歩兵師団を投入、島を瓦礫に変えるような上陸支援の大規模な艦砲射撃の後、アムトラック(水陸両用戦車)群を先頭に上陸を開始した。

事場に走り、昼と夜の分の食い物を確保するようになった。

さらに飛行場に張り付く海軍の西カロリン航空隊の各部隊員は、米軍の攻撃が止《や》む夕刻以降、壕を飛び出して滑走路にできた爆撃や艦砲による穴を一つ一つ丁寧に埋《う》め戻す作業に追われた。だが艦砲射撃開始四日目の九月十日になると、攻撃はいっそう激しくなり、補修した滑走路はまたたく間に穴だらけにされ、手がつけられなくなった。

滑走路は蜂の巣のように穴だらけになった。飛行場の背面に連なる山岳地帯の山々も、その姿を一変させていた。濃い緑の木々に覆われていた山肌は醜《みにく》く露出し、強い陽光に素肌をさらしていた。

当時、合衆国艦隊司令長官で海軍作戦部長だったアーネスト・J・キング元帥は、ジェイムス・フォレスタル海軍長官への『作戦報告書』に、このペリリュー、アンガウル両島に動員した第3艦隊の規模を「マリアナ以上の大部隊」といい、「約八〇〇隻の艦艇が参加した」と記している。

この本の冒頭に登場した山口永《ひさし》少尉は、この米軍の空と海上からの攻撃を歩兵第二連隊第二大隊第六中隊の小隊長として、西浜の海岸陣地で耐えていた。

「敵の上陸一週間前からの爆撃はすごかったです。その前から海岸線の陣地などは爆撃されていたんだが、このときは敵の機動部隊はすでに島のまわりをぐるっと取り囲んでいて、艦砲射撃と艦上機の爆撃は毎日でした。あの大ジャングルが一週間の砲爆撃で裸の山になってしまったんで

上陸作戦の開始にあたって、ペリリュー島にロケット砲撃を加える米軍艦艇。

すから。

戦闘開始前にジャングルが裸山になってしまったということはかなり不利な条件です。もう日本軍に飛行機はなかったから、敵は好きなように爆撃してくる。ペリリューにいた日本の飛行機は、六月のサイパン攻撃に出撃したままほとんど帰ってきませんでした。毎日、朝早く飛び立って行ったきりでした。

ええ、九月十五日以前の攻撃で戦死者や怪我《けが》をした兵隊は相当いたと思います。なにしろ米軍の機動艦隊は島のまわりの二キロか三キロ沖の地点に錨《いかり》を下ろして艦砲射撃をしていたんですから。ところが、米軍は夜間攻撃はしない。日本の〝特攻〟を警戒して全艦安全地帯に引き揚げてしまうからです」

前記の暗号電報や山口少尉の証言にもあるとおり、米軍の艦砲射撃と空からの爆撃は日を追って激しさを増していた。だが、山口少尉の想像とは裏腹に、日本軍守備隊の人的被害は驚くほど少なかった。たとえば九月十四日二十時五十分に発信された、ペリリュー地区隊からパラオ集団長宛の報告電はこう記している。

「十三日後報　戦果　撃墜一二（うち不確実四）、被害　戦死一三（士官一、兵一二）、重軽傷二一、計三四。戦死馬二、兵器燃料軽微」

米軍が知ったら腰を抜かすような数字である。一日中何千発という艦砲射撃と爆弾を投下しながら、敵に与えた被害がわずかに「死傷三四」などとは信じるわけにはいかなかったろう。彼ら米兵は、黒く焼けただれた瓦礫《がれき》の山と化したペリリュー島を眺めて、とっくに「生きている日本兵なんかいるもんか」と思っていたのだ。

だが、数字は本当だった。日本軍守備隊は、米軍の砲爆撃がつづく日中は堅固な陣地や珊瑚の洞窟陣地内にじっと身を潜め、砲爆撃が止む夜間になると地表に出て迎撃の準備を続行していたのである。

米軍が上陸を決行してきた九月十五日の早暁（午前二時）に発信された、ペリリュー地区隊からパラオ集団司令部への「十四日戦闘要報」はこう結んでいる。

「地区隊ハホトンド砲爆撃ナキ夜間ヲ利用シ、鋭意諸準備ノ完成ニ邁進《マイシン》シ、本夜ヲモッテオオムネコレガ処置ヲ完了、イヨイヨ必勝ヲ確信シテ防備ニ万全ヲ期シアリ。戦果判明セルモノ潜水艦触雷轟沈《ゴウチン》一、被害判明セルモノ戦死四、重軽傷者六」

米軍の上陸前日の猛砲爆撃でも、その被害はわずかに「死傷一〇名」という驚くべき数字である。ペリリュー島の防備態勢と洞窟陣地が、いかに万全であったかの証左であろう。

中川大佐をはじめとする地区隊首脳は、島の周囲の米軍の動きから、上陸決行は一両日中に違いないと判断した。前記の「十四日戦闘要報」は報告している（原文はカタカナ交じり）。

一、敵のリーフの偵察はますます大胆且つ執拗にして、上陸用舟艇にはゴム浮舟を使用リーフ進入、西岬及び小島付近二ヶ所を爆破せり。また十三日通報に基づくリーフ及びユズ陣地、モモ陣地中央正面に赤浮標を植立せり。

二、敵機及び艦艇の行動は前日に大差なきも、その攻撃目標は主として西地区及び小島及び大山、中山付近、同じく一の字半島に指向せられ、視界内行動艦三八隻（航母四を含む）、来襲機二五〇機なり。

三、敵は十三日リーフの偵察及び爆破状況及び熾烈《しれつ》なる砲爆撃に鑑《かんが》み、敵上陸は一両日の近きにありと判断す。

このペリリュー地区隊の判断は正確だった。米軍は「スチールメート作戦」と名付けたこのペリリュー島攻略戦を、この報告電発信の五時間後に開始するのである。「戦闘要報」にある「ユズ陣地、モモ陣地中央正面に赤浮標を植立せり」とあるのは、上陸海岸に選んだ西浜の範囲を示す目印だった。

米第一陣を迎え撃つ日本軍

緑のジャングルに覆われていた島は、黒々とした岩肌も露《あら》わな瓦礫の島と化していた。米軍は、こうした充分すぎる事前砲爆撃を行い、昭和十九年九月十五日、日の出と同時の午前六時十五分（日本時間）、ペリリュー島に敵前上陸戦を敢行してきた。チェスター・W・ニミッツ大将率いる米太平洋方面軍麾下の第1海兵師団（師団長ウィリアム・H・ルパータス少将）であった。

師団は六月二日から、ガダルカナル島北西のラッセル諸島パヴヴ島で上陸訓練を重ねていた。そして八月下旬、師団はLST（戦車揚陸艦）に分乗してパヴヴ島を離れ、ガダルカナル島のタサファロング沖でさらに機動演習を行い、九月四日早朝、いよいよ三四〇〇キロ先のペリリュー島をめざして錨を上げたのだった。

このペリリュー島上陸作戦の第一陣を担《にな》った第1海兵師団の兵力は一万六四五九名で、一七七一名は後方部隊としてパヴヴ島に残った。このうち歩兵は第1、第5、第7海兵連隊の三個連隊で、兵員は九〇〇〇名ほどだった。

海岸から数キロ離れた天然の防波堤・リーフの外に錨を下ろした約三〇隻のLSTからは、次々と兵員を満載したアムタンク（水陸両用戦車）や舟艇群が吐き出され、いっせいに白波を蹴《け》立《た》てて押し寄せてくるさまは、まさに大ワイドスクリーンにおさめられたシネラマを見るようであった。

アムタンク群は海岸線から二キロほどのところでスピードを緩《ゆる》め、横隊形をとった。その長さは二キロ余にわたり、一瞬、間をおいたかのように停止したが、すぐさま白波を蹴立てていっせいに突進を開始した。

海岸線の陣地でじっと息を殺して見つめる日本軍兵士にも、近づいてくるアムタンク群のエンジン音ははっきりと聞こえていた。その海岸陣地は水際から三〇メートルほどしか離れていないから、アムタンク群は肉眼でもはっきり見渡せた。

陽はすっかり昇り、時刻は午前七時三十分をまわろうとしていた。じっとりとした汗が全身を覆っている。しかし、暑さを感じる兵はいない。押し寄せるアムトラック群にそそぐ両眼に、全神経が集中しているからだ。

アムタンク群の先頭グループが、天然の防波堤になっているリーフ（珊瑚礁）に到達しはじめた。時を同じくして爆発音と高い水柱が数本上がり、数隻の舟艇がこなごなに飛び散るのが見えた。日本軍が敷設した機雷にふれたのに違いない。

「オオー！」

陣地の日本兵から押し殺した歓声が沸《わ》く。

ペリリュー島の中央山岳部に据《す》えられている日本軍砲撃陣も攻撃を開始した。殺到してくるアムタンク群の中に巨大な水柱が何本も立ちのぼる。突然、アムタンク群がいっせいに停止した。

すると、アムタンク群に対する日本軍の攻撃を封じるためであろう、後方の米軍艦艇から発煙弾を交えた猛烈な艦砲射撃が、海岸の日本軍陣地や山岳部中腹の砲兵陣地に降りそそぎはじめた。

米軍が上陸しようとしている地点は、日本が西浜と呼んでいた約二キロメートルにおよぶ海岸線で、日本は北からモミ、イシマツ、イワマツ、クロマツ、アヤメ、レンゲというロマンチックな名前をつけた六つの陣地で防衛していた。モミからクロマツまでの四陣地は歩兵第二連隊第二大隊（大隊長・富田保二少佐）と野砲一個小隊が西地区隊として布陣し、アヤメ、レンゲの南地区隊には増強された歩兵第十五連隊第三大隊（大隊長・千明武久大尉）がいた。これら各陣地には分厚い鉄筋コンクリート製のトーチカもあり、北部のイシマツと南部のレンゲ陣地のトーチカには速射砲が備えられていた。上陸してくる米軍に十字砲火を加えるためである。

一方米軍は、この西浜の日本軍のイシマツ、イワマツ陣地地区を「ホワイトビーチ1」「ホワイトビーチ2」と名付けて第1海兵連隊から一個大隊を、クロマツ、アヤメ陣地地区を「オレンジビーチ1」「オレンジビーチ2」と名付けて第5海兵連隊の第1、第3大隊を、そしてレンゲ陣地地区は「オレンジビーチ3」と名付けて第7海兵連隊第3大隊を上陸させようとしていた。

米軍上陸部隊を援護する強力な艦砲射撃が止み、停止していたアムタンク群が再び白波を蹴立てはじめた。鬼沢広吉《おにざわこうきち》上等兵と飯島栄一《いいじまえいいち》上等兵は茨城県の隣村同士の戦友であるが、このときもともに米軍の真正面、イワマツ、イシマツ陣地に布陣する歩兵第二連隊第二大隊第五中隊（工兵第三小隊含む）にいた。

事前の砲撃戦で黒煙に覆われたペリリュー島に殺到する、米軍兵士を満載の上陸用舟艇と水陸両用戦車。

飯島上等兵の話から聞こう。

「前の日の十四日までは富山《とみやま》にいたが、米軍側の動きから上陸はまもないと思っていた。翌朝の六時ごろが満潮だから、敵はその時刻を狙《ねら》ってくるだろうということで、陣地を造ってあった海岸線に行ったんです。

敵が上陸してきた九月十五日の朝は、昨夜からの移動で疲れていたし、そのうえ食べるものもなしで、ただタコツボ（燐鉱石を掘った跡の穴）に入っておったです。そこへ艦砲射撃をされて、終わったなあーと思ってタコツボから顔を上げたら、アメリカ軍が目の前に来ていたんだ。艦砲射撃に援護された上陸用舟艇や水陸両用戦車が海岸に上がってきていたんです。

われわれも撃ちに撃ちまくった。銃身なんか熱くてとてもさわれない。殺し合いだよ。そのとき米軍の艦砲射撃が止んだ。海岸では敵味方が入り乱れてたからですよ。このとき第五中隊は一五〇名くらいいたが、うち三〇名くらい殺《や》られてしまった」

鬼沢上等兵が後を継ぐ。

「私は中隊本部付だったですが、中隊長の中島正《なかじまただし》中尉は士官候補生あがりではりきっていた。それで立って指揮してたんだが、名誉の戦死さ。

撃ち合いだけじゃなく手榴弾の投げ合いですよ。小銃で撃ち合うほど離れちゃいないんだから。日本の手榴弾は安全ピンを抜いて叩かないと発火しないが、アメリカのは安全ピンを抜いておいてレバーを握り、そのレバーを離すとバーンといく。小高《おだか》曹長という剣道二段の下士官が斬り込みに行き、米兵の首を斬って殺し、『やった』と思った瞬間、バーンと逆に殺られてしまった。首を斬られた米兵が手榴弾を握っていた手を開いたからなんです」

飯島上等兵がつづける。

「デング熱でふらふらしていた雲野《うんの》兵長が出ていったところを殺られたあと、私たちが海岸に向かって突撃をするとき、鬼沢さんたちの中隊本部が来たんだ。そのときのことがいちばん印象に残っているなあ。

『五中隊！　現在位置！』

という伝令の声が聞こえた。何万という敵兵の前で、わずか一五〇名くらいで戦っていたんだから、心細かったですよ。そこへ鬼沢さんたち中隊本部の約一〇〇人近くが応援に来てくれたん

オレンジビーチ（西浜）に向かう上陸用舟艇と水陸両用戦車。

だ。戦闘中だから姿は見えなかったけど、声だけは聞こえ、なんとも心強かったね。小高曹長が死んだのはそのあとだった。

この戦闘初日の十五日には三回突撃をするわけだけど、一回やるたびに三分の一ずつ減っていった。塗《ぬり》木《き》正《まさ》見《み》少尉が小隊長だったが、士官学校出の勇敢な人だった。その塗木少尉が小高曹長に、

『俺がひと稼ぎしてくるから』

といって突撃していき、帰ってきませんでした。突撃するときは死ぬつもりですから小銃に銃剣をつけ、弾は五発だけつめて、あとは水筒だけを持っていく。

海岸までは二〇メートルから三〇メートルぐらいなのだが、ずらっと生い茂っていた椰子《やし》の木はすでに砲爆撃で全部倒されていたから、一〇メートルも突撃すればもう殺したり殺されたりの白兵戦です。ともかく、そうして進んでいったら倒れ

た椰子の木の向こうにババァーと蒸気のようなものが上がっていた。ひょいと見ると、戦車だった。私らは銃剣だけだから、どうしようもない。

『飯島あ！　もといたところの陣地に戦車をやっつける爆薬があるから取ってきてくれ！』

分隊長の叫び声が聞こえた。で、取りに行きかけたら第七中隊が応援に来たんです」

どこが敵陣なのかもわからない、入り乱れての白兵戦だった。ある兵は、そこが敵陣だと思って手榴弾を後方に投げつけた。しかし、そこは味方が死守していた場所だった。

米軍第一陣を撃退した西地区隊

第五中隊の狙撃兵だった程田さんも、鬼沢、飯島さんたちとともに戦っていたが、一発一発狙い撃ちしている余裕などはなかった。

「まず十四日の夕方、黒人だけの斥候《せっこう》兵が海岸近くまで来て写真を撮ったりスケッチしたりしていった。私が見たのは二、三人だったが『黒人の斥候は引き寄せるだけ引き寄せよ』ということで撃たなかった。翌朝、米軍が上陸してきたとき、私たちは穴の中にいたのだが、弾がつづくかぎり撃ちまくりました。何時ごろだったか、ふと見ると、敵がいなくなった。そこで今度は『突っ込めェ！』ということで穴を飛び出した。

アメリカ軍の第一線は黒人兵が多かったらしく、かなりの黒人が死んでいて、なかには息のある者もいる。

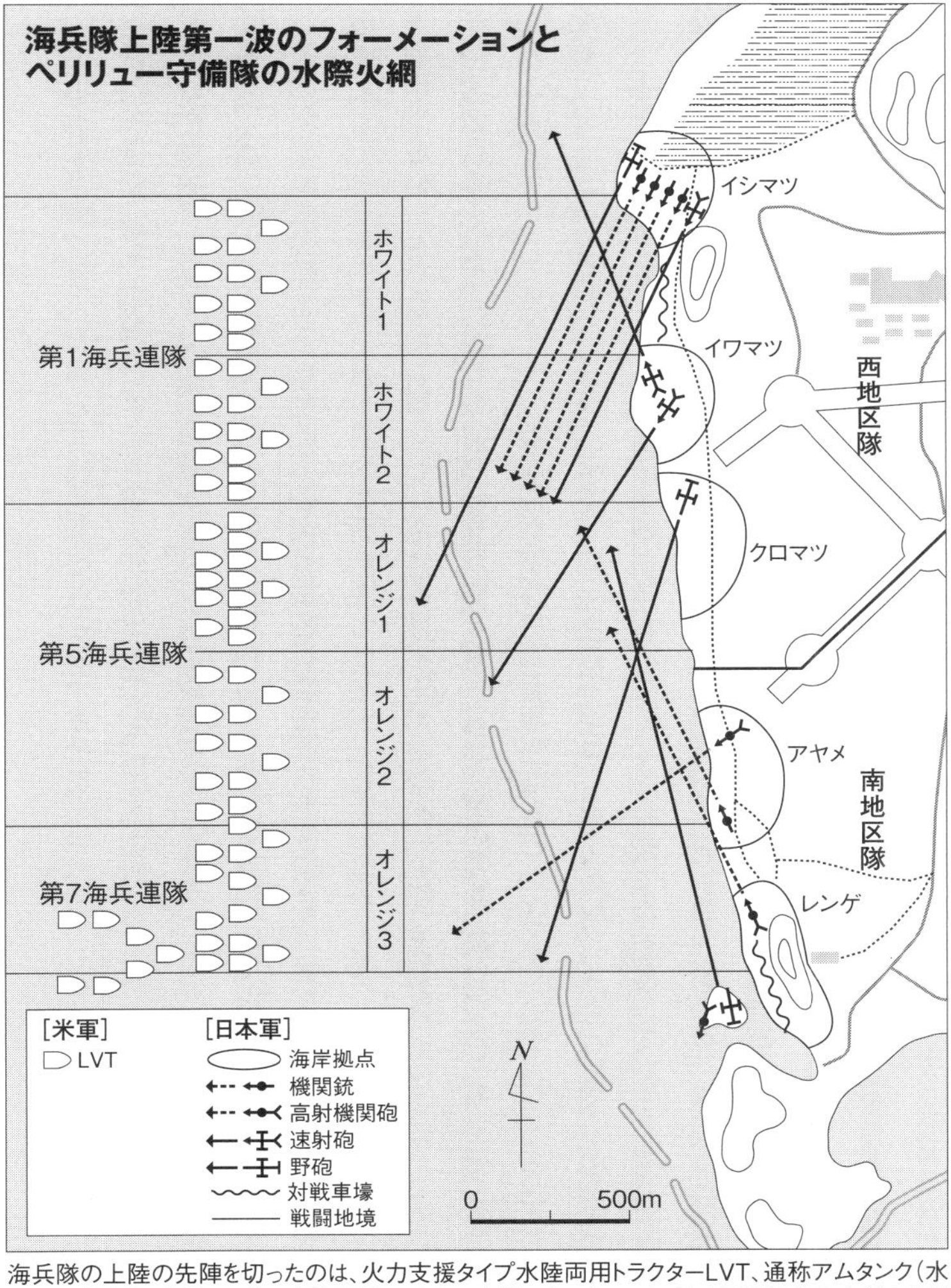

海兵隊の上陸の先陣を切ったのは、火力支援タイプ水陸両用トラクターLVT、通称アムタンク（水陸両用戦車）を装備した第3水陸両用トラクター大隊であった。一方、日本軍は植物の名前を付けた水際拠点で待ち構えていた。とくに第1海兵連隊左翼正面のイシマツ陣地は増加火器によって強力な火点となっていた。

『こんな奴ら弾《たま》で撃つのはもったいない』

ということで、銃床でぶん殴ったり小便をぶっかけてやったりする。すると、ふうーっと起き上がってきて、拳銃を向けてくる者もいた。あるいは傷ついて椰子の木の陰に隠れているのを発見された米兵は、両手で拳銃を持ち上げ、狙いをつけようともがく。こっちも殺《や》られてはたまらんから、次から次へと斃《たお》していくうちに海岸へ出てしまった。

その海岸では敵味方入り乱れての白兵戦の展開中だったんです。軽機関銃でね、向こうもこっちもただ引き金を引くだけで狙いを定めるヒマなんてないです」

程田さんは、初めて白兵戦をやったときは「ただ夢中だった」と言う。

「何も考えない、ただ殺らなければいかん、やっちゃえという気持ちだけです。殺らなければ殺られるんですから。落ちついて敗残兵になり、武器を持たないときの考えとはまるっきり違います」

米軍は上陸先遣隊が殺られれば次の部隊が上陸し、その部隊が殺られてもまた次が……と、まさに潮のごとく次から次へと上陸してきた。さらに時間が経《た》つにしたがい、海兵だけではなく戦車の数も次第に多くなっていた。まともに戦ったのではいたずらに損害を多くするだけであることは、一般兵士の目にも明らかである。

海岸に出た程田さんたち第五中隊員は、海岸に造られていたコンクリート製のトーチカから速射砲（対戦車砲）を持ち出すことにした。これらトーチカはコンクリートの厚さが一メートル

四、五〇センチはあり、艦砲の直撃弾を受けてもいちおう大丈夫なように造られてある。

約三メートル四方の立方体形をなしているトーチカは、そもそもは海岸の水際より数メートル奥まった陸地に造られてあった。ところが続々と上陸してくる米軍の水陸両用戦車が海岸の砂を蹴散らし、えぐり取っていくため、徐々に海中に向かって移動をしていた。そのためトーチカの射撃窓の位置が変わってしまい、海上を突っ走ってくる米軍の水陸両用戦車に効果的な攻撃を加えることができなくなっていた。そこで、第五中隊員たちはトーチカの中の速射砲を引っ張り出すことにしたのである。

「サイパンやテニアンでは米軍戦車の装甲板は厚くて速射砲は役に立たないということだった。ところがトーチカから引っ張り出してやってみると、敵の戦車はボン、ボンと音を立てて海の中で火を噴き、次々と擱座《かくざ》しちゃうじゃないですか。

速射砲というのはトーチカの中に陣地を造ると、戦車の死角に弾を撃ち込むことができないわけです。斜め上から戦車の足もと、キャタピラのところに撃ち込むなどということができない。そこでわれわれはトーチカから速射砲を持ち出し、海岸線の高いところに持ってきて、リーフの浅瀬に殺到してくる米軍戦車を狙い撃ちしたわけなんです。

われわれは第二線陣地には絶対に撤退はしないという信念を持っていましたから、ここで最期（死ぬ）になるまで食い止めようという気持ちですから、簡単には後退なんかできませんよ」

どれくらい戦ったのだろうか、南洋特有のスコールがやってきた。初めは焼けた銃身でパチパた。

チ撥《は》ねた雨脚《あまあし》は、やがて戦場にしばしの静寂をもたらした。そしてスコールが通り過ぎ、もうもうたる硝煙と火薬の異臭が洗い流された海岸線には、敵味方の死体が累々《るいるい》と白波に洗われてい

た。

死体の数は明らかに米軍の迷彩服の方が多かった。いや、海岸線だけではなく、珊瑚礁の海面は海岸線以上に米軍兵士の死体で覆われ、隆起した岩礁には鈴なり状態で死体が折り重なっていた。もちろん富田大隊と千明大隊など西地区隊の反撃だけではなく、後方の天山中腹にあった砲兵陣地からの集中砲火も功を奏していた。

イシマツ陣地一帯で歩兵第五中隊とともに戦っていた工兵第三小隊長の藤井裕一郎《ふじいゆういちろう》少尉は、その日本軍の集中砲撃の様子をこう証言する。

「朝の八時半ごろ、およそ一〇〇〇名くらいの米軍がわれわれの陣地前に接近してきて、対戦車壕に入った。そして六台の水陸両用戦車が壕の前に並んだんです。そこで私はただちに伝令用のセパード犬を天山付近の砲兵陣地に向かわせた。その二匹目が連絡に成功したんです。五～六分すると天山の砲が火を噴きはじめ、敵線に対して見事な集中砲撃が行われたんです。

もうもうたる砂煙が折からのスコールで消え去ったころ、米兵のほとんどは全滅していた。わずかに生き残った敵は沖合に向かって後退をはじめた。煙幕を張り、負傷者を担架《たんか》に乗せて浅瀬の海岸を沖に向かって走っているグループもある。われわれはその残敵に射撃を開始したんだが、ほとんど同時に、天山の砲兵陣地に正確な艦砲射撃が集中しはじめました」

米軍はこの第一次上陸作戦で上陸用舟艇六〇余隻、シャーマン戦車三輛、水陸両用戦車二六輛を失い、一〇〇〇名以上の死傷者を出して退却を余儀《よぎ》なくされた。

「傍受した米軍の無線電話では『水陸両用装甲車、すでに艦船にない』『缶に水を入れて送れ』等、その苦戦の状況がわかった」と防衛庁（現・防衛省）戦史室の戦史叢書は記す。

ウォルター・カリグという米海軍予備役大佐は『戦闘報告』（「BATTLE REPORT」）という戦後に書いた回想記の中で、ペリリュー島の戦闘についてこう記している。

「守備隊（注・日本軍）は、飛行場を守るのが何よりも大切だということを心得ていて、防禦施設はその根本方針にそって作ってあり、海にも陸にも機雷や地雷をギッシリと敷設していた。飛行機用の爆弾も加え、珊瑚礁のところから陸上一〇〇メートルまでの間は、防禦帯というか、人一人入れないように固めてある。パラオ諸島とウルシーでは繋縛機雷一〇〇〇個以上を処分した。こんな厖大な機雷堰《ぜき》は、それまでの太平洋地域に敷設してあった日本の機雷を全部合わせて、それを五倍したものより多かったのである。

また、コンクリートで築いたり、珊瑚礁をうまく使ったりして防空壕や砲座が海岸のいたるところにある。道路が交叉したところあたりは対戦車砲と自動火器で厳重に防備している。内陸に入ると、戦車がどうしてもそこを通らなければならないような誘導路を作りあげてあり、そこを通れば待ち構えている火線に曝《さら》されるという恐ろしいワナになっていた。それから、野砲陣地と臼砲陣地が小高いところに点綴《てんてい》するというように、何度も何度も調べたり試したりして、どんな場合でもスキがないように苦心していた。
ペリリューの攻略はまったく地獄そのものであった。第一海兵師団のボーラ一等兵に言わせると『もうめちゃくちゃだ。上陸点に上がってみると、迫撃砲弾がわれわれの真上に飛んでくる。そういうふうに、日本人は砲を据えているのだ。上がって十五分ばかりは前にも後にも動けない。とにかく、砂の中に頭を埋める。足を高くして頭を低くする。そうしなければタマがよけられない。
出発前に大隊長が訓示した、水際でぐずぐずするな、そこが日本軍のツケ目なんだぞ、という一言を覚えていたので、遮二無二、砂地を出ようとした。ピュッと音のするタマは少しも恐くない。音がするヤツは遠いタマだ。当らない。だが、鞭《むち》を振るような音のは近い。聞えないヤツは、たいていあまりにも近すぎるヤツだ……。
死にさえしなければ、ペリリューだって悪かあない。例えば、シスコやハワイで肩と肩とをくっつけて仕事をし、遊んできた友だちと肩を並べて戦場で戦っている。とつぜんポコッというと、横にいた友だちが動かなくなる。ほんのちょっと前までは喋っていた友だちが、もう誰が誰かわからない。そんなものだ、戦争というのは』
これは、ただボーラ一等兵の感想だけでなく、ペリリューに上陸した第一海兵師団全部のものだった」（『特集文藝春秋』一九五六年六月号所載）
しかし、上陸第一陣を担《にな》ったアメリカの海兵隊員の中で、ペリリュー島の日本軍守備隊がこれ

海岸にたどりついたところを日本軍の砲撃で擱座した米軍の水陸両用戦車。釘付けにされた海兵たち。

西浜にたどりつき、突撃の機会を狙う海兵。手前には斃れた兵士が横たわっている。

ほどの抵抗を見せると予想していた者はあまりいなかった。敵前上陸作戦を明日にした九月十四日、第1海兵師団長のウィリアム・H・ルパータス少将は、周囲の将兵や同行している従軍記者たちにもこう広言していたからだ。

「明日はいよいよDデイだ。きわめて厳しい戦闘になるだろうが、すぐに終わる。四日、いや三日で片がつくはずだ。タラワのときと同じく、激戦にはなろうが、長くはかかるまい。すぐに休養基地へ戻れるだろう」

ルパータス師団長の〝戦況見通し〟は、あっという間に広がった。おかげで師団に同行してきた三六名の従軍記者の多くは、島に上陸さえしなかった。部隊とともに上陸した記者の中でも、緒戦の壊滅的な米軍の戦況を取材しつづけたのはたったの六名にすぎなかったという。何ごとにも懐疑の目を向けるのが習わしの記者たちさえ師団長の楽観的見通しを信じたのだから、一般の兵士たちが信じたのは当然だった。まともに顔を見たこともないが、師団長閣下がそう言うのだから本当かもしれんと、話を伝え聞いた海兵たちは高まる不安を抑えながら信じようとした。ありがたい話じゃないか、たった四日、もしかしたら三日間で従軍星章をいただけるってわけだ。三日や四日ならどんなにひどくたって我慢できるというわけだった。

だが、ペリリュー島の戦いはルパータス少将の見通しどおりにはならなかった。これからが激戦、激闘の連日となるのである。そして日本軍は全滅し、このアメリカ軍はフィリピン奪還をめざすマッカーサー将軍の西南太平洋軍を側面から援助することになる。

ペリリュー占領後、米軍はこの上陸地点の西浜を「オレンジビーチ」と呼びつづけた。それは上陸作戦に際して各部隊の目標地域を「オレンジビーチ1」「オレンジビーチ2」と名付けていたからだった。しかし、島の人たちの説明によれば、呼び名のいわれは別だった。

「アメリカ兵の血で白い珊瑚の海面がオレンジ色になってしまったからよ」

いずれにしても日本が統治時代に西浜と呼んだオレンジビーチは、いまやペリリュー島の正式名称化しており、西浜と呼ぶ島の人たちはいない。

そして、この玉砕の島で奇跡的に生きのび、終戦を信ぜず、さらに二年半も洞窟に立てこもって抵抗をつづけていた〝三四人〟の日本兵の大半が、米軍の最初の上陸地点、すなわちこのオレンジビーチの迎撃戦に参加した歩兵第二連隊第二大隊と西カロリン海軍航空隊所属の陸戦隊員たちだったのである。これほどの激戦地でなぜ生き残れたのか？　偶然、奇跡と言いきるには、戦いはあまりにも凄惨《せいさん》なものだった。

米軍、橋頭堡を築く

ペリリュー島上陸作戦に米軍は二個師団、約四万名の海兵、歩兵部隊をつぎ込んできた。迎撃する日本軍は主力の歩兵第二連隊を中心に歩兵第十五連隊第三大隊、独立歩兵第三百四十六大隊の陸軍が約六二〇〇名、西カロリン航空隊（司令・大谷龍蔵《おおたにりゅうぞう》大佐）と飛行場建設などに従事していた軍属も含めた海軍が約三六五〇名、総数一万名足らずであった。一方の米軍は四万の上陸部隊に加え、キング元帥が「約八〇〇隻の艦艇が参加した」とのちに報告書に記したように、島の周囲をぐるっと取り巻いた強力な機動艦隊の援護があった。明らかに人員、機動力ともに日本軍を圧倒していた。

米第一陣が退却してからおよそ一時間がたった午前九時三十分、西地区隊はふたたび米軍の上陸部隊を目前にした。敵はなんとしても強襲上陸を貫徹するつもりらしい。

スコールはいつの間にか止んでいた。米軍の作戦は一回目とたいした変わりはなかった。しかし、兵員、水陸両用戦車など物量においては明らかに異なっていた。米軍は一回目の数倍もの兵力、車輛をオレンジビーチに向けてきた。

スコールが洗い流した海岸は、ふたたび敵味方入り乱れての殺戮《さつりく》の場となった。米軍の前線は衛生兵が飛び交い、負傷者はどんどん後送して沖に停泊する病院船に運び去る。しかし、後のない日本兵は戦友の死体を脇に銃の引き金を引きつづけた。

海岸の攻防は一進一退がつづき、米軍はまたもや不利な状況に見舞われはじめた。日本軍守備隊の中心は、満州で徹底的に訓練された若い二十代の現役兵で構成されている。その頑強さは、米軍がそれまでの作戦で経験したことのない粘り強さがあった。

ギルバート諸島のマキン、タラワの戦闘以来、日本軍守備隊の抵抗はつねに激しかったけれども、米軍はいずこも数日から十数日で占領宣言を出してきた。日本軍が中部太平洋最大の兵力を持って守備していたサイパンでさえ二十二日間で陥《お》ち、グアム島も米軍上陸一週間後には一万八五〇〇名の守備隊中約一万三〇〇〇〇名が戦死し、二十二日後には小畑英良《おばたひでよし》第三十一軍司令官が自決して組織的抵抗は終わっている。ペリリュー島守備隊はそのサイパンの三分の一、グアムの半分の兵力しかなかった。米軍の指揮官が、そのペリリュー島がサイパンやグアムより手数がかかるなどと予想しなかったのは当然であった。

海岸の珊瑚の白砂にかじりつく米兵たちには、どうして日本兵が生きていたのか不思議でならなかった。米海兵隊戦史にはペリリュー、アンガウル両島に対する艦砲射撃は、九月十五日の上陸開始以前に三四九〇トン、上陸後に三三五九トン、合計六八四九トンも撃ち込んでいると記されている。前記したように、この艦砲射撃に加えて空からの爆撃で、深いジャングルに覆われていた両島は、珊瑚の岩肌も露《あら》わな裸の島と化してしまった。そこに日本軍の兵員や火器が健在であるなどとはとても信じられないことであった。

米軍の支援射撃群指揮官ジェス・B・オルデンドルフ少将は、米海兵隊戦史に回想している。

「上陸準備の砲爆撃は、当時、もっとも完全で従来のいかなる支援よりも優れていると思ったが、日本軍の隠蔽《いんぺい》した火砲が米軍の水陸両用戦車（装甲車）に射撃を開始したときの私の驚きと残念さがどうであったかは、想像していただけると思う」

実際、島内を蜂の巣のごとく掘り、あるいは自然の洞窟を拡大して造った日本軍の複廓陣地は、米軍の強力な艦砲射撃から兵と火器を頑強に護っていたのだ。

歩兵第二連隊第二大隊（西地区隊）の通信兵だった森島通《もりしまみち》一等兵も、その壕で米軍の砲爆撃をしのいでいた。

「最初の艦砲ではほとんど損害はなかったと思います。いくらかは死者が出ましたが、みんな防空壕（洞窟）に入っていますからね。壕は山の下にあるから、高い弾は頭上を通り過ぎるわけです。壕の入口に直撃を食らうということはほとんどありませんから、ただ、ドドーン、ドドーンという腹をえぐるような音さえ我慢していれば壕は絶対に崩れることはないですからね。

壕の中には通信網がやられた場合に備えて軍用犬が何匹かずついた。艦砲射撃がはじまると、この犬がなんとしても壕から出ない。そこで首輪に伝令を入れて首を持っていっしょに駆けてやり、尻を叩いてやったりして、やっと伝令に出したもんです。ところが耳がいいから艦砲の音がすると地面に伏せてしまう。爆弾などが落ちてくると、一番先に壕の奥にサッと入ってしまうのも犬でした。

ところが無理に連絡に行かせた犬が米軍の砲撃をまともに食らって、首だけ吹っ飛んで木の枝にひっかかっているのを見たときはたまりませんでした」

犬も尻込みするほど猛烈をきわめた米軍の上陸支援砲爆撃も、日本軍に決定的ダメージを与えることはできなかったのである。

米軍は二回目の強行上陸にあたって、一回目の敗退を教訓に上陸地点の変更を行った。それは歩兵第二連隊第二大隊の西地区隊と歩兵第十五連隊第三大隊が布陣する西浜の正面を攻めるのではなく、正面に上陸すると見せかけて両地区隊の間隙を衝《かんげき》《つ》こうというものだった。

作戦は成功する。米軍は多くの死傷者を出しながらも、飛行場南西端に約一個連隊の海兵を上陸させることができた。そして夕方までにさらに地歩を拡大し、戦車をともなって飛行場の南東端近くまで進出することができた。

このとき飛行場を守備していたのは、海軍の大谷龍蔵大佐指揮の西カロリン航空隊である。その中心的戦闘部隊は第四十五警備隊ペリリュー派遣隊約七〇〇名で、そこに「軍人はパッと咲いて、パッと散るんだ」が口癖の、八〇名の部下を持つ元気印《じるし》の小隊長がいた。海軍配属の陸軍部隊の高野《たかの》という少尉で、弱冠二十三歳の純真な将校だった。中柄の大阪人で、仏教中学出身だけに人情家であり、部下からも信頼されていた。

九月十五日の午後、高野少尉たち飛行場の警備隊陣地にも米軍戦車のキャタピラ音が近づいてきた。

「行くぞッ！」

右手に抜刀した軍刀をかざした高野少尉は、一声叫び、陣地を飛び出した。

「それっ！」

部下たちもかけ声をかけて次々と陣地を蹴《け》った。

途端《とたん》に、米軍の戦車砲が火を噴き、機銃が横なぐりに突き刺さってきた。高野少尉はもんどり打って仰向けに倒れ、文字どおりパッと散ってしまった。

「隊長を見殺しにするな！」

三十六歳の村上という曹長が叫び、戦車を押し立てた米軍前線に躍り込んだ。だが、その曹長も戦車の機銃になぎ倒され、つづく兵たちもバタバタと撃ち殺されていった。

そうした中で、何名かの警備隊員は敵戦車に肉薄していた。彼ら日本兵はキャタピラに棒地雷を突っ込んで爆発させ、戦車が擱座したところに火焰瓶《かえん》を投げつけて戦車隊員を焼き殺した。別の日本兵は、火焰瓶を投げつけてから棒地雷を差し込んで爆発させた。

燃え上がる米戦車。戦車砲や機銃でなぎ倒される日本兵。こうして海岸線から飛行場にいたる一帯では、凄絶な殺し合いが展開された。しかし、数で圧倒する米軍は徐々に橋頭堡を広げ、この日、高野小隊で生き残った者はわずか五、六名にすぎなかった。

実行された第一号反撃計画

米軍に橋頭堡を築かれるや、日本軍の損害は一挙に増大した。九月十五日午後四時三十分、ペリリュー地区隊長中川州男大佐は「第一号反撃計画」の実行を命じた。歩兵第二連隊本部直轄部隊として待機していた第一大隊の中から〝斬り込み決死隊〟を編成、さらに海岸陣地で迎撃戦を展開中の歩兵第二連隊第二大隊の予備として、これも待機していた第七中隊と師団戦車隊(隊長・天野国臣《あまのくにおみ》大尉、軽戦車一七輛)を加えての反撃開始であった。

滝沢喜一《たきざわきいち》上等兵は森島一等兵と同じ第二大隊の通信隊員であったが、米軍上陸時は天山の連隊本部にいた。

海岸線から島の内陸部に突進しようとする海兵たち。

「夜になって第一線配属になった。それで第二大隊のいる一線陣地に行ったところが、生き残っているのは一五〇名ぐらいしかいない。通信兵だが、もう通信なんかやっているひまはない。なにもかもわからず、ただ無我夢中で小銃の引き金を引きつづけただけですよ。

そのあと第一線陣地はもうだめだというので、第二線陣地の富山にある壕に後退したわけです。さらに連隊本部のある後方の天山に引き揚げようということで、二、三人で偵察に行ったんだけど、すでに天山はアメリカ軍に包囲されていて引き揚げるどころじゃない。結局、その富山の壕にいたのだが、ここもアメリカ兵に発見されて撃ち合いになり、一二、三人が死んだ。それからは行く当てもなくなって散り散りバラバラになるわけです」

このころ、米軍は最初の上陸予定地点である西浜――すなわちオレンジビーチの強行突破を断念、先に橋頭堡の獲得に成功した飛行場の南西端から続々上陸、海岸線の日本軍陣地を迂回《うかい》して天山方面の攻撃へと作戦を変えていた。オレンジビーチでの戦闘は明らかに不利であり、必要以上の出血を強《し》いられることが第一回の強行上陸失敗でわかったからである。

もし第一回目の上陸戦と同じように海岸線で白兵戦が展開されれば、沖に停泊している艦艇からの支援砲撃はできない。そうなれば周到な準備と水際作戦の訓練を重ねているであろう日本軍守備隊の方が、明らかに有利であろうと判断したからであった。この米軍の上陸迂回作戦は、不思議な結果を生むことになる。すなわち、本来もっとも死亡率が高くなるはずの米軍上陸地点の日本軍守備隊が生き残るという不思議である。

それはさておき、虎《とら》の子の戦車隊をともなった日本軍の第一号反撃計画が開始された。海軍陸戦隊に編入され、西浜の歩兵第二大隊に配属されていた塚本忠義《つかもとただよし》上等工作兵（西カロリン航空隊工作科・以後は「上等兵」と記述）と、第二大隊本部付だった武山芳次郎《たけやまよしじろう》上等兵は、その軽戦車をともなった反撃作戦を目撃していた。

「私たちが海岸に出てちょっと下がったときでした、米軍の戦車が飛行場の方に向かってきた。そうしたら私たちの後方から日本の戦車隊が来たんです。

『前へ行っては危ない！　米軍の戦車がいるぞオ！』

と叫んだんだが、戦車隊の者は聞かずに突っ込んでいってしまってねえ……。いっせいに『突っ込めえ！』ということで、ワアーッと突っ込んで、それっきりです。だから目の前で殺《や》られてしまった。かなり若い、少年戦車隊員のような人たちでしたねえ」（武山上等兵）

「私は山の上から目撃したんだが、上陸してきた敵を程田さんたち（第二大隊第五中隊）が食い止めている。そのときあの豆戦車がどうして海岸に張りついている米軍を攻撃しなかったのか、それが疑問です」（塚本上等兵）

「それはね、戦車は北地区の方にいたから、来る途中でかなりやられている。丸裸になった島の道路を来るんだから、艦砲と空爆の恰好《かっこう》の目標にさらされるわけですよ。だから、せっかく戦車を出撃させながら、何ら威力を発揮しないで全滅しちゃった」（武山上等兵）

たしかに塚本上等兵が疑問をいだくように、日本軍の唯一の機械化部隊である軽戦車を交えた反撃作戦には問題があった。

そのとき、すでに上陸に成功し、橋頭堡の拡大を行っていた米軍は、多量の武器・弾薬の揚陸を行っており、豆戦車といわれた日本の軽戦車に数倍するＭ４戦車も戦闘に参加していた。米軍の記録にも、この日本軍の戦車による反撃作戦は時機を失したものであり、上陸した〝敵〟にあまりにも時間を与えすぎていたと指摘されている。すなわち、日本の戦車隊と歩兵による合同作戦が、もし米軍が戦車や重火器を揚陸する以前の、まだ海兵たちが海岸の砂浜に顔を埋《うず》めてライフルの引き金を引いていた時期に行われていたら、数倍の効果を生んでいたであろうというのだ。

もっとも、後日に書かれるこれら戦闘記録の中の「もしも」「仮に」「あのときこうしたら」という言葉どおりに行われていれば、戦争に「負け」はなくなる。戦いの記録に「仮に」や「こうしていたら」は不必要であり、たいした意味はない。

仮の話はさておき、歩兵を満載して飛行場を真一文字に疾駆《しっく》してくる日本の軽戦車を、米軍は数十門の無反動砲（対戦車砲）とバズーカ砲を装備した対戦車攻撃隊とで待ち構えていた。そして各砲はいっせいに火を噴いた。完全な狙い撃ちである。五七ミリの鉄甲板を射ち抜く無反動砲は、わずか二〇ミリの厚さしかない日本の軽戦車の装甲板に対してはいやというほど威力を発揮した。

このとき、飛行場南西端の米軍最前線には第1海兵師団第5連隊第3大隊が進出していた。その第3大隊K中隊の迫撃砲隊員だったユージン・B・スレッジ一等兵は、戦後はモンテヴァロ大学（アラバマ州）の生物学教授を務めた鳥類学者だが、回想記『WITH THE OLD BREED』（邦題『ペリリュー・沖縄戦記』伊藤真・曽田和子訳、講談社学術文庫）で書いている。

「午後四時五〇分ごろ、広々とした飛行場の向こうに、隆起珊瑚礁の尾根の南端が視界に飛び込んできた。この稜線一帯をわれわれは『血染めの鼻の尾根《ブラディノーズ・リッジ》』と呼んでいた。その山地のふもとで、雲のように舞い上がる砂塵にまぎれて移動しつつある車輛が何台か見えた。

『なあ、飛行場の向こうにいるあのアムトラック（水陸両用トラクター）の連中は、あんなに日本軍の戦列に近づいて何をしてるんだ？』と私は隣にいる古参兵に聞いてみた。

橋頭堡を築きつつある米軍に反撃しようと、飛行場を突進した日本の師団戦車隊だったが、もろくも撃破されてしまった。

米軍戦車の砲撃と速射砲で次々と擱座に追い込まれた日本の軽戦車。

『アムトラックなんかじゃない。ニップの戦車だ！』と彼は答えた。

敵の戦車のあいだに砲弾が炸裂しはじめた。友軍のシャーマン戦車の一部が飛行場の端に到着し、われわれの左手方向から砲撃を始めたのだ。埃と爆煙で視界がかすみ、敵の歩兵部隊は確認できなかったが、友軍は左翼方向から猛烈な攻撃を加えていた。

速やかに展開せよとの命令が伝わってきた。ライフル兵たちは茂みの端の小道に沿って横一線に展開し、手近なものの陰にできるだけ身を隠すようにして伏せた」

日本軍の野砲が戦車への反撃を開始した。スレッジ一等兵は日本軍野砲を破壊しようと、砲身の先から迫撃砲弾を落とし込もうとした。その直後、後方のシャーマン戦車の機関銃に狙い撃ちを食う。あまりにも前進していたため、日本軍と間違われたのである。

シャーマン戦車と日本軍野砲の撃ち合いはつづいていた。スレッジ一等兵は再び迫撃砲弾を込めようとした。するとシャーマン戦車の機関銃はまたもや狙い撃ってきた。

「迫撃砲を守れ！」

K中隊から命令が飛び、一人の海兵がシャーマン戦車に向かって這《は》い進んだ。そして戦車に這い上がり、前方にいるのは味方の迫撃砲手だと伝えたため、戦車の銃撃はやっと止んだ。ところがその直後、戦車に這い上った海兵隊員はもんどり打って転げ落ちた。日本軍の狙撃兵に撃たれたのである。

米軍の対戦車攻撃隊とシャーマン戦車の七五ミリ砲の集中攻撃を受けた日本の軽戦車は次々と

擱座し、炎を噴き上げた。ある戦車は歩兵を満載したまま木っ端微塵《こっぱみじん》に吹っ飛んだ。かろうじて戦車から飛び降りた歩兵たちも、飛行場のど真ん中では身を隠す一片の遮蔽物《しゃへいぶつ》もない。狙い定めた米軍の自動小銃は、まるで射撃練習のマトを倒すように日本兵をなぎ倒している。それでも銃剣をかざして米軍の群れに突撃し、銃剣を突き出す兵士も多かった。手榴弾の投げ合いもあちこちで起きていた。

この師団戦車隊と歩兵部隊の絶望的な戦闘を目撃していた歩兵第二大隊の生還者たちは、「敵の死体の上に味方が斃《たお》れ、その上にまた敵の兵隊が斃れていくといった凄惨《せいさん》な殺し合いだった」と口をそろえる。一部の記録によれば、「いったんは日本軍陣地に逃げ帰った二、三輛の戦車は戦友に励まされ、今度は戦車に爆雷を積んで敵のM４戦車に体当たりして自爆した」ものもあったという。

まだ二十代であった天野国臣大尉に率《ひき》いられた戦車隊は、こうして初日に壊滅し、市岡英衛《いちおかひでえ》大尉の歩兵第二連隊第一大隊、坂本要次郎《さかもとようじろう》大尉の第二大隊第七中隊もその大半が死傷し、「第一号反撃作戦」は失敗に終わったのであった。しかし、この反撃作戦を目の当たりにした米兵たちは、いささか戸惑いを見せていた。

スレッジ一等兵は前出書で回想している。

「それまでの海兵隊の経験からして、日本軍の反撃といえば自殺行為にも等しいバンザイ突撃を思い起こしたが、今度ばかりは違っていた。敵は必ずバンザイ突撃を仕掛けてくると、歴戦の古参兵が言い張るのをこの日も何度も聞かされていたのだが。

『やつらはバンザイ突撃をしてくるに決まってるから、粉々に吹っ飛ばしてやろうじゃないか。そうしたらこの蒸し暑い岩山ともおさらばだ。司令官は第一師団をメルボルンに帰してくれるかもしれないぞ』

ところがバンザイ突撃どころか、日本軍の反撃は戦車と歩兵が協同した、見事に組織された逆襲だった。われわれの左翼にあった海兵隊の部隊によって撃滅されるまで、歩兵約一個中隊と戦車およそ一三輛が、飛行場を越えて整然と進撃してきたのだった。日本軍はペリリュー島ではこれまでとは異なる戦法をとってくるかもしれない——このときの日本軍の反撃は、われわれにそんな警告を与えてくれた」

千明大隊長の戦死

米軍の上陸作戦開始以来、西浜の第一線陣地で白兵戦を展開している歩兵第二連隊第二大隊と歩兵第十五連隊第三大隊は苦戦を強いられていた。そして期待の増援（第一号反撃作戦）も失敗に終わったいま、前線陣地はふたたび孤立状態に陥った。そして陽が西に傾くにしたがって、戦友の数はますます減りつづけていた。コンクリート製トーチカから速射砲を持ち出して米軍の水陸両用戦車に立ち向かっていた程田上等兵たち第五中隊員たちも、次から次へと押し寄せてくる米兵の数には手のほどこしようがなくなっていた。

程田上等兵たち生き残っている第五中隊員は、いったん陣地に下がることにした。

「ふとみると飛行場の方がやられている。そこで、もといた海岸線の陣地に引き揚げ、穴の中でしばらく考えてました、ここで自爆しようかとね。そのうちわれに返り、足許を見ると手榴弾を五、六個ひとくくりにしたやつがあったんです。これはいいものがあったと思って穴を出、それをかかえて敵の戦車に向かって飛び込もうとした、その寸前でした。先輩の飯島さんから止められたのは……。

そこで二人で話し合い、とにかく第二大隊本部のある防弾兵舎（飛行場のはずれにある）に引き揚げることにした。その間はわずか二〇〇メートル足らずなんですが、樹木のない原っぱですからなかなかたどりつけない。頭の上を旋回しているグラマンに目をつけられ、バリバリ機銃掃射を食らっている中を行くんですから。

やっとのことで防弾兵舎にたどりついたところ、本部付の人たちがいた。彼らは敵とやっていないから、まだ米兵の顔も見ていない。私と飯島さんが水を飲ましてくれと言うと、ないと言うんだ。俺なんか第一線から帰ってきたのに、お前らどこにも出ないで水も飲ませねえなら、よぉーし、いまに見ておれという気持ちで飯島さんと二人で少し離れたところにある井戸に這い出したんです。

すると、後方から『行ったら危ないから戻れ！』って叫ぶ。米軍の艦載機がぐるぐる飛んでいてたえず監視しており、一人でも発見するとバリバリバリッと撃ってきましたからね。しかし水を飲まないことにはしようがねえから、行くなと言って止めるのを振り切って二人で行きました。

井戸には飯盒《はんごう》にヒモをつけて汲《く》むようにしたのが置いてあったので、二人でかわるがわる飯盒いっぱいの水をいっきに飲み干し、水筒にも詰めて引き返してきたんです。あの水の味はいまでも覚えとりますよ。

二人とも腹が減ってたんで『何か食べるものはないか』と聞くと、また何もないと言う。こいつらどこまでふざけていやがるんだと思ったが、ここにグズグズしていたら逆に危ないと思い、二人で富山へ引き揚げることにしました。

『おい、いまに見ておれよ！』

と本部の連中に捨てゼリフを吐き、防弾兵舎を飛び出したんです。その直後だった、敵の戦車が来て防弾兵舎を攻撃、コンクリートの兵舎はドカーンとやられてしまった。兵舎の中には相当いましたが、全滅です。

こうして大隊の第二線陣地の富山へ引き返したんですが、その間も必死ですよ、敵の戦車は目前に来ているんですからね。ちょっとでも横を向いたりして油断していたら、バーンと撃ってきますから、それこそ富山まで這って行きました。

途中、負傷して倒れている戦友に何人も会いました。『どうした』と声をかけると『うーん』と言うだけ。それで水をやるわけです。われわれは自分がいくら苦しくても必ず水筒に半分くらいは水を残しておく。というのは、傷ついて苦しんでいる戦友をそのままにしておくと、米軍に連れて行かれてしまうということが頭にあるので、捕虜にしないために水を飲ませるのです。飲むと、そのまま逝《い》ってしまう……。

水筒の口を相手の口につけてやると、からからに渇いてますから、あっという間に飲んでしまう。しかし、次の負傷者のこともあるから、可哀想だなぁーと思ってもサッと取り上げて、『これで我慢しろよ』と言い残して次から次へと進んで行った。末期《まつご》の水という言葉があれほどぴったりなのはないですね」

硝煙と汗と血に塗られた戦場に、初めての夜が訪れていた。夜明けとともに開始された艦砲射撃の音も、あの艦爆機のいやな音もいまは聞こえない。だが、兵士たちは眠ることはできなかった。

その夜、中川大佐は歩兵第十五連隊第三大隊（千明武久大尉）に対し、守備するアヤメ、レンゲ両陣地の正面に橋頭堡を確保している米軍への夜襲を命じたからである。夜は戦闘をしないという米軍の逆を衝《つ》く奇襲攻撃を狙った作戦命令であった。

緒戦の上陸戦で予想外の反撃に遭った米兵たちはたしかに脅《おび》えていたし、恐怖の夜を送っていたであろう。しかし、それだけに警戒は厳重であったし、日本軍が夜襲を多用することもガダルカナル戦やニューギニア戦を経《へ》てきた米軍には充分予想できることであった。そのため米軍はパラシュートのついた照明弾を夜通し打ち上げ、戦場をゆらゆらと気味の悪い緑色の光で照らしつづけていた。

千明大隊は米軍の指揮所を突破、一時は米軍を混乱に陥《おとしい》れた。夜襲は成功するかに見えた。だが、米軍側の応戦は日本軍を完全に圧倒するものだった。千明大隊長は夜明けの早い南洋の空が白む九月十六日払暁に戦死、作戦は失敗した。米軍上陸以来二十四時間、約七五〇名の大隊員のうち生き残っている者は約三〇〇名足らず、すでに大隊兵員の六割を失っていた。その上、守備していた西浜のアヤメ、レンゲ両陣地も失い、千明大尉の後を継いで大隊の指揮をとっていた奥《おく》住栄一《ずみえいいち》中尉(同大隊第七中隊長)は残存兵力を集め、東海岸の南湾をはさんだ南島半島と中崎に後退させ、態勢の立て直しをはかることにした。

大隊長の相次ぐ戦死

西浜一帯の海岸陣地を死守している兵士たちは、一睡もせずに二日目の朝を迎えた。この朝、千明大尉(戦死)に率いられた歩兵第十五連隊第三大隊の夜襲を撃退した米海兵隊は、すでに一個師団近い兵員と機器類、それに多数の戦車を揚陸させていた。

二日目の戦闘は、午前八時、島を取り囲んだ米艦艇群からの砲撃と艦上機の空爆によってはじめられた。一方、上陸している海兵隊は二手に分かれて進撃を開始した。一隊は歩兵第十五連隊第三大隊と海軍防空隊配属の特設第三十八機関砲隊(陸軍)の残存兵とで守備している南島半島方面に、もう一隊は飛行場を横断する形で、歩兵第二連隊第二大隊(大隊長・富田保二少佐)が守るイシマツ、イワマツ、クロマツ陣地方向に進んだ。戦車一〇輛をともなった約二個連隊の大軍であった。

海岸の陣地を守備する富田大隊の四、五中隊は、ここで完全に背後を敵に奪われて天山、富山など島の中心部に布陣する地区隊主力と分断され、孤立状態に置かれることになった。すなわち、正面は艦艇が群がる海であり、背後は米海兵隊で埋めつくされている。第四、第五両中隊の陣地は混乱に陥った。正面（海岸側）の砂浜にへばりつく米軍に向かって攻撃していると、味方が守っているとばかり思っていた右や左、そして後方からも敵弾が飛んできた。

狙撃兵である程田上等兵は、味方が間違って撃っているのだと思い、急いで小銃に日の丸を結んで「友軍だあ！」と叫びながら二度、三度と大きく振った。途端に攻撃はいっそう激しくなり、バリバリバリッという自動小銃の遠い音とともに弾丸が周囲に突き刺さってきた。ここで程田上等兵たちは初めて米軍の攻撃であることに気がついた。

「日の丸を振ったんだもの、居場所を教えたようなもんだからね」

そう言って、苦笑する。

じりじりと島の内部に攻め入る米軍に対し、日本軍の攻撃も凄まじかった。守備隊主力が布陣する天山や大山方面から撃ち出される一〇サンチ砲と野砲による集中砲火は、飛行場を占領した米軍の頭上に正確に落下していた。落下というより、山腹から狙い定めた垂直砲撃である。

このとき飛行場で日本軍の攻撃にさらされていたのは、スレッジ一等兵のいる第1海兵師団第

5連隊（三個大隊）と第1連隊第2大隊の四個大隊だった。スレッジ一等兵は回想記にしたためている。

「飛行場はブラディノーズ・リッジ（「血染めの鼻の尾根」――中央高地一帯の米兵たちの俗称）からは一望のもとにあった。重火器を高地に集中的に配備していた日本軍は、最大約九〇メートルの高度にある観測地点から進撃するわれわれを見下ろして、重火器に指示を出していたのだ……」

スレッジ一等兵たちは身を隠す何物もない飛行場を、できるかぎり姿勢を低くして足早に進んだ。砲弾が金切り声を上げて風を切り、あたり一面に炸裂《さくれつ》している。そのたびに地軸が揺り動き、硝煙と土埃《つちぼこり》が行く手を遮った。

「立ちこめる硝煙を透かして、被弾した海兵隊員たちが次々ともんどり打って倒れるのが見えた。私はもう右も左も見ずに、ただまっすぐ正面を見すえる。前進するほど敵の攻撃は熾烈《しれつ》を極めた。爆発の衝撃と騒音が万力《まんりき》のように耳を圧する。今にも被弾して倒れるのではないかと、歯を食いしばってその衝撃を覚悟する。身を隠せそうな窪地がいくつかあったが、前進しつづけよとの命令が頭をよぎる。誰一人として飛行場を渡りきることなどできないように思われた。だがわれわれには確信があった――海兵隊のすぐれた規律と卓越した士気があれば、この攻撃はかならず成功すると」（『ペリリュー・沖縄戦記』）

飛行場を半分ほど渡ったとき、スレッジ一等兵はつまずいて前のめりに転んだ。その瞬間、大型の砲弾が左前方で爆発した。砲弾の破片が唸《うな》るような音を残して頭上を飛び去った。戦友のスナフ一等兵がうめき声を上げて地面に突っ伏した。スレッジ一等兵は急いでスナフ一等兵のもとに這い寄った。

「幸い、スナフを襲った破片はそれほど勢いがなく、しかも運よく分厚い織物のピストル・ベルトに当たっていた。幅広のベルトの縫い糸が二・五センチ四方ほど擦《す》り切れていた」（同書）

だが、日本軍の砲火は長続きしなかった。それまでと同じように日本軍の砲撃が開始されるや、沖合に停泊する米艦からの艦砲射撃が山腹の日本軍砲台に向かって集中されたからである。孤立した海岸の陣地からは、それら味方の砲台がつぎつぎ沈黙させられるさまが手に取るように見えた。その陣地の中には悲壮感が漂《ただよ》いはじめていた。第五中隊長の中島中尉の死は、これら部下の戦意を昂揚させるための行為であったともとれる。

中島中尉が戦死したのは九月十六日午後三時ごろだった。場所は西浜のイシマツ陣地付近で、前後から挟撃《きょうげき》されている中隊を指揮しているときであった。中島中尉は階級章をはぎ取った一般兵隊用の軍服を着ていた。将校服など着ていると、敵の狙い撃ちを食うからである。

このとき、中島中尉はすでに負傷していた。程田上等兵は、その最期を目撃している。

「大きな爆薬（黄色火薬）を背負って、それに火を点《つ》け、『オレが行くぞ』と短い言葉を残し、戦車に向かって飛び込んでいった。われわれ兵隊が『中隊長、戻ってください！』と何度も叫んだが、中島中尉は聞き入れずに突っ込んでいってしまったんです……」

富田保二第二大隊長が負傷したのもこのころであった。米軍の挟撃でどんどん減っていく部下を見て、富田少佐は自らも助からないことを悟《さと》っていた。負傷者はコンクリート製のトーチカや近くの壕の中に収容されていたが、富田少佐もその中の一人であった。壕の中には三〇名以上の負傷者が詰め込まれていた。無傷で元気な者は数えるほどしかいない。危険な状況が迫っていた。

M4戦車五台に護衛された米海兵隊約一〇〇名は、トーチカを中心とする日本軍陣地の包囲網をジリッ、ジリッと縮めていた。

このとき富田少佐の重々しい声が飛んだ。

「わしは負傷兵とともに死んでいく。お前たちは生きられるだけ生きて、連隊本部に連絡してくれ」

これが富田大隊長の最後の命令になってしまった――と回想するのは、部下であり、直接〝最後の命令〟を聞いた鬼沢広吉上等兵である。

「そこで私たち動ける者は壕から出ようとしたが、敵がいるのでなかなか出られない。よーしイチかバチかだと私と戦友は二人同時に別々の出口から飛び出したんです。途端にバリバリッときた。青柳という戦友は足をやられ、私は手に貫通銃創を負ってしまった。もうこれで最後かと二人で水を飲み合い、天皇陛下万歳をやった。しかし私は手の負傷だったのでどうにか這い出し、助かりました。

つづいて飛び出した青戸という兵隊も助かったので、二人で湿地帯に横になり、首だけ出して

無抵抗だったガダルカナル島の上陸戦とは違い、多くの戦友を失い、激闘の連続で疲労困憊している第１海兵師団の隊員。

上に大きな葉っぱを乗せて隠れ、敵が去るのを待っていた。それからは指揮官もいなくなり、何人かが集まってきたので第二大隊本部のあるところに行ったんです。ところが、そこも敵に包囲されていて、どうにもならなくなった」

第二大隊の指揮は第六中隊長の大場孝夫《おおばたかお》中尉が引き継ぎ、一方、中島中隊長が戦死したあと宍《しし》倉《くら》という軍曹が率いていた第五中隊員の生き残り兵も、戦車を楯《たて》に迫ってくる米軍を目前にしていた。

程田上等兵や飯島上等兵など第五中隊は中島中隊長の戦死後、宍倉軍曹の指揮で一斉突撃を敢行しており、それまで一五〇名くらいいた中隊員は二四、五名に減っていた。そのうえ弾薬も残りが少なく、戦車に立ち向かう大型火器はすでに破壊されていた。残された方法は肉弾攻撃しかない。

米軍のＭ４戦車は、砲塔をぐるぐる回しながら迫ってきた。

宍倉軍曹が叫んだ。

「工兵隊！　あの戦車を攻撃しろ！」

いかに工兵隊といえども、迫ってくる戦車を攻撃することは確実に死ぬことを知っている。命は惜しい……。

当時の日本軍には、米軍の自走無反動砲やバズーカ砲といった強力な対戦車砲はなかった。それに代わる戦車攻撃用兵器として使われたのが棒型地雷であった。すなわち、この棒地雷を敵戦車のキャタピラの中に突っ込み、爆破させて擱座させるという、いたって原始的な方法である。それは接近戦における日本軍の唯一といってもいい有効な方法であり、武器であった。だが、その〝唯一の武器〟をキャタピラに突っ込むのは人間なのである。

棒地雷は長さが約一メートル、四個の信管を持ち、一トン以上の重量物を吹き飛ばす威力を持っている。棒地雷を抱えた兵隊は敵の戦車が来るのを隠れて待ち、目の前に来たところを突進してキャタピラに差し込むのだ。「棒地雷で攻撃!」という命令は、「肉弾突撃をせよ」という命令と同じなのである。もちろん生きて戻る兵は稀《まれ》だ。

「工兵隊が戦車を恐ろしがっていてどうする!」

宍倉軍曹はふたたび叱咤《しった》した。その叫びが終わるか終わらないかの瞬間、M4戦車の機銃が乾いた音を発した。宍倉軍曹は横っ飛びするように倒れた。重い機銃弾を食らった軍曹の体から、どっと血が噴き上がった。

第五中隊に連隊一といわれたラッパ手がいた。この倉持というラッパ手が手榴弾の破片でやられ、添寝するように斃れている二人の戦友の屍《しかばね》の上に崩れ折れ、息を引きとったのもこのときだった。

棒地雷による敵戦車攻撃のチャンスは失われてしまった。戦いは、海岸線に造られた低い堤防のような遮蔽物を間に、海側には米軍、内陸部側には日本軍という、わずか十数メートル離れての手榴弾の投げ合いという白兵戦になっていた。

敵の包囲網の中で出た撤退命令

第二大隊の本部付だった武山芳次郎上等兵は、盲腸の手術を受けてまだ一カ月も経っていない病みあがりだった。そのため大隊本部の情報担当を命ぜられ、前線と連隊本部間の電話連絡に当たっていた。しかし、戦友が次々斃れているとき、いかに病みあがりとはいえ、ズタズタに切断されて用をなさない電話の番などしているわけにはいかなかった。

武山さんは、同じ情報担当の角田という兵隊と二人で富山の大隊本部壕を出て、飛行場にある防弾兵舎に行くことにした。富山の壕から防弾兵舎まではせいぜい二キロ足らずの距離だが、二時間近くかかった。上空は艦砲の砲弾と艦上機が絶え間なく飛び交っており、機銃掃射は動くものに容赦《ようしゃ》しなかったからである。

「その艦砲と敵戦闘機の機銃掃射の合間をぬって行くわけだから、三メートルぐらい走っては身を伏せ、石があればその陰に、凹地があれば飛び込んで隠れるという具合でしたですからね。それに艦砲射撃をされる前は、いくらか道があったのだが、すっかり裸になってしまってぜんぜん見当がつかない。もう火薬の煙と暑さとで呼吸は荒くなっているし、少しでも木のあるところ、あるところと寄っていったです。

いま思うと不思議なんですが、体の水分は全部出てしまっているのに排泄《はいせつ》作用というのはあるんですねえ。そうなるとせつないです。小便なんか普通のように立ってはやれないですから、横になってタレ流しです。それも砲弾の雨の中ですから、眼は〈次はどこまで走っていこうか、あそこまで行こう〉と追っている合間にやる。少しずつ出るんだ。と、火薬の臭いと小便の臭いが乾いた鼻にツンとくる。

そうしてやっと防弾兵舎にたどりついたら、『これから第一線（海岸陣地）に行く』と言うんですわ。それで休む間もなく防弾兵舎にいた十数人の本部要員とともに、西浜で戦っている大隊本部の戦闘指揮所に行きました。第五中隊と第六中隊が展開しているほぼ中間点でした。同年兵の大関という上等兵は、この移動のときに殺《や》られました。海岸の前線は、もう激戦の跡も生々《なまなま》しく、敵味方の区別なく死体で埋《う》まっていました」

天山の連隊本部から、壊滅寸前に追い込まれている海岸の第一線部隊に撤退命令が出されたのはこのような状況のときであった。しかし、おびただしい負傷者をかかえる第五中隊の生存兵たちには、どのようにして撤退をしたらいいのか思い浮かばなかった。撤退すべき富山の第二線陣地へ通ずる道路や山峡はすでに米軍の展開区域になっており、そこを無傷の兵をはるかに超える負傷兵をかばいながら撤退するなどできる相談ではなかったからだ。

ほとんどの将校が戦死していた中で、高崎という准尉が元気でいた。その高崎准尉に、飯島上等兵たちの上官である分隊長が、負傷者で充満しているコンクリートトーチカに顔を向けて言った。

「准尉殿、アレ、どうしますか」

高崎准尉は黙ったままトーチカを凝視していた。もちろん「アレ」が何を意味しているかはわかっていた。分隊長は右手に持った手榴弾の束を軽く持ち上げ、短く言った。

「これでやりますか……」

高崎准尉は無言のままうなずいた。分隊長は戦車攻撃に用いた三個の手榴弾をトーチカの中に投げ入れた。

鈍い爆発音と同時にトーチカの出入口から白煙が噴き出した。見つめる兵たちのある者は顔をそむけ、ある者は流れる涙をぬぐおうともしないで、ただ棒立ちになっていた。飯島上等兵もそんな一人だった。

「悲惨でした。しかし負傷者をそのままにしておいてもどうせ殺られる、そんなら友軍の手でというのが当時の日本軍の教えだったからね……。だから負傷者も『殺ってくれ』と自ら申し出てました。捕虜になったのは意識不明のところを米軍に発見された者がほとんどで、負傷していても意識のある者は自爆していきました」

事実、手榴弾や小銃で自決していった負傷兵は多い。その自ら命を絶っていった兵士たちの水筒から、タラタラこぼれ落ちる水の状景を飯島さんはいまでも夢に見ることがあるという。ペリリュー島では、水は食糧以上に貴重だった。これといった水源のない島では、水は雨水以外に補給源はない。兵隊たちは、たとえ小銃を失い、あるいは弾薬が尽きても、水筒だけは肌身離さず抱えていたのだった。

歩兵第二連隊第四、第五中隊のわずかな生存兵たちは、第二線陣地の富山に向かって撤退を開始した。しかし、富山にいたるわずか数キロの間には、すでに米軍が展開しており、兵隊たちは一メートル進んでは伏せ、また一メートル進んでは伏せるという、まるでバッタの進軍のように一歩一歩進んでいった。敵に囲まれた〝後退〟という、なんとも奇妙な撤退である。いや、後退というより敵中横断そのものであった。

こうして第四、第五中隊員が海岸陣地と富山のほぼ中間まで進んだとき、大隊本部の下士官に出会った。軍曹だった。

「どこへ行くのか?」

「富山に撤退する途中だ」

軍曹は富山の方を振り向いて言った。

「ほら富山を見ろ、富山はもう爆撃を食らっている。行ってもダメだ。それよりいちばん右端陣地（モミ陣地）の第六中隊が健在だから、海岸に戻って第六中隊に合流しよう」

軍曹の情報で、兵士たちはふたたび海岸をめざして戻りはじめた。軍曹の言葉どおり第二大隊本部のある富山はもちろん、連隊本部のある天山も猛烈な砲爆撃にさらされているのが手に取るように眺められた。しかし、山腹の隠蔽壕からは応戦する味方の野砲も絶えず火を噴いている。ふたたび海岸の陣地に引き返した兵士たちは、味方の野砲が火を噴くたびに、まだ健在だぞ、大丈夫だぞと自分に言い聞かせて胸をなでおろした。

夜襲の肉弾斬り込み

陽は沈み、戦場は二日目の夜を迎えようとしていた。

米軍の上陸を受けて以来三十数時間、日本兵たちは一睡もしていない。将校も下士官も兵も疲労はその極に達していた。しかし、眠ることが死ぬことに通じる戦場では、睡魔よりも生きるための緊張感のほうが勝っている。

北浜と西浜の中間点、ペリリュー地区隊本部の置かれた天山や大山を背にしたモミ陣地の歩兵第二連隊第六中隊は、米軍の上陸地点から離れていたため比較的損害は少なかった。そこで大隊の指揮を引き継いだ大場孝夫中隊長は、第四中隊と第五中隊の合流組も含め、西海岸沿いに夜襲をかけることにした。この夜襲には、さきに全滅した師団戦車隊とともに出撃した大隊予備の第七中隊の生存兵も行動をともにすることになった。

前後するが、ペリリュー島から生還した日本兵は、この西浜の米軍上陸地点の水際陣地で戦った歩兵第二連隊第二大隊所属の将兵と、同大隊に配属されていた海軍陸戦隊の兵士がほとんどである。その中で原裕上等兵だけが歩兵第二連隊第三大隊所属である。すなわち、たった一人の第三大隊生き残り兵なのだが、原さんは本隊の第三大隊の全滅にいたる詳細を知らない。

米軍上陸時の第三大隊はペリリュー地区隊本部の直轄部隊で、反撃用の予備として後方の水府山周辺に展開していた。しかし、原さんの所属する第七中隊だけは第二大隊の予備中隊（第二大

予想を超える日本軍の抵抗で、疲れ切っている海兵たち。

隊指揮下）として海岸の第一線陣地にいたからである。

防衛庁戦史室の戦史叢書なども、第二大隊指揮下の陸海軍部隊の行動については生還者の証言も得られたから、ある程度は詳細に記している。だが、最後の一兵まで戦死した他の部隊の行動は、間接的証言とパラオ集団司令部（第十四師団司令部基幹）が受信した戦闘報告からの推測しかできないため、どうしても具体性を欠いている。そのため第二大隊中心の〝ペリリュー戦記〟の要素が強くなるのはいたしかたのないことかもしれない。

私は玉砕の戦場で後方部隊ならいざ知らず、第一線部隊にいた兵士たちのみが生き残ったという例を他に知らない。それも捕虜という形ではなく帰還をした例も稀なだけに、〝第二大隊戦記〟が特記されてもおかしくはないと思う。

すでに記したように、原さんは満州からペリリューに派遣された当初は軍事郵便取扱所勤務で、ペリリュー島とコロール島の師団本部（パラオ地区集団本部）を往復する郵便屋さんだったから、米軍上陸第一日目の水際作戦には参加していない。戦闘に参加したのは翌九月十六日の夜襲による反撃作戦からであった。もはや手紙を書く兵隊はいないし、いや手紙はなくとも師団本部に連絡する事項は山ほどあるのだが、敵の艦船に島を完全包囲されている状況では郵便舟を走らせることなど不可能だった。連隊本部から命令が来たのはそんなときだった。

「軍事郵便所の重要書類を持って連隊本部へ引き揚げろという命令をもらったんです。それで連隊本部へ行ったら『第七中隊は正面に出るから大至急中隊へ帰れ』と言う。帰れと言われても空爆と艦砲射撃で道はなくなるし、元のジャングル地帯がどこなのかもさっぱりわからない。やっとのことで元の中隊に帰り着くやいなや、今度は出発準備ですわ。その夜のうちに第五中隊が入っていた壕（西浜のイシマツ、イワマツ、クロマツの各陣地）まで前進し、斬り込みをするという。ところが米軍は夜でも照明弾を上げており、あたりは昼のように明るいから、目的地に着いたのは朝の十時ころでした。そのとき完全な者（無傷）は三個分隊ぐらいしかいなかった。一個分隊は通常だと一四、五名いるんだが、数が少なくなっていたので七名ぐらいだった。私らの分隊（七名）は防弾兵舎の警備に残れと言われ、そこでひと晩過ごしました。

明くる日の朝、大隊本部から連絡が入った。『昨晩の戦闘で中隊は全滅した。至急本部へ戻れ』と。私たちは重い足どりで本部へ帰ったのです」

このとき第六中隊の小隊長であった山口永少尉は、この前線陣地の生還兵の中ではただ一人の将校であるが、当夜の模様をこう語る。

「十六日の夕方からの夜襲は失敗でした。敵は日本軍の〝キリコミ〟を警戒してひと晩中照明弾を上げており、まるで昼間と同じだった。夜襲というのはかたまって突撃するのが普通ですが、昼間のように明るいうえにジャングルは砲爆撃で吹っ飛び裸同然、隠れるところもないから一団にかたまって行くことができない。

さらに米軍は夜間は戦闘をしないが、陣地のまわりは鉄条網で囲っている。そこを狙って斬り込みに行くんですが、なにしろ照明弾で明るい、思うような成果はあがりませんでした」

九月十六日の夜襲は、南地区をかろうじて死守していた歩兵第十五連隊第三大隊の残存部隊も呼応した。しかし、攻撃はこちらも失敗、同部隊は地区隊本部との通信連絡も跡絶《とだ》えて完全孤立の状態になってしまった。さらに飛行場付近に夜襲をかけた海軍陸戦隊も成果を見ることなく、富山周辺の第二線陣地に後退しなければならなかった。

中川大佐のペリリュー地区隊本部も、米軍の攻勢で指揮所を天山から大山に、戦闘指揮所を観測山にそれぞれ後退させた。そのうえで、本部直轄部隊を前線各部隊に呼応させて肉弾斬り込み隊として繰り返し出撃させた。結果は兵士の損耗《そんもう》を重ねるのみで、戦況を好転させることはできなかった。

損耗大きい米第1海兵師団

大場孝夫中尉に率いられる歩兵第二連隊第二大隊（第四、第五、第六中隊）の生存者は、夜陰にまぎれて海岸から富山の第二線陣地に後退したが、いまや島の南部を占領された小さなペリリュー島に安全な場所などない。

戦闘三日目の九月十七日、米軍は軽・中戦車を交えた約一個大隊を島の中心部の中山方面に、別の一個大隊を西浜寄りの富山に進ませ、一斉攻撃をかけてきた。富山には川又広《かわまたひろし》中尉に率いられた比較的損耗の少ない第四中隊を主力に、前夜西海岸から後退してきた第五、第六中隊の生存兵を加えた第二大隊もいたが、連日の戦闘でほとんどの将兵は疲労の極に達していた。

攻める米軍は、戦車をはじめ充分な武器・弾薬の補給を受けているだけではなく、海上からの事前砲撃、空からの爆撃という支援を得ての陸上戦闘である。逆に守る日本側は一兵の支援も、一発の小銃弾さえも補給はない。しかし戦闘は熾烈をきわめ、日本軍の必死の抵抗は米海兵隊に多くの死傷を強いていた。

これら日本軍守備隊と対峙《たいじ》している米海兵隊のスレッジ一等兵は書いている。

「ペリリュー島の日本軍の攻撃は見事なまでに無駄がなく、どの兵器を使うときも、決してむやみに撃ってくることはない。日本軍は、われわれに最大限の損害を与えられるタイミングを狙いすまして撃ち、チャンスが去るとただちに砲撃を停止する。このためわがほうの観測兵や航空機

負傷して二人の戦友に付き添われて前線を離れるスミス上等兵。彼はグロセスター岬戦の勇士だ。

は、尾根筋に点在する巧みに偽装された日本軍の陣地を発見するのに苦労した。

日本軍は大砲や迫撃砲を撃ち終わると、洞窟陣地の入り口に取りつけた鋼鉄の防護扉を閉じ、われわれの大砲や艦砲、八一ミリ迫撃砲などが岩山に砲弾を撃ち込んでいるあいだ、じっと身をひそめて待つ。われわれが火砲の援護射撃を受けながら前進すると、ふたたびわれわれを釘づけにして、甚大な損害を与える。硬い地面に塹壕《ざんごう》を掘ってひそむことは不可能に近く、敵弾から身を守るすべなどなかったからだ」(前出書)

だが、戦力の比はいかんともしがたく、大隊長代理の大場孝夫中尉、第四中隊長川又広中尉ら大隊の幹部将校をはじめ、三日間の戦闘を生き抜いてきた将兵の大半が戦死、部隊は全滅に近い打撃を受けてしまった。ところが飯島、鬼沢、程田上等兵ら第五中隊の数少ない生き残り兵は、ここでも助かったのだった。飯島さんはそのいきさつをこう説明する。

「九月十七日の戦闘後、第六中隊本部とともに天山の東の洞窟に撤退しました。運が強いというんですかね……。そのとき大場中隊長が伝令を連れて偵察に来ていたんですが、敵の戦車に発見されてしまった。こりゃまずい、全員殺《や》られてしまうと思ったんでしょうか、自ら、いきなりその戦車に爆薬を抱えて飛び込み、戦死です。

鬼沢君とはこのとき一緒になったんです。私ら五中隊員はそのとき七名ぐらいしか生き残っていませんでしたから、嬉しかったですよ。もう中隊の指揮をとる者もいなくなり、どうしていいかわからないので連隊本部に合流しようということになった。いま思うと、連隊本部はすでに天山から大山に移動していたんですが、とにかく天山に向かいました。

その途中、アメリカ軍の手榴弾攻撃に遭ったりしたが、どうにかたどりつけた。そこで富山から撤退してきた他の中隊の連中と一緒になれたんです。うまい具合に天山の中腹に壕が掘ってあって、結局、第二大隊の生存兵はこの壕に立てこもって十二月いっぱい戦闘することになるわけです。そのとき山口少尉たち第六中隊の生き残り兵も、天山の別の壕にいたんです」

その山口少尉は話す。

「本当にひどかったのは一週間ぐらいだった。その後は一線から下がって持久戦です。ペリリュー島は複雑な地形でいたるところに小高い山や谷があり、そこに自然の洞窟を利用して造った陣地がいくつもありましたから、その陣地に引き揚げて防禦態勢《ぼうぎょ》に入ったわけです。日中は洞窟陣地の中にいて、夜になったら出かけていくというゲリラ戦の毎日でした。そのたびに仲間の日本兵は数が減り、損害は大きかったが米軍の損害もまた大きかったと思います」

山口さんの推測どおり、米軍の損害も甚大《じんだい》であった。敵前上陸第一陣のクジを引いた米軍部隊は、既記のようにガダルカナル上陸作戦以来、つねに「栄光」と「精鋭」という文字を冠せられてきた第1海兵師団約一万六〇〇〇余名であった。だが、このペリリュー島戦まで負けを知らずにきた歴戦の第1海兵師団も、ついにその部隊史に敗北の記録を載せなければならなくなったのである。

とくに上陸第一陣を担《にな》った第1海兵連隊の損害は大きく、実に将兵の五〇パーセント以上もの死傷者を出していた。そのためこの連隊はペリリュー上陸二週間後の十月二日、「戦力回復」という名のもとにペリリュー島を去っている。スレッジ一等兵らのいる同師団の他の海兵連隊（第5、第7連隊）も、ペリリュー上陸の翌九月十六日に隣接のアンガウル島攻略部隊として作戦中であった歩兵第81師団第３３１連隊と、ウルシー環礁攻略後の第３２３連隊の応援を受けるハメになり、第一線を交代している。

こうして「栄光の第1海兵師団」は、各連隊とも三〇パーセントから六〇パーセントという大損害を受け、ついに十月三十日までに師団の全部隊がラッセル諸島パヴヴ島の後方基地へと撤退していったのである。

たった一人になった第七中隊員

九月十六日の一斉夜襲に失敗した前線部隊は、富山の第二線陣地に撤退したもののそこも一晩だけで、四日日の十八日には連隊本部をはじめ主力は大山を中心とした観測山、南征山、東山、水府山といった島の中央山岳地帯に追いつめられていく。東洋一といわれたペリリュー飛行場をはじめ、日本軍の施設や島民の村落がある南部地区はほとんど米軍の制圧下に入ってしまった。だが、米太平洋艦隊司令長官ニミッツ元帥をして、「米軍の歴史における他のどんな作戦にも見られなかった最高の戦闘損害比率（約四〇パーセント）」（『ニミッツの太平洋海戦史』恒文社刊）と嘆かせた激戦は、まだほんの序幕にすぎない。

しかも、米軍に占領された富山、天山、中山以南の地区にも、生き残った日本兵たちは小さなグループを作って洞窟に潜んでいた。そして米軍の隙《すき》を見つけては果敢に攻撃し、ゲリラ戦を展開していた。すでに記した歩兵第二連隊第二大隊指揮下の陸海軍将兵たちである。

「中隊は全滅した、至急本部へ戻れ」

という命令を受け、防弾兵舎から富山の元の第二大隊本部の壕にたどりついた原裕《はらゆたか》上等兵らの第七中隊の七人もそうであった。このころ、戦死した富田大隊長に代わって指揮をとっていた大場中尉も戦死、大隊の指揮は副官の関口正《せきぐちただし》中尉に移っていた。第二大隊指揮下（第三大隊第七中隊、海軍陸戦隊一個小隊を含む）の約九〇〇名近くいた兵員は四日間の戦闘で六分の一の一五〇名足らずに減っていた。

以下は原裕上等兵が語る、敵中に取り残された生き残り兵たちの彷徨《ほうこう》である。

「敵の手榴弾や戦車砲の攻撃がますます激しくなってきたため、それぞれ元の中隊壕に戻り、敵の裏をかいて夜間攻撃をかけるから待機せよという命令をもらった。ところが攻撃は激しく、とてもいられない。ふたたび防弾兵舎まで全員後退した。すると今度はその防弾兵舎に敵の戦車が近づいてきて戦車砲を撃ち込んできやがった。たくさんの死傷者が出ましてねえ……。

そこで私を含めて四人、元気な者だけでも命令の中隊壕に行こうということで引き揚げたんだが、一晩中いても誰も来ない。こりゃあ、ここにいつまでもいたら殺《や》られてしまう、どうせ死ぬなら軍旗といっしょに死のうと話し合い、連隊本部のある大山に行くことにした。しかし、夜が明るみはじめてしまい、敵中でもあるから歩くに歩けない。しかたなくもうひと晩この壕に潜んでいました。

すると、一人の兵隊が入ってきた。

『第六中隊の者だ』と言う。

『われわれは第七中隊だ。他の中隊の者もここに集まって反撃に出るというのでやってきたのだが……』

そう言うと、その兵隊は、

『みんなとっくに出発して、明日の朝ここに集まる（戻る）と言うから、俺は連絡に残ったのだ』

と言う。そしてその兵隊はポツンと言ったです。

『だが、みんな帰って来ないんじゃねえかなあ……』

話しているうちに、また夜が明けはじめた。私はどうしようかと考えていると、壕の上をゴーゴーと戦車が通っていく。これはいよいよだめかと思いながら、壕の入口に弾薬の入った箱や空き箱などを積み上げてふさぎ、中でじっとしてました。

箱の隙間から漏れる陽の光に、米兵の影が映った。それ来た！　というわけで銃を構えていたのだが、撃つのは箱がガタガタしてからでいいだろうと、じっと堪《こら》えていました。そのうちに話し声もしなくなり、こりゃあまた助かったが、いっときも早くここを出なければということで、暗くなるのを待ってその壕を出ました。

あの高い山が連隊本部のある大山だから行こうと、あちこち迷いながら進んでいくと、人の話し声がする。友軍がいた！　とわれわれ五人はほっとして壕に入っていった。ところが米兵が寝ていたんです。夜目にすかしてみると、戦車でまわりを囲った米軍の陣地の真っ只中だったんですわ。そりゃあ驚きましたよ。急いで飛び出し、こうなったら敵を二人でも三人でも殺して自分も死ぬほかないが、なんとしても連隊本部までは行こうと、また逃げ隠れしながら進みはじめた。しかし敵の打ち上げる照明弾であたりは真っ昼間同様、とても進めない。

じっとしていた。すると、敵と友軍の撃ち合っている音がする。

『行こう！』

と五人で走り寄り、稜線を見ると兵隊の姿がチラチラしている。そこで『オーイ』って声をかけたら、いきなりパチパチッと撃ってきた。友軍じゃねえ、敵だあっと、五人で山の中腹から転げ落ちました。

これじゃあとても連隊本部までは行けない、そうだ、この山の中腹に野砲隊の陣地があったはずだ、行ってみようということになった。そして、そろそろと這うようにしてたどりついた。だが野砲は原形をとどめないほど毀《こわ》されていて、石の下に埋まっているのもあり、惨憺《さんたん》たるものだった。もう幾日眠っていないか覚えていないほどだし、あたりはまた明るくなってきていたしで、今度こそだめだろうから、ここで飛行場でも見下ろしながらいて、敵が来たら手榴弾でも投げて死のうや、なんて話していた。

ふと気がつくと友軍の声がする。その方に行って、三〇メートルぐらいの距離から『ヤマ』と言ったら、『カワ』という合い言葉が返ってきた。それで今度は友軍に間違いないと思い、出ていったわけです。

「いまの戦闘はどうしたのだ？」

と聞いたら、汗と泥で汚れたうえにボロボロになっている軍服をまとったその兵隊は、山の頂上の方に目をやりながら言った。

『ここの壕の中にいた人たちが全員で反撃に出たので、誰か帰ってきていないかどうか見にきたところだ。全員殺《や》られちゃったんだなあ……』

そして、その兵隊はこうつづけた。

『近くに本部（第二大隊）がある。次の反撃に出る組がいるから、いっしょに行こう』

私らはその兵隊についていった。すると私らの中隊の准尉もいた。そこで『反撃に加えて下さい』と言ったら、准尉は静かに言った。

『他の中隊は一〇人から一五人ぐらいずつ生き残っているが、第七中隊は三、四人しかいない。もしこの戦争が勝ったら戦場掃除とか事務整理とかやらなくてはならんから、お前たちは残っていろ』

そう言われたんです。それで私らは残り、あとの組は全部反撃に出ていきました。一人も帰ってきませんでした」

原さんたち第二大隊指揮下の残留組は、四日間その壕にとどまっていた。だが、じりじりと包囲網を縮める米軍は、やがてこの壕をも発見、砲撃を加えてきた。残留組は連隊本部をめざし、夜陰にまぎれて脱出したが、たちまち敵の陣地に遭遇し、強行突破を狙って激戦を展開した。しかし突破はできず、ふたたび逆戻りして別の天山北部の自然壕にもぐり込んだのだった。残留組約四〇名であった。壕には海軍陸戦隊の先客がおり、原上等兵の概算では総勢は一〇〇名を超えることになった。

「その中の何名かが師団司令部のあるパラオ本島まで泳いで行こうと言っていたが、私らは軍旗（連隊旗）といっしょに死のうと言うことにしていた。そのとき水海道《みつかいどう》（現・茨城県常総市）出身の中山というのが戦死し、第七中隊は私一人になってしまった。その後は大隊本部といっしょにあっちこっちと壕を渡り歩いていました。

連隊本部とも連絡は取れず、もうだめだろうと言っていたら、ある日、連隊本部（ペリリュー地区隊本部）から伝令が来て、『以後、夜間攻撃はやめて持久戦に移る。現在位置で頑張れ』ということになった。この島を取られても、いつかは日本軍が反撃してくるだろうと、それを目標に細く長くやろうということになったんです」

地区隊本部から伝令が来たのがいつごろなのか原上等兵ははっきり覚えていないが、西地区隊と地区隊本部の通信連絡が跡絶えたのは九月二十五日であるから、米軍上陸の十日後であるかもしれないという。そして関口中尉に率いられた残存兵が、海軍部隊の守備していた天山北部の洞窟陣地（一〇〇名近く収容できる大鍾乳洞。通称「海軍壕」）に集結したのは十一月上旬であった。日本軍の組織的戦闘がほぼ終わりに近づいていたころである。

ペリリュー脱出をはかった工兵隊

戦況は前後するが、西地区隊の生存兵が天山北部の大鍾乳洞に集結したとき、工兵中隊（歩兵第二連隊）は比較的健在で、二五〇名中約五分の一の五〇名近くが健在であった。中隊長の五十《いそ》畑貞重《はたさだしげ》大尉はすでに戦死し、指揮は小隊長の藤井裕一郎少尉がとっていた。この藤井少尉指揮下の工兵隊グループは、その後パラオ本島に脱出しようとして、まず隣のガドブス島に渡ろうと密かに出発する。

ガドブス島はペリリュー島の北方約七〇〇メートルの距離にある東西一・二キロ、南北一・五キロの小島で、島を真っ二つにする恰好《かっこう》で戦闘機専用の飛行場があった。米軍侵攻前まではペリリュー島と結ぶガドブス橋が架かり、歩いても十分足らずの距離であったが、上陸前の米軍の空爆で橋はズタズタにされていた。しかし、いちめん珊瑚礁が群生する海底は、多少の歩きにくさはあるが、干潮時なら徒歩で渡ることができる。島はすでに米軍に占領されていたが、約五〇名の工兵隊はここに向かうのである。

波田野八百作《はたのやおさく》一等兵と斎藤平之助《さいとうへいのすけ》上等兵はこの工兵隊グループにいた。波田野さんは昭和十八年二月、高崎第三十八部隊に入隊、満州に渡って歩兵第二連隊工兵中隊に転属になった現役兵である。ペリリューでは米軍上陸三日目、足に盲管銃創を受け、天山の工兵隊の壕でじっと痛さと暑さに耐えていたという。

「われわれの天山の壕は工兵隊ですから頑丈に造ってあり、難攻不落でした。戦車は斜面が急で上れないし、途中には爆薬を仕掛けておいて、上ってきたら壕の中からスイッチを押して爆破させ、ひっくり返すようにしてありました。昭和四十七年の三月にペリリューに遺骨収集に行ったとき、われわれがひっくり返した米軍戦車がそのままの状態でありました。

傷は盲管銃創ですから弾は入ったままだった。しかも取り出さないと足は全部腐ってしまう。それでナイフを消毒して傷口を開け、自分で突っついて取り出したです。なにしろ暑いから傷口にはすぐウジが湧く。傷口でウジの野郎がモクモク動くのがわかってねえ、ムズムズムズって感じでね。ちょっと放っておくとあふれ出すというか、こぼれ落ちてくる。薬といってもズルファミンぐらいしかないから、舐《な》めて治しました。舐めるのが消毒になっていちばんいいんです。塩水に浸《つ》けたりもしましたね。

戦場では死よりも怪我《けが》が怖い。だからいつも自決用に手榴弾を二個ずつ持っていたから、重傷の者はすぐドカァーンです。怪我したら最後ですよ。死ぬか生きるかの前線では、他人の助けなど期待できない。自分のことは自分でしなければならないから、足の怪我は大変ですよ」

自分のことは自分でしなければならない——戦場で負傷し、行動の自由を奪われた兵士たちは、一見たいした躊躇《ためら》いも見せず、むしろ積極的とも見える思い切りの良さで小銃や手榴弾で自らの命を絶っていく。

すでに何回かこうした日本兵の〝命の始末〟の仕方、自決の例を書いてきた。それは自ら銃の引き金を引くか、あるいは手榴弾の安全ピンを抜く。戦友に自決の援助を頼むこともあり、逆に負傷した仲間を「生きて虜囚《りよしゆう》の辱《はずかし》めを受け」させないために〝殺してやる〟場合もある。旧日本軍にとってそれらの行為は正当であり、罪に問われることはない。反対や疑問を主張することのほうが罪悪とされる精神教育の上に、軍隊という組織が構築されていたからである。

捕虜に名誉を与え、武勲を立てた兵士と何ら変わらない処遇をする米軍には、日本兵の自決はなんとも理解しかねる無駄死としか見えなかったに違いない。だが、物心つくと同時に、死ぬことによって（家、肉親、国家の）名誉を保つという逃避の美学を権力集団に強いられてきた当時の日本人には、むしろ捕虜にさえ名誉を与える米国人の考え方のほうが不可思議であった。

斎藤さんも多くの戦友が目前で自決していったのを忘れられない。その最初は、米軍上陸四日目か五日目にかけての戦闘のときであった。第二大隊が守備する西海岸から富山、大山にいたる前線は寸暇の間もなく米軍の攻撃にさらされていた。

「声を出すな、着弾点は正確だ。万歳の最期の声も危ない！」

各級の指揮官たちは、声をひそめて繰り返し命じていた。藤井少尉が震えながら言ったのはこのようなときであった。

「ここまで敵が来ていてはもうだめだろう。全員斬り込みをして、ここで死のう」

斎藤さんや波田野さんたち工兵中隊は、すでに占領されている飛行場の方角に移動をはじめた。ところが、幸か不幸か斬り込むべき米軍はいなかった。かわりに米軍の弾薬と食糧が放置されている。兵隊たちは大喜びだった。口径の合わない弾薬はどうにも使いようがないが、食糧は援軍にもまさる地獄に仏であった。兵隊も将校も食い、そして持てるだけ持った。そのあと、斎藤さんたちの工兵中隊は二回目の斬り込みを実施する。

「そうして四日目の晩でした、第二回目の突っ込みのとき五、六中隊と合流したのは。約八〇名くらいになりました。われわれ工兵中隊は四〇名ずつ二派に分かれて合流地点まで進んできていたので、残りの一派を待とうということになった。だが、なかなか来ない。そこで五日目に第

日本軍工兵隊に爆破・擱座させられた米軍の水陸両用戦車は、現在も元の位置で原形をとどめている。

五、第六中隊合わせた約八〇名をさらに半分ずつ二派に分けて、それぞれ軍旗の下へ（ペリリュー守備隊本部——第二連隊本部）行くことになった。

私は栗原三郎《くりはらさぶろう》少尉、藤井少尉などと海岸沿いの組になったが、海岸に出ると本部のある山はバリバリ攻撃されている。

『応援に行こう』

『いや行ってもダメだろう』

『しかし四〇名もいるから大丈夫だ』

と、あれこれ意見が出て話し合っているとき、米軍のトンボ（偵察機）が飛んできて写真を撮ったり、着弾点を測ったりして偵察していったんです。というのは、その直後にボンボン撃ってきましたからね。

約十五分近い戦闘で四〇名中三〇名が戦死です。こっちは必死ですから、目前の敵もやっと退却していきました。双方の距離は一〇〇メートルくらいでしたかね。そこで負傷のひどい者は全員自決しました。私が知っている兵隊も三人自決しました。一人は左肩を、一人は左の指がなくなってまして、もう助かる見込みはないから、と自決したんですよ……」

こうして戦友は分刻みで減っていった。

波田野上等兵が傷が治って歩けるようになったのは十月半ばごろであった。しかし連隊本部との連絡はいぜん跡絶えたままで、第二大隊は孤立状態をつづけていた。

「そこで工兵隊は連隊本部に向かう班と師団本部（パラオ本島）に向かう班とに分かれ、私らは師団本部に向かう班でした。沖縄出身の現地召集兵が『干潮を利用すれば島から島へ渡って、本島まで歩いて行ける』と言い出したからです」

本書の冒頭でも記したように、パラオ諸島は二〇〇余の島々からなり、アンガウル島と並んでペリリューはその最南端の島で、諸島の中心地コロール町（コロール島）からは定期船だと四時間前後はかかる。船はそれらの島々の間を縫うようにして走るのだが、現在はロック・アイランド・ツアーとしてパラオ観光には欠かせないコースになっている。また、かつて日本の委任統治時代は〝南洋松島〟と呼んだ地区もあり、その景観は東北の松島を数十倍スケールを大きくしたような風景といえばイメージが湧くであろうか。

だが、このパラオ本島とペリリュー島の間はトローリングの好漁場であると同時に、サメの名所でもあり、たとえ干潮時とはいえすべてが歩けるわけではないから危険な場所でもある。そのうえ、四囲の海は米機動部隊に押えられ、潜水艦と哨戒艇は四六時中動き回っている。その中を集団で脱出しようというのである。まず成功の可能性よりも、失敗の可能性のほうがはるかに高い賭《か》けであった。

波田野さんは回想する。

「まず私の小隊長が四、五名を率いてペリリューの北岸から海上に出ました。私たちは待機していた。明くる日、様子を知らせるからというので待機していたのだが、連絡はいっこうに来ない。そこで打ち合わせた場所に中隊が行ったところ敵に発見され、白兵戦になってしまった。ここで相当殺《や》られ、残った者は、三〇名くらいだったですが、このままぐずぐずしていたらますます危ないからと、パラオ本島に向かうことにした。

まずガドブス島まで歩きました。夜間とはいえ米軍の照明弾が常にバーン、バーンと上がっており、真っ昼間と同じです。ペリリューを出たときは干潮だったが、だんだん満ちてきて歩きづらくなってきた。そこをガドブス島を占領していた米軍の機関銃がバリバリバリッと撃ってきやがった。

全滅です、そう全滅でした。残ったのは二名、私と斎藤さんだけです。私は中隊員の死体と真っ赤に染まった海面に囲まれ、ただ夢中で歩きました。ええ、敵のいるガドブス島に向かってです。

生き残った私と斎藤さんはどうにかガドブスにたどりつき、米軍の機関銃陣地の下に逃げ込み、昼の間をじっと過ごしました。なにしろ頭の真上は米軍の陣地でしょう、あんなに一日が長かったことはありませんでしたね。二人でふたたびペリリューに戻ったんですが、そのとき見たガドブス島の海岸は米兵と日本兵の死体でいっぱい、それらみんな土左衛門《どざえもん》になってふくれてましてねえ……。足の踏み場がなかったです。もう日本兵か米兵かも見分けがつかないように腐っていて、ゾッとするような光景だった。もうすぐオレもこんな恰好になるのかなあと思ってね。

ペリリュー島に戻った私と斎藤さんは、もう一班の工兵中隊を捜してあちこちの洞窟を歩いたが見つからず、やっとのことでめぐり会えたと思ったら、その数日後に米軍の大掃討作戦があった。このときもずいぶん殺《や》られました。中隊長代理だった栗原三郎少尉以下三名ぐらいの兵隊が、タコツボ(燐鉱石を掘った跡の穴)の中に入っていたところを、真上から銃撃されて全員殺られたのもこのときでした。

私は斎藤さんと二人で、手榴弾の安全ピンを抜いて握ったまま茂みの中に隠れていました。なにしろ敵は手をのばせば届くところにいるんだから、もし発見されたら米兵もろとも自爆するつもりだったです。ところが栗原少尉たちが殺られたため、米兵はそのことに気をとられ、私と斎藤さんがすぐそばに隠れていたことには気づかなかったんですね。

その後も同じようなピンチが十数回あったですけど、そのたびに命拾いしたわけです。中隊長代理だった栗原少尉が戦死してから天山の麓《ふもと》の工兵隊の壕に行ったら、みんな栄養失調で細くなっていました。そうして久しぶりに仲間と一緒にいたんですが、その後の食糧難はますますひどく、前の晩まで元気だと思っていた者が、明くる日の朝、両脇を見ると冷たくなっている……。その工兵隊壕でも私と斎藤さんと二、三人になってしまいました。私たちは米軍の陣地に忍び込んでいっては、缶詰など放ったらかしてあるのを拾ってきては命をつないでいたわけです」

序章で紹介した工兵小隊長の藤井少尉が、米軍の捕虜になったのもこのときだった。藤井少尉たちは歩兵第二連隊本部（ペリリュー地区隊本部）に合流しようと、沖合のリーフづたいに北上を試みたが、疲労と睡魔のために不覚をとってしまったのである。

二十七年目の工兵隊壕

波田野一等兵の話にも出てきたが、昭和四十七年（一九七二）三月、私はこれらペリリュー島からの帰還兵六名と遺族で結成された遺骨収集慰霊団に同行して同島を訪れ、各部隊が玉砕していった洞窟陣地に踏み入った。

歩兵第二連隊工兵中隊の最後の陣地となった通称「工兵隊壕」は、天山の麓から数十メートル登った山腹にあった。入口は身をかがめなければ入れないくらい埋まっていたが、奥に深い洞窟内はどうにか立てるほどに保たれていた。この洞窟内で、斎藤、波田野の両氏は多くの戦友の遺骨を集め、水筒や飯盒などの遺品も拾い集めた。洞窟の内外には日本軍のものと思われる迫撃砲弾や、米軍の艦砲射撃によるどでかい大砲の不発弾が散乱し、三十年近い歳月を感じさせない不気味さを漂わせていた。

斉藤さんが直属の上官であった栗原少尉の飯盒の中ぶたを見つけたのも、洞窟の前の窪地であった。三十年近い歳月は、米軍の砲爆撃で瓦礫の山と化してしまった島を、木々が生い茂る元の深いジャングルに変えていたから、遺品の飯盒も一見しては落葉と見分けがつかないくらい土色の苔《こけ》につつまれていた。

無口な斉藤さんは、拾いあげた飯盒の中ぶたの苔を棒切れで黙々と削り落としはじめた。持ち主の名前を見るためである。元兵士なら飯盒の中ぶたにも必ず名前が彫ってあることを知っているからだ。

初めは出てきた文字が判読できなかったらしく、指で何度も刻まれた文字の部分をこすっていた。

「少尉だ、栗原少尉のだ……」

低いが、鋭い声で斉藤さんは叫んだ。そして、じっとまだらに苔の残っている中ぶたを凝視していた。駆け寄った波田野さんも、「うん、うん」といった無言の動作を送っていた。他の生還兵や同行した遺族たちも集まり、斎藤さんを囲んだ。

斉藤さんは中ぶたを手にしたまま、洞窟陣地周辺の戦闘の模様を話し出した。軍医であった夫をこのペリリュー島で失っている石渡ユキさんたち未亡人の一人が、「きっと英霊が導いて下さったんですよ。この広いジャングルの中で、親しい戦友に拾われるなんて……」と声をつまらせる。

昭和47年にペリリュー島へ遺骨収集に訪れ、25年ぶりに工兵隊壕に入った斎藤平之助上等兵（右）と塚本忠義上等兵。塚本さんは工兵隊壕にいた。

25年前のままの工兵隊壕の内部。壕内は立って歩けるほどの高さがある。

このとき、ペリリュー島で夫を戦死させている未亡人たちが四名いた。その一人が、同じ洞窟前の窪地の朽《く》ちた落葉の層の中から、原形をとどめた頭蓋骨を見つけた。すっかり苔に覆われた頭蓋骨を、両手の中にしっかり抱えたその未亡人は、

「つらかったろうに、つらかったろうに……」

と、まるで夫に再会したかのように口の中で繰り返し、じっとりと汗で濡れている両頬《ほほ》に、さらに大粒の涙を流しながら立ちつくしていた。

夫人たちは、すでに鬼籍に入ってしまったが、その未亡人の姿と、上官の飯盒の中ぶたを凝視する斎藤さんの姿は、いまも私には鮮明に思い浮かべることができる。

この工兵隊壕の近くの山腹を這い進んでいたとき、私は人間の大腿骨を見つけた。骨は露出した木の根に抱きかかえられるように、垂直に立っていた。おそらく敵に包囲され、弾薬も食糧も尽き果て、疲れた体をこの山腹の木の根に腰を下ろして休めていたとき、この兵士は敵弾に斃れたのではあるまいか……。それとも、負傷して腰を下ろしたまま息絶えてしまったのか……。いずれにしても、遺体は木の幹にもたれたまま歳月を過ごし、そして自然は、その木の根に兵士の体を支えさせ、朽ちる脚を根の間にしっかりと抱き込ませたに違いあるまい。

結局、ペリリュー島の歩兵第二連隊工兵中隊員二五〇余名中、無事帰還したのは斎藤上等兵と波田野一等兵のほか数名にすぎない。数名と記すのは、本書の冒頭に記したように、斎藤さんや波田野さんたちのほか、地区隊司令部（歩兵第二連隊司令部）に合流しようと海中徒歩脱出をは

かったグループの中で、工兵第三小隊長の藤井裕一郎少尉ほか三名が米軍の攻撃を受けて負傷し、失神しているところを捕虜となって戦後帰国しているからである。

集団投降した朝鮮人軍属

戦後、米軍側の資料から日本側が知り得た情報によれば、この玉砕の島から生還した兵と軍属は一〇〇名を超えている。昭和二十二年四月、二年半の洞窟生活の末〝投降〟したこの本の主人公たち〝三四人〟を除き、残りの生還者は藤井少尉のように戦闘中負傷し、人事不省《じんじふせい》に陥っているところを米軍に発見され、捕虜となって帰った人たちである。

これら戦闘中の捕虜に関する確かな資料はないが、その大半は軍属、あるいは米軍上陸以前に飛行場建設のために徴用されて来ていた民間人である。厚生省（現・厚生労働省）にあった援護課や防衛庁（現・防衛省）戦史室の資料では、これら民間人は「第二百十四設営隊」と「第三十建設部の一部」に所属する軍属で、その両隊の軍人軍属総数約一八〇〇名中、九割以上を占めていた。この飛行場建設などに徴用されてきた軍属は沖縄県出身者と朝鮮人が過半数を占め、歩兵第二連隊や歩兵第十五連隊第三大隊など陸軍部隊が上陸し、もはや飛行場建設など続行する余裕がなくなってからは、沖縄出身者の一部は現地召集され、ほかは補助戦闘員として配備されていた。

しかし、現地召集されて「大日本帝国陸軍二等兵」となった者も、軍属のままハンマーやつるはしを銃に持ち替えた者も、満州から移動してきた一般兵士と同じく戦い、その多くは戦死していった。

だが、帰還した〝戦闘員〟の兵士の中には、多少のさげすみを含んだ語調で語る人もいる。

「ペリリューからの生還兵が百数名いるとはいっても、純然とした兵隊はわれわれ（昭和二十二年帰国の三四人）のほかはわずかでしょう。ほとんどは飛行場の建設作業に来ていた朝鮮人の人夫ですよ。彼らの中には米軍が上陸すると間もなく、どっちかといえば進んで捕虜になった者もいたと聞いたし、実際多かったんじゃないかねえ。集団で投降していったという話も聞きましたよ。同じ軍属でも日本人の場合は少なかったんじゃないですか――」

米軍が上陸する九月十五日直前まで、ペリリュー島には九〇〇人近い島民がいた。そのうち若い男のほとんどは軍属、あるいは軍夫、なかにはれっきとした戦闘要員である海上遊撃隊員として徴用され、各部隊に配属されて陣地構築や戦闘配備についていた人も多い。

しかし、いよいよ米軍の上陸が目前に迫ってきた九月初め、日本軍はこれら軍属、軍夫をはじめ、島民全員を離れた島々やパラオ本島などに退避させている。その意図の裏には防諜という意味合いもあったであろうが、ともかく島民避難という処置はサイパンやグアム島に見るような悲惨な住民の直接被害を見なかったという点でかすかに救われる。

だが朝鮮人は別であった。当時の日本の為政者はもちろん、軍部も朝鮮は日本の一部であるという考え方であり、そこに住む朝鮮人が日本のために戦うのは当然のことと思っていた。しかし、朝鮮人にとって日本は侵略者であり、そのうえ強制的に灼熱の赤道直下にまで連れてこられていたのだから、戦意を期待するほうがおかしかった。おそらく、どうせ死ぬなら米軍に投降して……といった不安をいだきながら、朝鮮人軍属、軍夫たちは日本軍陣地を離れていったのではないだろうか。

ペリリュー島の日本軍守備隊が玉砕して八年目の昭和二十七年（一九五二）、緑と静寂を取り戻したジャングルで、眼だけが異様に光ったヒゲぼうぼうの一人の〝日本人〟が発見された。少なくとも島の住民たちにはそう見えた。だが、米軍守備隊の尋問を受けた男は、

「私は日本人じゃない、朝鮮人だ」

と答え、戦前、飛行場建設のためにペリリューに連れてこられた軍属であると語った。

日本軍の軍夫としてペリリュー島の陣地構築作業をしたことのある、あるペリリュー島出身者（コロール在住）はこんな話をしてくれた。

「その朝鮮の人は、米軍が故郷に送ってあげると言っても、『私は故郷へは帰りたくない、ここに居させて下さい』と言いました。しかし米軍は『あなたをここに置くことはできない』と言い、結局その朝鮮の人は米軍の飛行機で連れて行かれました。朝鮮に帰したのだと思います」

その朝鮮人はなぜ故郷・朝鮮に帰ることを拒んだのであろうか。昭和二十七年といえば朝鮮戦争が起こり、南北の休戦会談が開始されてまもないころである。だが、太平洋に浮かぶ孤島のジャングルに、たった一人で潜んでいた男に戦後は空白である。ペリリュー島戦で日本が敗れたこ

とは知ってはいたが、太平洋戦争で日本が敗れ、連合国に無条件降伏をし、故郷の朝鮮が南北に分断されているとはいえ、日本の長い占領下を離れて独立していることなど知る由もなかったであろう。男にとっての故郷とは、日本人がすべての権力を握っている植民地下の戦前の姿であったに違いない。

もしかしたら、男はそんな故郷に帰るよりは、誰にも拘束されない、この南洋のジャングルの中で一人生きたほうがいい、そう考えて故郷・朝鮮への帰還を拒否したのかもしれなかった。

話は戻る。藤井少尉指揮下の工兵中隊のパラオ本島への海中脱出は米軍の攻撃で失敗、藤井少尉たち数人が捕虜となり、斎藤、波田野の二名がかろうじてペリリューに引き返して助かったほかは、全員が戦死という結果で終わっている。だが、仮に米軍の攻撃を逃れ、無事に師団司令部のあるパラオ本島にたどりつけたとしても、全員戦死という結果には変わりなかったと思う。

なぜならば、実際にペリリュー島からの脱出に成功し、パラオ本島にたどりついたグループがいた。海軍部隊であったが、そのグループは翌朝、海上遊撃隊という名目でふたたびペリリュー島に送り返された。そして、ペリリュー島にたどりつく前に全員が海上で撃破されている。これら海軍部隊に対する師団司令部の扱いは「敵前党与逃亡」というものであり、ペリリューへの返送は罪一等を減じた〝武士の情け〟であったというのである。敵前党与逃亡とは、兵士たちが徒党を組んで敵前から逃げ出したことをいい、戦場の旧日本軍では上官が〝即刻銃殺刑〟にする場合が多かったという。

第3章

敵前逆上陸

——歩兵第十五連隊第二大隊の死地奪還作戦

大本営を喜ばせたペリリュー地区隊

太平洋の孤島の戦闘で敗れた日本軍の抵抗期間は、いずれも長くはなかった。原因は彼我《ひが》の戦力が質量ともにケタが違い、米軍が圧倒的優勢を誇っていたことにある。加えて水際《みずぎわ》撃滅を至上の戦法としていた日本軍のお家芸が、より自らの死期を早めた。

すなわち、いったん島内に橋頭堡《きょうとうほ》を築かれるや、日本軍はあのサイパン戦に代表される「バンザイ突撃」を敢行《かんこう》し、文字どおり将棋の駒が倒れるごとく、兵たちは敵の前でなぎ倒されていった。制海・制空権を失いつつあった当時の日本軍には、すでに孤島の守備隊に武器弾薬はおろか、一粒の米さえも補給できなかったことを考えれば、いずれは全滅する運命が待ってはいたから、結果は同じだったかもしれない。

補給が得られなかったことでは、ペリリュー島もまったく同じであった。保有している弾薬での戦闘は、ソロバンをはじくまでもなく限りがあり、長期戦は不可能である。しかし、玉砕――全滅が前提の戦いとなれば、一日でも長く敵を引き止めておくことこそ相手に高価な代償を強《し》いることになる。中川州男《くにお》大佐は、まさに配下将兵と自らの命をできるだけ高く米軍に売りつけることによって、後方の日本軍を助けようとしたのだった。そこで取り入れられたのが徹底した複《ふく》廓《かく》陣地戦であった。それは、無謀というより無益な集団突撃を繰り返す日本軍の戦闘パターンを見てきた米軍を、いささか戸惑わせた。

太平洋戦域の米軍最高指揮官だったニミッツ元帥は回想している。

「従来は連合軍の水陸両用攻撃に対処する日本軍島嶼《とうしよ》指揮官に出されていた命令は『守備隊は水際において攻撃軍を迎え、これを撃滅せよ』というものであった。しかし組立式装備を小舟艇により海岸に運ぶ米式上陸行動や支援方式に対しては、この日本の戦法はいたるところで大きな損害を生じたのであった。

日本軍の新計画は慎重に計算された縦深防禦法を採用したものであった。水際における消耗兵力は単に米軍の上陸を遅延させる目的で配備されており、主抵抗線は海軍艦砲の破壊力を回避するためにずっと内方に構築されていた。この線は、ここの地形の不規則なあらゆる利点を利用した陣地網によって支援されることになっていたし、人知の考え及ぶかぎりのあらゆる器材によって難攻不落なものとして構築されていた。

守備兵力は好機到来に際して反撃のための予備としてできるだけ温存されるはずであった。そこではもはや無益なバンザイ突撃は行うべきではないとされ、守備兵の一人一人がその生命をできるだけ有効に高く相手に買わせることになっていた（略）。

第1海兵師団が海浜めがけて突進したとき、上陸用舟艇の受けた損害や死傷の大部分は、北東にのびる稜線を利用した要塞の背後に布陣した砲兵陣地からの砲火によって生じたものであった。この山背からの連続射撃や主防禦線からの一連の反撃をものともせず、海兵隊員は素早く上陸拠点を固め、飛行場に進出した。しかし、北東の山背に突入したとき上陸軍は新しい抵抗線にぶつかった。ここで日本軍守備隊は五百個をこえる人工または自然の洞穴の迷路のなかに立て籠《こ》もったのであるが、その大部分は内部が交通できるようになっていて、鉄扉を持ったものまであり、全部が草木によって巧妙に偽装されるか隠蔽《いんぺい》されていた」(『ニミッツの太平洋海戦史』)

このペリリュー戦で見せた日本軍の長期持久戦は、絶対国防圏の要衝として大本営が「絶対に大丈夫」と自信を持っていたサイパンが意外にあっけなく玉砕してしまったことに衝撃を受け、それまでの水際撃滅主義を捨て、新たに発令した「島嶼守備要領」(昭和十九年八月十九日示達)、すなわち主抵抗線を「海岸カラ適宜後退シテ選定スル」ことにした最初の戦法であったのである。

それは、ニミッツ元帥が記しているように、海岸の第一線陣地に配備されている部隊はあくまで〝消耗兵力〟であり、「単に米軍の上陸を遅延させる目的」の時間稼ぎ要員でしかない。同時に、後方の主抵抗陣地に布陣する決戦要員の負担を少しでも軽くするため、一人でも多く敵を倒す防波堤的役割ということである。

大本営陸軍部の新島嶼守備要領はたしかに功を奏した。ペリリュー守備隊は攻められれば引き、敵の隙《すき》を見つけては攻撃し、蟻の巣のように縦横無尽に掘りめぐらした洞窟陣地を利用して頑強な抵抗戦を繰り広げた。それは正規軍同士の戦いというより、ゲリラ戦そのものであった。

大本営は大喜びだった。なにしろガダルカナル戦以後、日本軍は陸海空ともまるで大人と子供の喧嘩《けんか》のようにいともあっけなく負けつづけ、大本営は久しく勝報から見放されていたからであ

朝日新聞

昭和十九年九月十七日

ペリリュー島（パラオ諸島）に
敵遂に上陸す
モロタイ島 南岸でも激戦

パラオ モルッカ 両諸島に敵侵攻

大本営発表（昭和十九年九月十六日十七時）一、九月六日来西「カロリン」群島の西方海面に出現せる有力なる敵機動部隊は「ニューギニヤ」方面の基地航空部隊と呼應し「ヤップ」島「パラオ」諸島比島「セレベス」島竝に「モルッカ」諸島等を空襲し一部艦艇を以て「ヤップ」島及「パラオ」諸島を砲撃せしが、九月十五日朝に至り敵は「パラオ」諸島及「モルッカ」諸島に上陸を企圖せり
二、「パラオ」諸島の我が部隊は「ペリリュー」島に上陸を企圖せる敵を邀撃し、再度に亙り之を撃退せるも午後に至り敵は遂に上陸し爾後引續き增强中にして我が部隊は全力を擧げて之と激戰中なり
三、「モルッカ」諸島の我が部隊は「モロタイ」島に上陸を企圖せる敵を邀撃激戰中なるも敵の一部は同島南岸地區に上陸せり

ペリリュー島 モロタイ島 二度まで 敵戦艦、

ペリリュー 敵兵力半減
我肉薄、斬込挺身班勇戦

父島に延卅機
コロール島にも二百機

ハルマヘラに

ペリリュー島守備隊の敢闘は、敗報続きの日本国内でも注目の的だった。写真は当時の朝日新聞の報道。昭和19年９月17日付（右）、同年９月21日付（左）。

る。

しかし、おかしな話ではある。その経過を見ればおわかりのように、ペリリュー戦に勝利の記録はない。米軍上陸以来、日本軍の戦闘は文字どおりの抵抗戦であって、後退と敗退の連続である。もっともペリリュー島守備隊に課せられた目的は、できるだけ長期間抵抗するということであったから、その意味では目的を達成したわけで、大本営が喜んだとしてもおかしくはないかもしれない。言い換えれば、昭和十九年後半の日本にとって、世界地図の東半分を埋めつくすほど広大な戦線のどこを見ても、もはや大本営を歓喜させる勝報をもたらすような戦場はなかったということである。

大本営はサイパンの悲惨な玉砕後、うち沈んだ国民と前線の兵士を鼓舞する材料を探し求めていた。そこに頑強な抵抗戦を展開しているペリリュー島の〝朗報〟が届いた。暗い世論を操作するには恰好《かっこう》の宣伝材料である。大本営は連日のようにペリリュー島の頑張りぶりを発表するようになった。

昭和天皇も「いまペリリューはどうなっておるか」と聞かれるのが日課のごとくになっていたという。実際、ペリリュー守備隊は十数回の御嘉《ごか》賞の言葉を贈られている。また、のちに大本営がパラオ地区陸海軍最高指揮官の名を公表した（十月六日）ことも、異例中の異例であった。

ペリリュー島守備隊の活躍は国内に、各戦線に一挙にとどろきわたった。パラオ地区集団司令部には南方軍総司令官寺内寿一《てらうちひさいち》大将から、あるいはパラオ諸島に派遣されるまで第十四師団が所属していた関東軍の総司令官からと、激励電報が相次いだ。

北地区隊の水戸山の攻防

その中川大佐指揮下のペリリュー地区守備隊は地区隊本部直轄、南地区隊、西地区隊、北地区隊の四つの戦闘指揮系統に分かれて米軍と対峙《たいじ》した。その規模は前述したように各地区隊とも歩兵一個大隊を主力に、小隊規模の野砲、速射砲、高射機関砲、それに工兵、衛生部隊から成っていた。

そして中川大佐のペリリュー地区隊本部の直轄には歩兵第二連隊本部を中心に、歩兵第二連隊第一大隊（第三中隊のみ北地区隊の指揮下）、第三大隊（第七中隊のみ西地区隊の指揮下）、独立歩兵第三百四十六大隊第一中隊の歩兵のほか、砲兵大隊、工兵、通信、衛生の各中隊主力、海軍部隊、師団戦車隊、野戦病院などが配備されていた。しかし、直轄部隊とはいえ小さなペリリュー島では前線も後方もなかったから、その戦闘の激しさは海岸陣地の各地区隊と何ら変わりがなかった。

直轄部隊は島の中央部に連なる海抜九〇メートルの大山、水府山を中心とした隆起珊瑚礁の峻《しゅん》険《けん》な山岳地帯に布陣して、野砲を主とした垂直砲撃で米軍の損害を増大させていた。しかし、この日本軍の砲撃陣地は火を噴くたびに数倍の返礼を受けるのが常であった。

米軍は四六時中、島の上空に偵察機を飛ばしてはいたが、珊瑚の洞窟陣地内に巧《たく》みに隠蔽された野砲陣地はなかなか発見できないでいた。だから発砲の閃光《せんこう》を探知することで、日本軍の砲の位置を確認していったのである。そして確認された砲座は、ただちに島を取り巻く機動部隊の各艦艇に連絡され、艦砲の集中攻撃が行われた。こうして日本軍の砲座は各個撃破で壊滅に追い込まれていったのだった。

しかし、これら山岳地帯の抵抗は野砲陣地の撃破がつづくものの、地形を利用した戦術は巧みで、米海兵隊の攻撃は遅々として進まない。上陸以来一週間が過ぎた九月二十二日現在、海兵隊の死傷者はすでに三九一六名を数え、戦闘員は六割以下に減っていた。そこで米軍の戦闘指揮官は日本軍守備隊主力がいる山岳地帯を包囲、迂《う》回《かい》する形で西浜から北浜につづく海岸線に兵を進めることにした。

九月二十三日昼過ぎ、日本軍が浜街道と呼んだ海岸道路に沿って進撃中のこの傷だらけの約一個大隊の海兵隊は、新たに上陸してきたばかりの約一個連隊の陸軍部隊と交代、第一線から退いた。代わった陸軍部隊は隣のアンガウル島攻略の第81師団所属の一部であったが、浜街道を一直線に進み、二十三日の夕刻には日本の北地区隊の守備範囲である島の中心地点、ガリキョク付近まで進出していた。

独立歩兵第三百四十六大隊長引野通広《ひきのみちひろ》少佐指揮の北地区隊の主力は、島の北端の水戸山に布陣していたが、アンガウル島から転進してきた新着の米陸軍部隊が進出したガリキョク周辺（ツツジ陣地）には、前田健蔵《まえだけんぞう》中尉を指揮官とする同大隊第二中隊があり、北地区隊はここで初めて米軍を迎撃、戦闘を開始した。

ペリリュー上陸以来、米軍の重点攻撃地区は飛行場奪取という目標のため南海岸と西海岸に置かれていた。また、水戸山を中心とする北部地区は地形的にも狭く、海岸橋頭堡を築くには難点がある。また海岸からの上陸は戦術的にも大損害が予想されたため、まず南部地区を確保し、そのうえで陸上から北部地区を攻撃することにしていたのだった。

それが急遽《きゅうきょ》北部攻撃に転じたのは、中央山岳地帯の日本軍守備隊の強固な抵抗ということもあったが、歩兵第十五連隊第二大隊（大隊長・飯田義栄《いいだよしえい》少佐）八四〇名が、パラオ本島からペリリュー島に逆上陸を敢行してきたからであった。詳細は後述するが、米軍は島を取り巻く艦艇や哨戒機からの報告によって、この飯田大隊の敵前逆上陸地点が、ペリリュー島とガドブス島の間の浅瀬を利用してガルコル波止場《はとば》をめざしていることを察知したのである。

海兵隊と交代した第81師団麾下《きか》の米陸軍部隊と戦闘をはじめたツツジ陣地の第二中隊には、機関銃二挺と速射砲のほかは歩兵銃だけしかなかった。それにもかかわらず、第二中隊は米軍の先遣隊を撃退することに成功した。そして戦闘は夕闇の中にもつれ込んだ。しかし、夜間戦闘を好まない米軍は戦闘を中止し、反撃を翌日に持ち越した。

明けて九月二十四日の早朝、予想どおり米軍は十数輌の戦車を前面に押し立てて攻撃を再開してきた。海上からは強力な支援の艦砲射撃がツツジ陣地に降り注いだ。第二中隊は必死に反撃した。そのため米軍がこの日本軍陣地を占領したのは、八時間後の午後三時過ぎであった。

水戸山の大隊本部にいる引野少佐は、予備の二個小隊を第二中隊の救援に送り、陣地奪還を策した。第二中隊長の前田中尉は、生き残った隊員と二個小隊というわずかな増援部隊を指揮し、夕陽に映える北浜の白い珊瑚の海を右手にして逆襲に出た。そして陣地を奪い返した。

しかし、陣地の維持は長くはつづかなかった。夜襲をかけるために隊陣を整えていた日本軍の頭上に、砲弾の雨が降り注いできたのだ。あっというまに死者が続出し、陣地の守備隊は壊滅状態に陥ってしまった。

夕闇せまる午後七時ごろ、わずかな生存兵は水戸山の大隊本部に向かって退却した。こうしてツツジ陣地を失った引野少佐は、ここで水戸山に主力を集め、一部を中の台に送って態勢の立て直しをはかることにした。

連隊長の熱望で決定された増援派遣

引野少佐に率いられた北地区隊が苦しい戦闘を開始した前日の九月二十二日、パラオ本島の集団司令部は歩兵第十五連隊第二大隊を中心とするペリリュー逆上陸部隊の派遣を決定していた。隊長は前記のように同大隊の飯田義栄少佐が任命された。逆上陸とは、敵に上陸されて戦場となっている地に、今度は味方の増援部隊が逆に〝敵前上陸〟を決行することである。

パラオ地区集団命令（原文はカタカナ交じり）

一、ペリリュー地区隊の敢闘、就中《なかんずく》其《そ》の果敢なる肉攻竝《なら》びに斬込に依《よ》り敵の戦意漸《ようや》く衰へ、ペリリュー地区は昨二十一日早朝以来敵の砲爆撃閑散化せり。敵は数日前以来飛行場南側に一連の複廓（橋頭堡）を構築し、其の戦勢不利なるに対処せんとしつつあり。敵は新鋭部隊の増援を待ちつつあるものの如《ごと》し。

ペリリュー地区隊は依然概《おおむ》ね中央高地以北の要線を確保し、主として肉攻斬込奇襲に依り完勝に向って一途邁進しつつあり。

二、集団は敵の頽廃勢《たいはいせい》に乗じ、其の増援来着前にペリリューの敵を殲滅《せんめつ》せんとす。

三、歩兵第十五連隊長は予《あらかじ》め準備せる所に従ひ、本夜先《ま》ず飯田大隊の一中隊を基幹とする部隊をペリリューに増援し、爾余《じよ》の飯田大隊を以て明二十三日夜続いて之に増援する如く準備すべし。本夜増援する中隊は状況に依り逆上陸を以て敵を撃破し、地区隊主力に合するの準備にあらしむるを要す。
四、ペリリュー増援部隊は同島到着の時を以てペリリュー地区隊長の指揮に入るべし。
五、状況就中リーフ内障碍《しょうがい》、ペリリュー北地区の現状、デンギス、ヨオ水道付近敵蠢動《しゅんどう》の状況等に就《つい》ては、後刻中川参謀を派遣し説明せしむ。

パラオ地区集団司令官　井上中将

この敵前逆上陸案は、そもそも当初の計画にはなかった。だから司令官の井上貞衛《さだえ》中将も参謀長の多田督知《ただとくち》大佐も乗り気ではなかった。いや、結果的には承認したのであるが、最後の最後まで反対していた。その理由は、米軍はアンガウル、ペリリュー攻略後は必ずパラオ本島攻略をくわだてることは必定《ひつじょう》だ。パラオ諸島で最大の面積を有する同島が、アンガウル、ペリリューに倍する戦略価値を持っていることを米軍が見逃すはずはない、主決戦場は集団司令部のあるこのパラオ本島なり、というのが司令官、各参謀の見解であったからだ。

パラオ集団の中核である第十四師団を構成する水戸、高崎、宇都宮の三個連隊のうち、水戸の歩兵第二連隊はペリリュー島に、高崎の歩兵第十五連隊も第三大隊をペリリューに送っており、宇都宮の歩兵第五十九連隊も配下の第一大隊をアンガウル島の守備隊として残し、すでに同大隊は玉砕寸前の状態にある。主決戦場と睨《にら》むパラオ本島の中核となる集団直轄部隊は、いまや高崎と宇都宮の各二個大隊、計四個大隊しかいない。さらにこの中からペリリューに増援を送った場合、直轄部隊は一連隊程度の兵力しか残らないことになる。

井上中将をはじめとする師団司令部が反対するのは、当然すぎることではあった。また、口にこそ出さなかったが、司令部内には増援反対の空気も強かった。それは、増援部隊を送っても無事に上陸できる可能性は少ないし、仮に上陸に成功したとしても、ペリリュー島の戦局を逆転することは不可能に近いことを誰もが認識していたからだった。

いや、師団司令部からの増援問い合わせ電報に対し、ペリリューの中川大佐は「ペリリューに兵力を注ぎ込んでも無駄である」と、強い反対電報を打っている。それにもかかわらず、敵前逆上陸の敢行を強力に主張したのは歩兵第十五連隊長の福井義介《ふくいぎすけ》大佐であった。福井大佐はペリリュー島の中川州男大佐とは同期（陸士三十期）であり、同じ第十四師団麾下《きか》ということもあって親しい間柄であった。その中川大佐が苦しい戦闘を強《し》いられている状況を知りながら、親友として黙って見過ごすことはできなかったのかもしれない。

さらに直属の配下であり、部下でもある千明武久《ちぎらたけひさ》大尉を大隊長とする約七五〇名の第三大隊が、中川大佐の指揮下に入ってペリリューで戦っている。それも、いまや玉砕に近い損害をこうむり、すでに中川大佐の司令部との連絡も跡絶《とだ》えているという。上官であり、連隊長でもある福井大佐としては、胸を裂かれる思いであったに違いない。

それだけに福井大佐の敵前逆上陸決行の主張は激烈だった。そして、ついに井上中将も認めざ

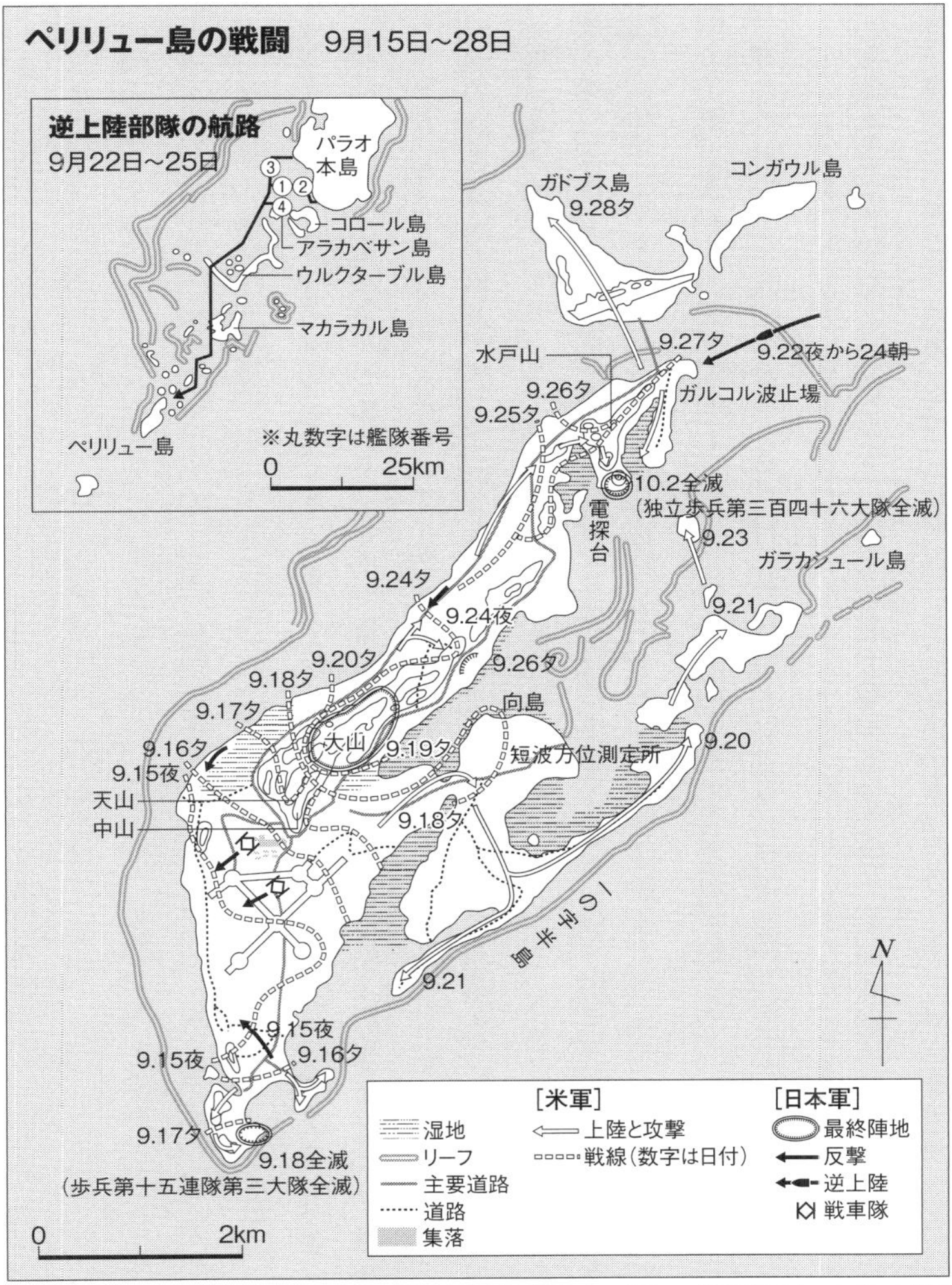

水際での果敢な抵抗と反撃によって海兵隊を危機に陥れたペリリュー地区隊であったが、上陸2日目には山岳地帯に食い込まれ、5日目には中央（ウムルブロゴル）山地に追い込まれた。だが、ここから海兵隊の苦闘と敗北がはじまる。

るを得なくなったのだが、結果は後述するように完全なる失敗、惨憺《さんたん》たる状況を生むことになった。敵前逆上陸を敢行するには、すでに時機を失していたのである。

防衛庁（現・防衛省）戦史室の戦史叢書によれば、逆上陸の集団命令が下った九月二十二日ごろの米軍の海上戦力は、「ペリリュー島周辺には米空母七、戦艦三〜四、駆逐艦一九、輸送船一九、その他小艦艇一一五等があり、またコスソル泊地には戦艦五、巡洋艦四、駆逐艦五、駆潜艇七、輸送船一七、飛行艇母艦四、飛行艇三二、その他小艦艇多数が、同泊地東方海面には空母三、巡洋艦三、輸送船一があって、その一部は同泊地内で洋上補給を実施しており、警戒は厳重であった」という、まさに蟻の入る隙間《すきま》もない厳しい警戒壁を築いていたのである。

逆上陸部隊は、福井大佐の主張である「パラオ本島にある第十五連隊全員」は認められず、同連隊の第二大隊（歩兵三個中隊、砲兵一個中隊、作業小隊、工兵一個小隊、通信中隊の一個分隊、衛生中隊の一部）だけということになった。大隊長には歩兵第二連隊出身で、茨城県生まれの多いペリリュー守備隊員と同郷の飯田義栄少佐が選ばれた。飯田少佐は、米軍上陸時にオレンジビーチを守備していた西地区隊長の富田保二《やすじ》少佐（歩兵第二連隊第二大隊長）とは同郷の隣村同士で、学校も茨城県立下妻《しもつま》中学（現・下妻第一高等学校）の先輩（飯田少佐）後輩という間柄だった。

逆上陸部隊は、まず村堀利栄《むらぼりとしえい》中尉を隊長とする第五中隊と配属の工兵小隊（総兵力二五〇名）を先遣隊として先発させることにした。部隊は九月二十二日の夜十時半、海上機動第一旅団輸送隊所属の第一艇隊（高橋少尉以下三四名）の大発五、小発一隻に分乗してアルミズ桟橋（パラオ本島とコロール島の間の水道）を出発した。大発とは大型発動機艇のことで、小発とは小型発動機艇のことである。

めざすはペリリュー島北端のガルコル波止場。その距離は三五マイル、約六五キロである。乗船する戦闘員はもちろん、舟艇の舵《かじ》を操る艇隊員も生還を望む者はいなかった。六隻の舟艇はロック・アイランドの島影づたいに、静かな夜の海を進んだ。アラカベサン島↓ウルクターブル島↓マカラカル島↓三子島↓ゴロゴッタン島と舟艇は進み、いよいよペリリュー島への進入水路であるガラカシュール島の側面に近づいた。途中、何度か座礁《ざしょう》と離礁《りしょう》を繰り返したが、暗夜に助けられたのか、米軍の張りめぐらした艦艇群の監視の目をくぐり抜けていた。

目的のガルコル波止場は数キロ先にあるはずだ。アルミズ桟橋を出てすでに六時間、時計は午前四時をまわっていた。だが、ペリリュー島を取り巻く米軍艦艇群の投錨地帯はこの数キロ圏内に密集している。いままで発見されずにきたことは、幸運以外のなにものでもない。しかし、舟艇隊はついに発見されてしまった。闇夜の中、静けさを一挙にかき消すような艦砲の重い音、腹を突き刺すような機関砲の音、そして夜空にひらめく発砲の光の波——。

第一艇隊長の橋本少尉は全舟艇に「全速前進！」を命じ、一挙に米軍の警戒網の中を突っ走ることにした。イチかバチかだった。

成功だった。全舟艇は一隻の損害もなく、九月二十三日午前五時二十分過ぎにガルコル波止場に到着したのである。しかし米軍の追撃も執拗《しつよう》だった。村堀中尉に率いられた陸軍部隊が上陸を完了した直後、正確には着岸十分後の五時三十分ごろ、今度は空から襲ってきたのだ。この米軍戦闘機の空襲で一四名が死傷、パラオ本島から部隊を運んでくれた六隻の大発、小発は全部沈没させられてしまった。しかし、敵前逆上陸という所期の目的は奇跡的に達成され、二〇〇名近い上陸隊員はペリリュー守備隊主力が布陣していると思われる大山付近に前進したのだった。

しかし、この村堀先遣隊の上陸成功は、あとにつづく飯田大隊主力の命運に暗い影を投げることにもなった。なぜなら、米軍にとってペリリュー島周辺の海は、いまや〝わが領海〟と同じだ。その領海内を、暗夜とはいえ六隻もの敵の上陸用舟艇を通してしまったことは、明らかに警戒態勢のミスだったからである。米軍の海上哨戒がよりいっそう厳重になることは容易に察しがつく。そして、事実、飯田大隊が悲劇的な場面を迎えたことで、それは立証される。

軍事極秘『逆上陸戦闘詳報』

兵員輸送を担《にな》う第三船舶輸送司令部パラオ支部配下の二四隻の舟艇（大発二一、小発三）は、乗船する中隊単位で三個艇隊に分けられた。すでに上陸に成功した村堀中尉の第一艇隊につづく第二艇隊には、飯田大隊長の指揮する大隊本部、砲兵中隊など総員一四七名が乗船した。

第二艇隊は第一艇隊と同じアルミズ桟橋を九月二十三日午後八時三十分に離れた。艇隊は先遣隊とほぼ同じコースを進んだ。ウルクターブル島、マカラカル島を左手に一列縦隊で進んでいたが、障害は何もなかった。ところが鯨島を過ぎて三子島にさしかかるころから、米軍の照明弾が頻繁《ひんぱん》に打ち上げられ、海上は真昼に近い明るさで照らし出されはじめた。

第二艇隊がペリリュー水道に入り、ゴロゴッタン島の右方を通過していると、照明弾はますます激しく打ち上げられるようになった。艇隊の速度は落ち、米軍の攻撃が目前に迫っていることを教えていた。

折からペリリュー周辺は干潮時のため、艇隊はきわめて限られた水道を通らなければならなかった。出発時刻を誤った作戦ミスであった。加えて夜の操舵のため、ガラカシュール島の西方でついに七隻の全舟艇が座礁するという最悪の状態に陥ってしまった。ペリリュー島まではまだ二キロ以上もある。日本の上陸部隊は知らなかったが、米軍は昨夜の村堀先遣隊の上陸を察知して以来、このガラカシュール島周辺に五隻の駆逐艇や舟艇を配備し、警戒を密にしていたのである。

離礁作業ははかどらず、満潮を待たない以上不可能な状態だった。頭上でゆらゆら揺れる照明弾の数はますます多くなり、米軍は明らかに逆上陸部隊の位置を確認していると思われた。危機は一刻を争うまでに迫っていた。

ついに飯田大隊長は舟艇を降り、徒渉《としょう》でペリリュー島に上陸することを決意、全員に命令を下した。干潮で水位が下がっているとはいえ、完全軍装で胸まで浸《つ》かる海中での行動は思うにまかせない。そのうえ海底は珊瑚が群生していて、兵たちの歩行をさらに困難にしていた。

ガラカシュール島方面から、この海中で苦闘している日本軍に砲弾が降りそそぎはじめたのは、それからまもなくであった。

歩兵第十五連隊の『逆上陸戦闘詳報』――大東亜戦争昭和十九年九月二十二日～二十五日　中部太平洋パラオ作戦ペリリュー島逆上陸戦闘詳報　軍事極秘――には、飯田大隊の行動が詳細に記されている。そのペリリュー島到着時の部分を引用すれば次のようであった（原文はカタカナ交じり。適宜句読点を付した）。

一、本日の情報によれば、敵は昨夜我軍の増援を察知せるもののごとく、ガラカシュール島方面海域に艦艇を配し、至厳の警戒をなしあり。

一、艇隊は一列縦隊となり海軍部隊より援助の水先案内の誘導により前進す。本日は晴天なるも視界不良。二三・三〇、三子島を通過す。このころより敵の照明弾の照射を受け、前進やや遅滞するも、二四・〇〇ゴロゴッタン島付近を通過す。〇〇・四〇ごろガラカシュール島東方二キロ、ペリリュー島距岸二キロの付近にて全艇座礁す。直ちに全力をもって離洲《りす》作業を実施すると共に、艇員をもって水路の発見に努めたるも、時あたかも最落潮時に当り、流速1½ノットをもって干出、須臾《しゅゆ》にして吃水《きっすい》下を露出するに到り、ついに離洲不能となれり。

一、大隊長飯田少佐は直《ただ》ちに徒渉上陸に決し、ガラカヨ、ガドブス、ペリリュー島に向い上陸を敢行せしむ。その間敵の照明弾はいよいよその数を増し、またガドブス島陸上より照明す。

時に〇二・〇〇敵は我が企図を察知せるもののごとく、照明弾を急激に増加すると共に、ガラカシュール島方面よりの艦艇より、我が舟艇並び人員に対し猛烈なる砲撃を実施す。海上輸送隊中隊長金子中尉は、部下を督励し、離洲作業に努めありたるも、落下せる砲弾のため部下七名と共に壮烈なる戦死を遂《と》ぐ。

〇二・三〇敵は水陸両用戦車をガラカシュール島に進出せしめ、ペリリュー、ガドブス間水道沖に在泊中の艦艇探照灯を併用照射すると共に砲撃を集中、ペリリュー、ガドブス、ガラカヨ島各島への上陸を阻止(一字不明)とす。二、五番艇はこの間克《よ》く離洲に成功、敵弾下をペリリュー島に向い前進、〇二・四〇ガルコル桟橋に達着上陸に成功す。二、五番艇は直ちに人員器材を卸下《しゃか》し、前日到着せし舟艇人員を収容帰途に就《つ》きたるもガラカシュール島北方一キロ付近において、二番艇は敵砲弾のため沈没せられ、艇員は再びペリリュー島に上陸す。

一、別に第六中隊を主体とせる第三艇隊は、九月二十三日二一・四〇、アイミリーキを出発、大隊主力に追及すべく全速をもって前進、二十四日〇〇・三〇鯨島付近通過ペリリュー水道に入る。

〇一・三〇指揮艇ゴロゴッタン島西南方三キロ、ペリリュー島距岸四・五キロの地点において座礁す。一番艇は続いて前進、第二大隊主力座礁地点に到り坐洲、直ちに離洲作業を実施するも、折柄の落潮時のため離礁不能となり、上陸部隊はペリリュー島に徒渉上陸を敢行す。艇は〇二・〇〇砲撃により大破炎上す。

指揮艇はなおも離礁作業と水路捜索を実施辛うじて作業成功せしも、〇四・〇〇第二大隊主力を砲撃中の敵に発見せられ砲撃を受く。またペリリュー島西北方艦艇全火力を集中砲撃し来れり。

〇四・五〇、ガラカシュール島北々西二キロの地点において再度座礁、止《や》むなく上陸部隊桑原中尉以下第六中隊主力はペリリュー島に徒渉上陸す。二、三、四番艇は機関不調のため遅着、〇五・三〇、三子島に到着す。四番艇長望月軍曹は二、三番艇を指揮し護衛中隊長長井中尉の指揮下に入り、二十四日一九・〇〇三子島出発、ペリリュー島に向い前進す。

敵機の哨戒は厳重にして、照明弾の照射頻繁なり。艇隊は微速をもって隠密前進す。二〇・〇〇、ゴロゴッタン島通過、二〇・一〇、ゴロゴッタン、グァバツ島間の敵ついに我が行動を感知せるもののごとく、探照灯をもって海面を照射す。照明弾また極度に増加し、待機中の敵艦艇及びガラカシュール島付近に進出待機せる水陸両用戦車は、探照灯と相呼応して一斉に射撃を開始、続いてペリリュー島西北方に仮泊中の艦艇より挟撃を受く。

艇隊は強行突破すべく全速力をもってペリリュー島に向い猛進す。二〇・四〇敵弾二番艇機関部に命中航行不能となり、上陸部隊は徒渉上陸を決行す。三、四番艇は敵弾雨飛中漲潮時を利し、二一・〇〇ついにガルコル桟橋に達着、上陸に成功、上陸部隊桑原中尉の指揮下に入れり。照明弾及び探照灯は依然として猛烈に照射するも、敵弾ようやく衰え、二一・三〇折柄の驟雨《しゅうう》を利し、敵眼に遮蔽しつつ、長井中尉以下三子島中間基地に帰還す――。

『逆上陸戦闘詳報』は、この後も飯田大隊の他の中隊の行動を詳細に記している。たとえば中隊長の須藤中尉に率いられた第四中隊二〇〇名が、敵の警戒網を巧みにくぐり抜けて、深夜の十二時に無事ガルコル桟橋に到着したこと。また長井中尉の指揮する護衛艇隊が、日本軍輸送艇を発見して攻撃してきた米軍艦艇に対して「機を失せず機関砲一、自動砲二、速射砲一をもってこの敵を射撃しつつ鯨島付近に移動」したことなど、逆上陸部隊輸送の全貌を記録にとどめていた。

五〇パーセントの損害を出した逆上陸作戦

飯田義栄少佐を隊長とする逆上陸部隊八四〇名（うち輸送艇隊、護衛中隊二五二名）中、前日に上陸に成功している村堀利栄中尉指揮の先遣隊（二一五名）を除く六三〇数名は、前記の電文（「逆上陸戦闘詳報」）でもわかるように、米軍の集中砲火の中、照明弾に照らし出された真夜中の海中をかろうじて逃れ、ある者はペリリュー島北岸に、ある者は隣のガドブス、コンガウル、そしてガラカシュール島へとたどりついた。

座礁した舟艇を降りた飯田少佐以下の大隊本部（約一〇〇名）が、最初に上陸したのはガドブス島であった。飯田少佐は黒い島影の中に連続する機関銃の閃光《せんこう》を見て「ペリリューだ」と判断、その敵の機銃の閃光をめざして部下を先導したのだった。

しかし、食糧から弾丸まで、限界を超えて身につけた完全軍装の歩兵たちにとって、ところによっては二メートルを超す海中はまさに死の海であった。米軍の艦艇と陸上からの砲撃が海面に水柱を上げるたびに、歩兵たちは飛び散り、爆風は兵たちを海面にたたきつけた。そして重い軍装は容易に兵たちの姿を海面に出さなかった。胸を越える海面の中では、目前で海中に没し、溺れる戦友を見ても助けの手をさしのべる余裕はない。とにかく島にたどりつき、生きのびることだけで精いっぱいである。

海のない上州（群馬県）で生まれ育ち、満州の極寒の地で訓練を積んできた歩兵第十五連隊の兵士たちの中で、泳ぎの達者な者は少ない。いまや完全軍装では浮くことさえ困難になっていた。兵たちは次第、次第に銃を捨て、弾帯をはずし、重い背囊《はいのう》を海中に手離し、ただひたすら目前の黒い島影をめざして泳ぎ、あるいは歩いた。

だが、島に近づくにしたがって待ち伏せる米軍の重機関銃掃射はますます激しさを増し、死傷者は見る間にふくれあがっていった。海面を埋めるその悲惨な光景は、絶え間なく打ち上がる米軍の照明弾に照らされて、凄惨さをいっそう際だたせた。

一方、歩兵たちが徒渉でペリリュー島に向かったあとも、金子中尉指揮の海上輸送隊第二艇隊員は、座礁した大発艇の離礁作業をつづけていた。しかし干潮の海は頑固に離礁を拒否していた。止むことのない米軍の艦砲射撃は、その離礁作業中の隊員のまわりにもつぎつぎ落下し、すでに一番艇の大発は直撃弾を受けて兵もろとも飛び散っていた。

「日本軍増援部隊、ガドブス島上陸！」の報で、急遽、ガドブス攻撃に向かう米水陸両用戦車。干潮時にはガドブス島へは歩いて渡れる。

海上輸送隊員はもちろん知る由もなかったが、このころ――午前二時三十分ごろ、米軍は日本軍の本格的逆上陸作戦を阻止するため、ガラカシュール島に水陸両用戦車を急遽《きゆうきよ》送り込み、より正確な攻撃をはじめていた。干潮で浅くなった珊瑚の海からペリリュー島に舟艇を進めるには、どうしてもガラカシュール島を左にしたガルコル水道を通らなければならないからである。そのガラカシュール島の水陸両用戦車のものだったかどうかは定かでないが、降りそそぐ砲弾の一発が離礁作業を指揮する金子中尉の近くに落下、中尉は七名の部下とともに海中に没してしまった。

結局、七隻の大発と小発で編制された第二艇隊で、どうにかペリリュー島北岸に着岸できたのは二隻だけであった。撃沈された大発の中には、戦っている歩兵第二連隊に補給すべき弾薬や地雷を満載したものもあったが、直撃弾を受けて轟音《ごうおん》とともに消え去っていた。

第二艇隊よりも遅れて出発した第三艇隊も、電文にあるごとくつぎつぎ座礁し、米軍の砲撃下を徒渉上陸を敢行しなければならなかった。桑原甚平《くわはらじんぺい》中尉を隊長とする第六中隊員を乗せたこの第三艇隊の中で、ガルコル波止場に着岸できたのは二隻だけだった。残りの大小発は第二艇隊の舟艇と同じく、米軍の砲撃によって沈められてしまった。そして、二二三名の将兵のうち、ペリリュー上陸後に桑原中尉が掌握《しょうあく》した中隊員は約一〇〇名で、総員の半数以下であった。しかも桑原中尉指揮下の第六中隊は、ペリリュー上陸後、ついに大隊主力と連絡をつけることができず、北地区隊主力の独歩第三百四十六大隊と合流、同大隊長引野通広少佐の指揮下に入ったのであった。

ペリリュー島と思って上陸したのがガドブス島だったことに気づいた第二艇隊の飯田少佐ら大隊本部員を中心とする将兵は、ただちに同島を離れ、目の前のペリリュー島にやっとのことで徒渉上陸した。飯田少佐は上陸できた将兵を集め、ペリリュー守備隊主力がいると思われる島の中心部に向かって南進を開始した。

このとき飯田少佐が掌握できた兵員は約五〇〇名であった。そして南進開始後まもなく、第二砲兵中隊の生き残り兵約一〇〇名は、前進中に米軍戦車隊を正面に迎え、全滅に近い損害を受けたため、先の村堀中尉指揮下の先遣《せんけん》隊を含めても、その数は四〇〇名に満たなかった。敵前上陸は、実に五〇パーセント近い損害を出したのであった。

いや、かろうじて生き残り、上陸できた将兵たちも大半の食糧、武器、弾薬を失っており、裸同然の状態であったから、もはや戦闘部隊としての機能はなかった。米軍戦車隊に全滅された砲兵中隊も、その武器である砲は海中で失っており、手にしていたのはわずかばかりの小銃と手榴弾だけだった。敵前逆上陸作戦は完全な失敗だったといえる。

仮に飯田大隊の逆上陸が完全に成功していたとしても、のちの米軍側の掃討作戦は何日間かは延びたかもしれないが、ペリリュー島の戦局を大きく変えることはなかったに違いない。中川大佐が逆上陸決行直前に、パラオ本島の集団司令部に送った電文のごとく、「ペリリューに兵力を注ぎ込んでも無駄」だったのである。

指揮官にとって、戦場は非情なものであるという認識がいかに大事であるかが、この作戦は物語っている。友情や私情、ヒロイズムによる作戦強行は、結局、部下である将兵の命を単に死に追いやることになってしまうということである。

愛児の遺骨を抱いて決死の海中伝令

すでに何度か書いたように、ペリリュー島の日本軍で生還したのはごくわずかで、ほぼ全滅に近い。逆上陸作戦を行った歩兵第十五連隊の生還者も、ほんの数名にすぎない。では、なぜ歩兵第十五連隊第二大隊の『逆上陸戦闘詳報』が現在も残されているのだろうか――。

ペリリュー島に上陸した飯田義栄大隊長は、半数の部下を失うという痛恨の作戦模様の結果とペリリュー島の戦況を、爾後《じご》の教訓のためにパラオ本島の集団司令部に報告しなければならないと考えた。飯田少佐の結論もまた、「これ以上の増援は無駄である」というものであったからだ。

だが、報告書を集団司令部に届ける方法がない。舟艇による海上連絡は、逆上陸作戦の経緯を見てもわかるように成功の可能性はきわめて低い。だいいちペリリュー島には使用できる舟艇がなかった。そこで飯田少佐が考えたのは海中伝令、すなわち、兵士に報告書を携帯させて直接パラオ本島まで泳がせるというものであった。実際、途方もない計画ではあるが、少なくとも舟艇による伝令よりは敵の目を逃れられる可能性は高いと判断した。結論を先に記せば、飯田少佐のこの賭《か》けは、十数名の犠牲はあったが成功したのである。

海中伝令の決死隊隊長に選ばれたのは、群馬県前橋市出身の奈良四郎《ならしろう》少尉であった。奈良少尉は歩兵第十五連隊第二大隊第二砲兵中隊長であったが、その部下は先に記したように上陸直後の米軍戦車隊との戦闘で壊滅状態にあった。それだけに、部下とともにペリリューで最期を迎えたいという気持ちは強かったが、任務の重要さがわからない人ではなかった。

奈良少尉は決死隊員として一六名の兵士を選んだ。条件の第一は水泳が達者で、第二がパラオの地理に精通している者。当時、ペリリュー島の日本軍守備隊には、パラオ地区で現地召集された沖縄県の糸満《いとまん》地方出身者が多数いた。「糸満漁民」といえば、その昔から荒海をものともしない遠泳の達人として知られていたから、奈良少尉が〝糸満兵〟を選んだのは当然だった。

とはいっても、ペリリュー島と集団司令部のあるパラオ本島（バベルダオブ島）、パラオ諸島の中心街であるコロール島とは約六十数キロも離れている。途中、無数の島々があり、休憩地は見込めるとはいえ、潮流の激しいところは随所にあり、サメが棲息している危険地帯も横たわっている。そのうえ米軍の哨戒艇と潜水艦の警戒態勢は、飯田大隊の逆上陸決行以来ますます厳しくなっている。いかに泳ぎの達人といわれる糸満兵でも、成功は容易ではあるまい。

もちろん奈良少尉自身、無事に司令部へたどりつけるとは思わなかったであろうが、自分自身を含めた一七名の決死隊のうちで、誰か一人でも泳ぎつければ目的は達成できる、そう考えての隊員編成であった。

奈良少尉を隊長とする海中伝令決死隊一七名が、ペリリュー島北岸のガラコル桟橋付近から海中に身を入れたのは九月二十八日の夜であった。隊員は防水をほどこした『戦闘詳報』を腹に巻き、武器は各自手榴弾一個だけという文字どおりの裸同然の姿であった。手榴弾はなんらかのアクシデントに遭遇した場合、報告書が米軍の手に渡るのを防ぐための自爆用であった。

ガラコル桟橋を離れた決死隊は、まず隣のガドブス島に渡り、さらにコンガウル島へと泳ぎ継いだ。決死隊に損害はなかった。だがコンガウル島を離れ、三キロ先のガラカヨ島に向かってまもなく、決死隊に災厄《さいやく》が訪れた。

第一夜は明け、朝の早い南洋の陽は紺碧《こんぺき》の海面を照りつけていた。一七名の決死隊員は潮流の流れに抗しながらも、目前にかすむガラカヨ島めざして泳いでいった。すると突如、米軍のグラマン戦闘機のエンジン音と機銃掃射の音を背にした。

「ダダダダダ……」

一気に飛び去ったグラマン機は、反転すると超低空で再び攻撃を加えてきた。一機、二機、そして三機が決死隊員をめがけてきた。

攻撃は執拗をきわめた。誰がどうして、どうなっているかを見きわめる余裕などなかった。身を隠す一片の木っ葉さえない海上では、ただ運をたよりに潜り、そして泳ぎ、目的地をめざして進むよりほかに術《すべ》はない。

生き残った兵は三々五々、ガラカヨ島にたどりついたが、奈良少尉が数えた隊員は、自分を含めて五名であった。一二名の決死隊員が赤道直下の珊瑚の海に若い命を散らしてしまった。

グラマン戦闘機の攻撃を逃れた五名の伝令は、休む間もなく泳ぎはじめた。そして二日が過ぎ、三日が過ぎた。いつの間にか五名の伝令は散り散りになっていた。誰がどこを泳ぎ、どこで休んでいるかも、もはやわからない。あるのは喉《のど》の渇《かわ》きと、襲いつづける睡魔との孤独な戦いだけであった。

結果を記せば、奈良少尉に率いられた海中伝令は成功した。それは奇跡に近い行為であったが、ガラカヨ島を出発したときのメンバー五名は、さらに一名減って、コロール島にたどりつけたのは奈良少尉を含めて四名であった。

この四名の中に、山川玉一《やまかわたまいち》という糸満出身の二等兵がいた。山川二等兵は米軍がペリリュー島に上陸する二カ月前の昭和十九年七月、住んでいたパラオで現地召集され、飯田大隊の逆上陸部隊に編入されたのだった。このとき山川二等兵はすでに四十歳という老兵であったが、召集される直前に愛する妻を米機の爆撃で失い、その母を追うように一人息子も病に倒れ、他界するという重なる悲痛の中にあった。無事コロール島に泳ぎ着いた奈良少尉をはじめとする四名の海中伝令の中で、最初に着いたのがこの四十歳の山川二等兵だったのである。

敗報に次ぐ敗報の中で〝兵士の美談〟に飢えていた従軍記者にとって、山川二等兵の決死の海中伝令は恰好のネタであった。昭和十九年十月七日付の朝日新聞は次のように報じている。

ペリリュー島から水中伝令
死の海泳ぐ二昼夜　パラオへ報告書
亡児に励まされ敵中突破
〔パラオ本島にて多田報道班員五日発〕夥《おびただ》しい敵の艦艇と飛行機によって周囲の海面を悉《ことごと》く包囲されたペリリュー島から単身、海中に躍りこんで力泳挺進すること実に四十八時間、見事パラオ本島のわが部隊本部に到達、重大任務を果した壮絶なる決死の海中挺進行がある
――ペリリュー島守備隊の某二等兵がその奮戦の主人公である。
去る九月十五日以来、ペリリュー島に上陸した敵有力部隊は連日連夜わが強烈なる反撃を受けて徒《いたず》らにその損害を増加するばかりで、当初の企図は挫折、かくてわが陣地を攻めあぐんだ敵は二十八日遂に同島北方グァドブス（ガドブス）島に増援部隊を揚陸させるとともに

に、新たにペリリュー島北西部にも戦車、重軽火器を伴ふ有力部隊をくりだして、遠巻きながら恐る恐る我を挟撃せんとの態勢を示すに至ったのである。丁度このころ、同島守備隊では急を要する重要報告書類を是が非でもパラオ本島の○○《(ママ)》部隊本部に送り届ける必要がおこった、無電だけではどうしても用を足せぬ重要書類なのである。

しかし島はすでに四囲完全包囲の状況に在る。他島の友軍との連絡は無電による以外に方法がない。この敵の重囲を如何に突破すべきかと種々研究の結果、敵制海下の海上を泳いで突破しようと言ふ壮烈な決意を固めたのである。人選の結果、守備隊随一の水泳の達人とうたはれる某二等兵が選ばれた。同二等兵は沖縄県人で長らくパラオ諸島に居留してゐたが、本年某月現地で晴れの御召しを受けるや応召直前、病で失った愛児の遺骨と共に軍務に励んでゐた。

数多い戦友のなかからとくに選ばれてこの重大任務を与へられた二等兵は、

「皇恩に報い奉る秋《とき》こそ至れり　誓って任務を達成します……」

と感奮勇躍、三十日の夕闇迫る頃を待って重要書類と愛児の遺骨を腹にまきつけ、敵艦艇の群集する死の海に飛びこんだのである。隊長はじめ戦友達の激励の声をあとに、二等兵は得意の泳法で沖へ沖へと突進して行った。海面を照射する敵探照燈の不気味な光芒や海上を警戒する魚雷艇、哨戒艇、駆潜艇などに出会ふたびに海中深く潜ったり、死を装って波間を漂ったりして敵の目をくらまして行くうち、彼は海面に漂ふ夥しい浮流物に気がついた。見ればアメリカ軍の救命袋、干麺麭《かんめんぽう》（乾パン）、缶詰などである。海岸線から沖合ひ数千メートルにおよぶ広い幅一面を覆ふかの様にこれらの浮流物が夜目にもしろく漂ってゐるのであった。これぞ上陸戦において未だ陸地にとりつかぬうちに撃沈、撃滅された米鬼共が残したこの世の名残りなのだ。そしてまたその夥しい糧を見ても敵の損害が如何に甚大なものであったかを雄弁に物語るものでなくて何であらう。

二等兵は「ざまを見ろ」とばかり力泳の疲労も一ぺんに消し飛んで俄然愉快になったのである。三時間、五時間、十時間……泳ぐにつれて空腹を覚えてくると、彼は悠々と敵の干麺麭を食べ、疲れて来ると敵の救命袋にとりついで休んだ。泳いだり、もぐったりまる一昼夜、ペリリュー島はもう視界からはるかに遠ざかってゐる。だが目ざすパラオ本島まではまだ大分遠い。

さすがに心身共に綿の如く疲れて来た。眠ることが許されぬからであらう。途端に肌身につけた愛児の遺骨が、

「……お父さん、しっかり頑張って……」

と励ますやうな声を聞いてハッとした……。

「さうだ、決戦に勝つための重大なる挺進連絡だ、たとひ手足の筋肉がのび切り、摩り切れようとも、否《いや》死んでも泳ぎ抜かねば皇国に生を受けた男子の甲斐《かい》がない……」

と二等兵は渾身の勇をふるって力泳をつづけた。

かくて四十八時間といふ驚くべき連続力泳ののち、十月二日の夜見事パラオ本島まで泳ぎ切ったのであった。

ああ敵中突破の連続力泳四十八時間――それは口でいふは易いが、現実はまさに言語に絶する苦闘だった。死にまさる苦闘であった。ペリリュー島からパラオ本島までは直線距離にして四十余キロ、まして敵の警戒をくらますためにわざと沖合ひに迂廻《うかい》したり、珊瑚礁をくゞったりすれば優に六十キロを越える長距離である。この決死の海中挺進をやり遂げて、颯爽《さっそう》と海岸に現れた同二等兵の姿を見て、パラオの部隊将兵一同はどっと歓声をあげた。

やがて部隊長の前に導かれた二等兵の手から重要書類がつゝがなき姿で手渡された瞬間、さし出す者も受取る側もたゞ感激の涙あるのみであった。愛児の遺骨と共に戦ひ抜いた父性愛強き某二等兵は今年丁度四十歳である。(原文のまま)

海中伝令決死隊一七名中、目的のパラオ本島にたどりついた兵はわずかに四名であったが、この中には奈良少尉や山川二等兵の実に倍近い四日間、百時間近くもかかって任務を達成した兵もいた。この海中伝令兵たちがもたらした報告は、その苦難に応えるに充分なものであった。パラオ集団司令部は報告にもとづき、予定していた逆上陸部隊の第二次派遣をとりやめ、パラオ本島を中心とする後方の守備を増強することに作戦を変更、多くの兵の命を救う結果をもたらしたからである。

上陸以来の激戦で、第１海兵師団の死傷率は50パーセントを超える勢いだった。写真は戦死者を後送する米海軍工作隊員。

増援要請の米軍と北地区隊の死闘

逆上陸部隊の一部と合流した独歩第三百四十六大隊を主力とする北地区の陸海軍守備隊は、新たな米軍の増援部隊を目前にしていた。

西海岸（浜街道）沿いに北進しようとしていた米軍の第1海兵師団第1海兵連隊は死傷者が続出し、戦闘員は半減していた。その死傷者数は上陸一週間目の九月二十一日現在一七四九人を数え、いまや連隊としての組織的戦闘は不可能になっていた。そこでペリリュー上陸部隊司令官のウィリアム・H・ルパータス少将（第1海兵師団長）は、南地区の歩兵第十五連隊第三大隊（隊長・千明武久《ちぎらたけひさ》大尉）を壊滅状態に追い込んでいた第7海兵連隊に北部地区への転進を命ずる一方、隣のアンガウル島攻略作戦を行っている第81歩兵師団のポール・J・ミュウラー少将に応援を求めたのだった。

ペリリュー戦開始二日後の九月十七日に上陸戦を敢行した第81歩兵師団は、その圧倒的兵力でアンガウルの日本軍守備隊を攻撃、ルパータス少将から応援の要請を受けたときには、すでに戦闘は最終段階に入っていた。

ミュウラー少将がアンガウル島上陸作戦に用いた兵力は二万一〇〇〇名を超えている。これに戦艦一、重巡二、軽巡二、そして五隻以上の駆逐艦も支援の艦砲射撃を行い、さらに延べ一六〇〇機という航空機が空爆に参加した。これに対し、迎え撃つ日本軍守備隊は第十四師団麾下の歩

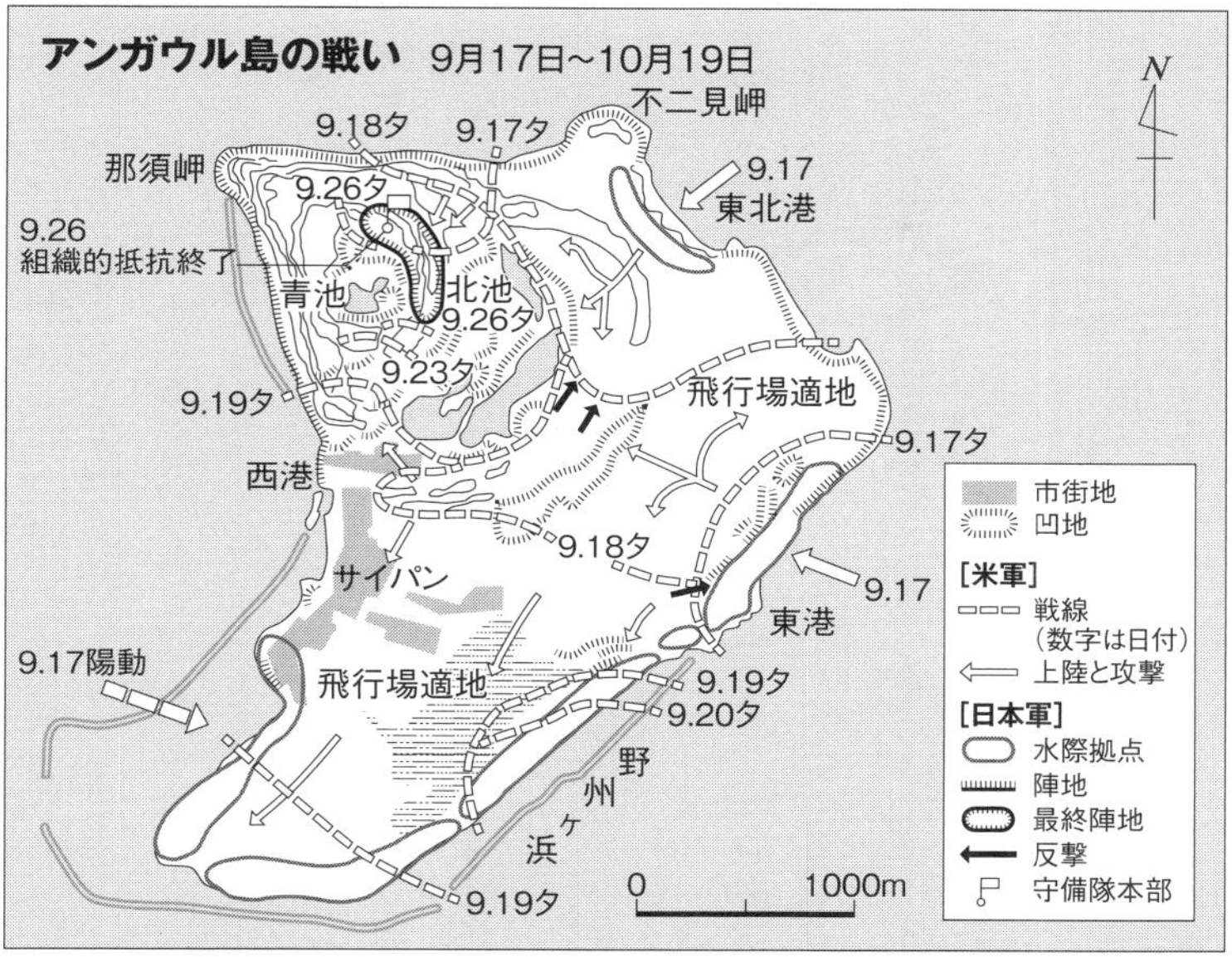

損害は米軍が戦死260名、戦傷1,354名、日本軍が戦死1,150名、生還50名で損害は米軍が若干上回っていた。

兵第五十九連隊（宇都宮）第一大隊（大隊長・後《ご》藤《とう》丑《うし》雄《お》少佐）を主力とした、総兵力約一二〇〇名足らずだった。日本軍にとってはまさに孤立無援、一八対一という絶望的な数字の戦いであった。

しかし、後藤少佐を指揮官とする日本軍守備隊は、ペリリュー島の守備隊同様、珊瑚岩の地形を巧みに利用し、徹底した洞窟戦と肉弾斬り込みなど、考えうるあらゆる戦術を駆使して抵抗戦を展開したのだった。このアンガウル島からの日本軍生還者は、日本側資料によれば五〇名、米陸軍戦史では「捕虜は五九名」とあるが、その大半は戦闘中に負傷で意識不明となり、米軍側に救出された兵士たちであった。

アンガウル島の戦闘による米軍側の戦死者は二六〇名と記録されているが、戦傷は日本軍守備隊の総数を上回る一三五四名を数えている。海上からの事前砲撃と艦上機による空爆の規模から推《お》してみても、米軍側にしてみれば、これは信じがたい数字だったに違いない。

アンガウル島攻略軍のミュウラー少将は、ペリリューからの応援要求に対し歩兵第321連隊を派遣した。同連隊は奪取に成功していたペリリュー飛行場南西の海岸(オレンジビーチ)に上陸、ただちに海岸線に沿って北上を開始した。そして、先に一部記したガリキョク南のツツジ陣地を守る独歩第三百四十六大隊の前田健蔵中尉を隊長とする第二中隊を撃破、北地区隊の日本軍主力がいる水戸山をめざして前進を重ねていた。

ツツジ陣地を失った北地区隊長の引野少佐は、一部を中の台に送って態勢の立て直しをこころみた。しかし米軍の新たな増援部隊に抗する術はなく、九月二十六日の夕刻に中の台の守備隊は全滅し、いよいよ水戸山の前面に米軍の大軍を迎えていた。

引野少佐の北地区隊には、独歩第三百四十六大隊の他にガドブス島を守備していた歩兵第二連隊第三中隊も合流しており、さらに逆上陸の飯田大隊の一部もその指揮下に入っていた。だが、傷ついた海兵連隊と交代した新着の米軍は、火焔《かえん》放射装甲車を交えた七輌の水陸両用装甲車を先頭に、海抜五〇メートルの水戸山を東西から包囲しつつあった。北端のガルコル波止場も、無線電信所も米軍の手に落ち、北地区隊と中川大佐の司令部との地上連絡は遮断され、部隊は完全に孤立状態に陥っていた。

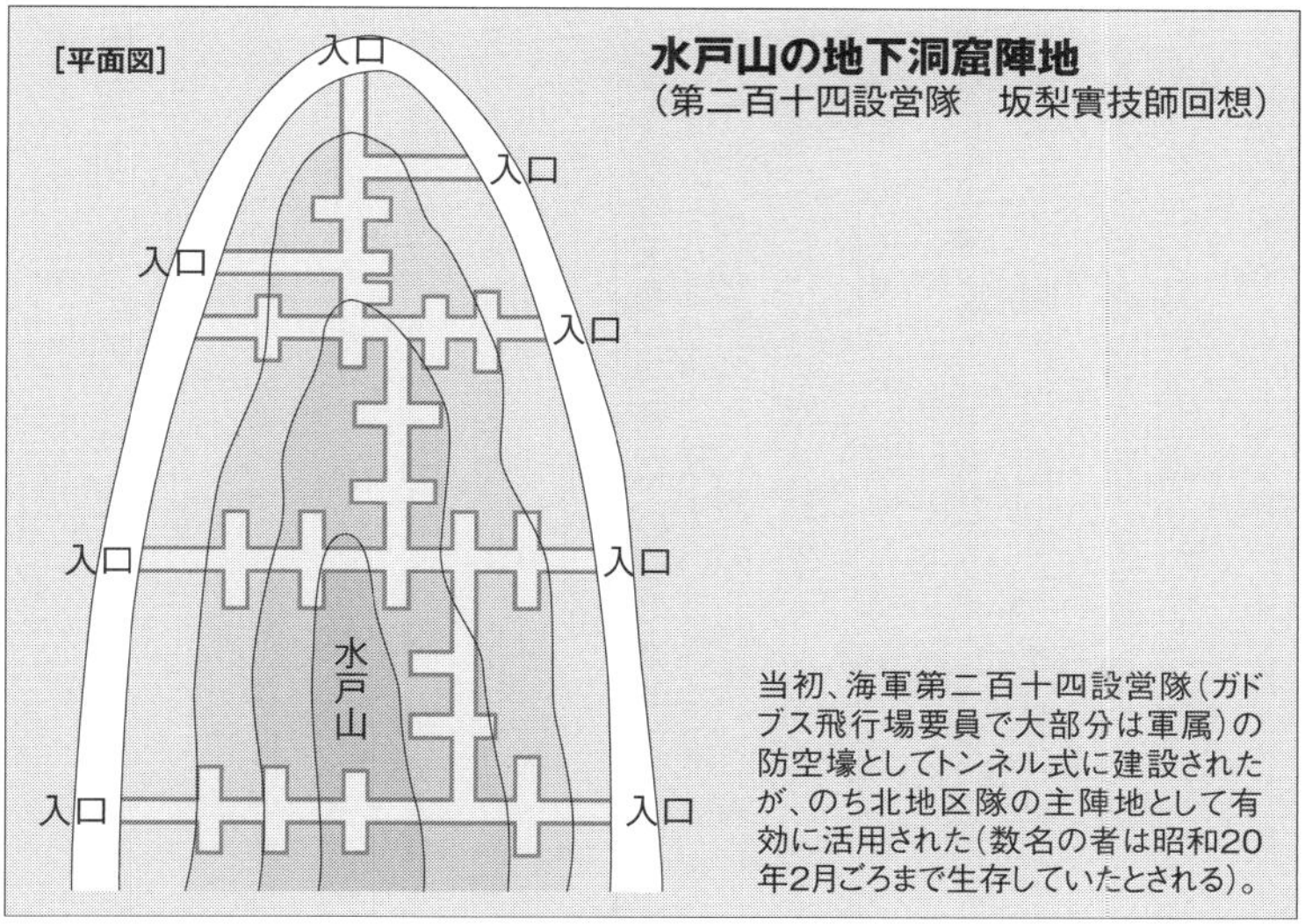

水戸山の地下洞窟陣地
（第二百十四設営隊　坂梨實技師回想）

当初、海軍第二百十四設営隊（ガドブス飛行場要員で大部分は軍属）の防空壕としてトンネル式に建設されたが、のち北地区隊の主陣地として有効に活用された（数名の者は昭和20年2月ごろまで生存していたとされる）。

引野少佐は電信所を攻略した米軍に対し、三方向からの一斉斬り込みを命じた。しかし火力に優る米軍の前に失敗、隊員の大半は還らなかった。損害は一挙に増大していった。

九月二十七日、北地区の日本軍守備隊に残されたのは、水戸山の地下洞窟陣地だけになっていた。この地下洞窟陣地は広大なもので、洞窟内は文字どおり迷路のように縦横無尽に坑道が走り、火焔放射器の直射攻撃をも完璧に近く遮断するように造られていた。そもそもはガドブス飛行場の建設作業員である海軍第二百十四設営隊（海軍第三隧道《すいどう》隊を中心とした民間の鉱山・炭鉱作業員で構成）の防空壕として造られたもので、トンネル式の内部は堅牢で、収容人員は数千名にも及んだといわれる（上図参照）。

引野少佐の北地区隊は、この洞窟陣地を唯一の拠点にして、再三にわたって斬り込み攻撃を行った。しかし、そのたびに米軍の海陸からの集中砲火を招き、洞窟内は次第に負傷者で充満していった。米軍のマイクとビラによる投降勧告が開始されたのもこのころからであった。この投降勧告は戦闘員には効果を示さなかったが、ガドブス飛行場建設のために狩り出されて来ていた朝鮮人の軍属たちには効果があり、八四名が米軍に収容されている。

北地区隊の全滅にいたる詳細は不明だが、その組織的戦闘が終わったのは九月三十日から十月初めとされている。資料の中には、数名の兵士が昭和二十年二月ごろまで洞窟内で生きていたと記してあるものもあるが、その後の経緯はわからない。

最後の日本兵「芸者・久松」の戦死

ところで北地区隊の〝最期〟には、いまだにペリリュー島の住民の間で語り伝えられている、あるエピソードがある。それは、水戸山の陣地で〝戦死〟した「最後の日本兵」の物語である。

戦前、パラオの中心街・コロールの商店街の一角には、日本本土の街と同じく料亭や娼家が並ぶ花街があった。パラオはトラック島とともに日本海軍の重要基地であったから、これらの風俗営業はとくに盛んで、和服姿の女性たちが真っ白い制服の水兵や士官に春をひさいでいた。

しかし、日本の南洋統治の〝首都〟であったコロール町で、いま、これら花街の残影を見ることはできない。コロールは米軍の上陸こそ受けなかったが、昭和十九年に入ってからは連日のごとく空襲を受け、町は瓦礫《がれき》の山と化してしまったからだ。戦後、コロール町は島民の手でささやかに再建されたが、島の人たちが植民地政策の徒花《あだばな》を再び咲かせるはずはない。南海楼、南栄楼、徳の家、富士屋といった三十数軒の料亭が軒を並べていたコロール四丁目は、数軒の商店を除けば静かな住宅街に変わっている。

このコロール町四丁目に「鶴之家」という見世《みせ》があった。三十数軒の料亭の中でも高級に属する見世で、構えも大きく、女性たちも粒よりをそろえていることを売りにしていた。それだけに一般の兵隊たちには高嶺《たかね》の花で、もっぱら将校が利用する見世になっていた。

なかでも久松《ひさまつ》は器量好しで知られた、二十歳《はたち》をいくつも出ない芸妓であったが、出入りする中年というよりは老年に入りつつあった引野少佐といつしかいい仲になっていた。生まれは九州とも大阪とも、あるいは沖縄ともいわれ、島の人は「本名は梅田せつといいました」と言うが、はっきりしたことはわかっていない。

昭和十九年六月三十日、コロールにあった独立混成第五十三旅団隷下の独立歩兵第三百四十六大隊は、ペリリュー島防備の強化のため歩兵第二連隊長中川州男大佐の指揮下に編入され、その日のうちにペリリューに進出することになった。言い伝えによれば、このとき鶴之家のお抱え芸者の久松は、引野通広少佐にペリリュー島への同行を懇願したという。

久松の決意は固かったらしく、少佐の前に現われた彼女は、黒髪をバッサリ切り落として坊主頭になっていた。服装もどこで手に入れたのか、階級章こそなかったが、れっきとした日本陸軍の制服に身をつつんでいた。彼女は、ペリリュー行きを決意した直後、大切にしていた着物や女性の小物などを同僚の女たちに分け与えていた。そして密かに兵器の取り扱いを習っていたという話もある。

私がこのエピソードを知ったのは、日本の雑誌に書かれたペリリュー戦記がそもそもであった。そのときは〝いかにもありそうなエピソード〟ぐらいの思いで読み過ごしていた。あまりにもできすぎたストーリーだったからだ。だが、語る人、書く人によって表現やこまかい彼女の行為に相違はあるものの、実話であることは間違いないことを知った。

昭和四十六年二月と翌四十七年の三月、私はつづけてペリリュー島を訪れた。すでに書いたように、遺骨収集と慰霊巡拝団に同行しての訪島だったが、私はペリリュー戦の取材とともに、「芸者・久松の最期」の話も意識的に聞きまわった。

私が眼にした芸者・久松の記録は、児島襄の「太平洋戦争〝最強部隊〟の勇者たち」(月刊『宝石』昭和四十一年九月号)と三ヶ野大典の「ペリリューに残る悲しき戦話集」(月刊『丸』昭和四十六年四月号)の二つのルポルタージュだが、この二つの記事と現地パラオの人たちの話を総合すると、芸者・久松の最期は次のようであった。

愛する男と命をともにしたいという久松の情熱と決意に負けた引野少佐は、他の一般邦人が内地に引き揚げているさなか、彼女をともなってペリリュー島に渡った。久松の表向きの身分は「軍属」だったというが、引野少佐の身の回りの世話をする当番兵的仕事をしていたともいう。

しかし、引野少佐に率いられた独歩第三百四十六大隊がペリリュー島に転進した六月末から七月

珊瑚岩の地肌も露わになった水戸山の麓を進む米軍。北地区隊が潜むこの水戸山の洞窟から「最後の日本兵」は猛然と撃ってきた……。

初めにかけては、すでに米軍の爆撃は激しさを増しており、将兵たちの生活は湿気の多い珊瑚の洞窟の中に押しやられていた時期である。いかに愛する男のそばにいられるからとはいえ、久松の日常が快適であったはずはない。

それどころか、この死を覚悟のペリリュー生活は米軍の上陸と同時に消え失せ、わずか三カ月で終焉《しゅうえん》をみたのだ。引野少佐の北地区隊は、米軍のアンガウル島攻略軍である第81師団歩兵第321連隊の増強軍を迎え、九月末から十月初めにかけて全滅し、引野少佐も死んだからである。ペリリューに語り伝えられる「最後の日本兵」の物語は、この直後に起こったとみられる。児島襄氏は前記『宝石』誌上で書いている。

「引野少佐は自決し、〝久松〟も少佐の後を追った。中尾曹長は、そういう噂を聞いたというが、南洋には別の〝伝説〟が語り伝えられている。バート・尾形（パラオ本島在住の日系米官吏）は、現場にいた一人の海兵軍曹の〈証言〉を報告する。

『軍曹の名前は、スキーという。〝久松〟が勇敢に戦ったことは、軍曹が目撃している。彼女は丘の上に孤立し三方から海兵隊に包囲された。そのとき、彼女は機関銃を乱射した。その機銃座の抵抗は激しく、海兵隊の死傷者は八六人をかぞえた。スキー軍曹も攻撃隊に加わったが、あまりにも激しい射撃に斜面にへばりついた。

火炎放射器による攻撃が命ぜられたが、ちょっとでも動けば、すかさずシャワーのように弾丸がとんでくるので、どうにもならない。ついに決死隊が募集され、戦車の援護射撃で相手の注意をひいている間に背後に迂回し、やっと射殺した。勇敢な日本兵に敬意を表すべく近づくと、破れた軍服からのぞく肌の白さに女性とわかり、深く感銘をうけた』

バート・尾形の報告を〝伝説〟とするのは、米軍の公式記録には〝久松〟に関する記述はなにもなく、彼女がいつ、どこで戦死したのか、不明だからである」

歩兵第二連隊の一等兵であった森島通《もりしまみち》さん（茨城県日立市）も、ペリリュー島から生還した〝三四人〟の一人だが、その森島さんは〝久松〟について、ある記憶がある。

「私たちがペリリューに上陸した当時（十九年四月）は、慰安婦は三人ぐらいいました。いずれも将校用だったんでしょうが、米軍が上陸する前にパラオ本島に引き揚げていった。ある隊長の〝専用〟だけが残った。

9月27日午前8時、ルパータス少将は「ペリリュー島占領」を宣言、上陸後、初めてペリリュー飛行場に星条旗を掲げた。写真は日本軍の監視塔に国旗を掲揚する米司令部隊員。

そのペリリューに一人残った慰安婦は兵隊と同じ恰好をして、よく釣りなどしていたですな。星（階級章）はつけていなくて、少しぽてっとした感じだった。敵が上陸する前にその女の兵隊を二、三度見かけたことがありましたからね。

連隊本部が全滅し、敗残兵の生活をしているとき、水戸山に建てられてある十字架のようなものを眺めて、よく『あれ、なんだろうか？』といっていたんだが、戦後、米軍に投降してから聞いた話によれば、その女の兵隊をやっつけるために米軍側は何人もの死傷者を出したという。それで、米軍の戦友たちは戦闘が終わってから、女の兵隊が死んでいたところに十字架を建てたそうなんです」

森島さんと同じ歩兵第二連隊の上等兵であった飯島栄一《いいじまえいいち》さんも、投降後「十字架の秘密」を米兵から聞いている。

「島の北の端の電信所のところに大きな十字架が建っていた。敗残兵になってから、十字架の根もとに野生の唐辛子《とうがらし》があると沖縄出身の兵隊がいうので採《と》りに行ったことがある。そこは急な坂の斜面で、なんでこんなところに十字架があるのかと思っていたんだが、投降後聞いたところによると、そこに一人の日本兵がいて、その兵隊を討伐に出撃した米軍の部隊にかなりの犠牲者が出たという。七、八人の死者が出たといいます。

なんでも坂（岩壁）を登っていく米軍に、上から手榴弾を投げてきたらしい。やっとのことで沈黙させ、その地点に踏み込んだところ、斃れている日本兵は細いヤサ形なので、服をとってみたところオッパイが出てきた。それで、日本にはこういう勇敢な女性がいるんだなァと思い、アメリカ人たちは十字架を建てたそうなんです。

その婦人は、ある将校の慰安婦だったんだが、婦人の場合は米軍上陸前に全部島を引き揚げなければならなかった。そこで頭を坊主にして、兵隊の服を着せておいたという説もある」

いまも島に伝わっているような理由で、本当に米兵たちが十字架を建てたのかどうか、その真意を知る術はすでにないが、戦後、島に戻って来たペリリュー島の人たちは、「勇敢な日本の女性に敬意を表して建てたのです」と固く信じている。米軍はペリリューで九〇〇〇名近い死傷者を出したが、他の場所にそうした十字架がないところをみれば、あるいは「最後の日本兵」の話は実話で、戦死した戦友たちのためではなく、「勇敢だった日本の女の兵士」の霊を弔《とむら》うためだったのかもしれない。

いや、女性までもが銃を取り、命を捨てる「戦争」のむなしさを肌で知っている兵士たちが、その怒りと悲しみの象徴として、ペリリュー島で死んだ敵味方双方の人間に対して建てたのではあるまいか。私はそう信じたい。

こうして日本軍北地区隊の〝最後の日本兵〟が戦死した九月二十七日早朝、米軍は上陸以来十二日目にしてペリリュー飛行場で星条旗の掲揚式を行い、「ペリリュー島占領」を声明した。上陸前、「三日間で作戦は終了する」と豪語した手前、司令官は早めに占領宣言をしなければならなかったのかもしれない。

第4章　玉砕

――暗号電文が伝えるペリリュー地区隊の最期

中央山岳部に追いつめられた日本軍

米軍が「ペリリュー島占領」を宣言した九月二十七日ごろ、日本軍守備隊の損害はたしかに大きく、島の中央山岳地帯を除いてはすべて米軍の手中に落ちていた。

九月二十九日十三時発のペリリュー地区隊司令部から、パラオ集団司令部宛の電文はこう報告している。

「北地区トノ連絡意ノゴトク進捗《シンチョク》セザルモ　肉薄攻撃斬リ込ミノ強化　北正面高地帯地歩ノ拡張陣地補強部隊ノ整理掌握等　一意戦勢ノ発展ニ務メアリ　現有兵力二大隊半（北地区海軍ヲ含ミ約一大隊半）」

「現有兵力二大隊半」という報告から推定すれば、生存者は一四〇〇～一五〇〇名ということになる。しかし実際は負傷者も相当数いたであろうから、戦闘員はせいぜい一〇〇〇名内外ではなかったろうか。この一〇分の一の戦闘員になってしまった瀕死《ひんし》の日本軍に対して、「占領宣言」をした米軍は約五個大隊の兵力をもって包囲網をしき、さらに海陸から四万発を超える砲撃を浴びせたのち、総攻撃を開始した。十月三日夜明けと同時の午前七時三十分であった。この日、ペリリュー島をはじめとするパラオ諸島は、早朝から雨と風が激しく吹き荒れ、暴風雨圏にすっぽりつつまれていた。

歩兵第二連隊第二大隊第六中隊の小隊長山口永《ひさし》少尉たちは、そのとき天山の洞窟にいた。

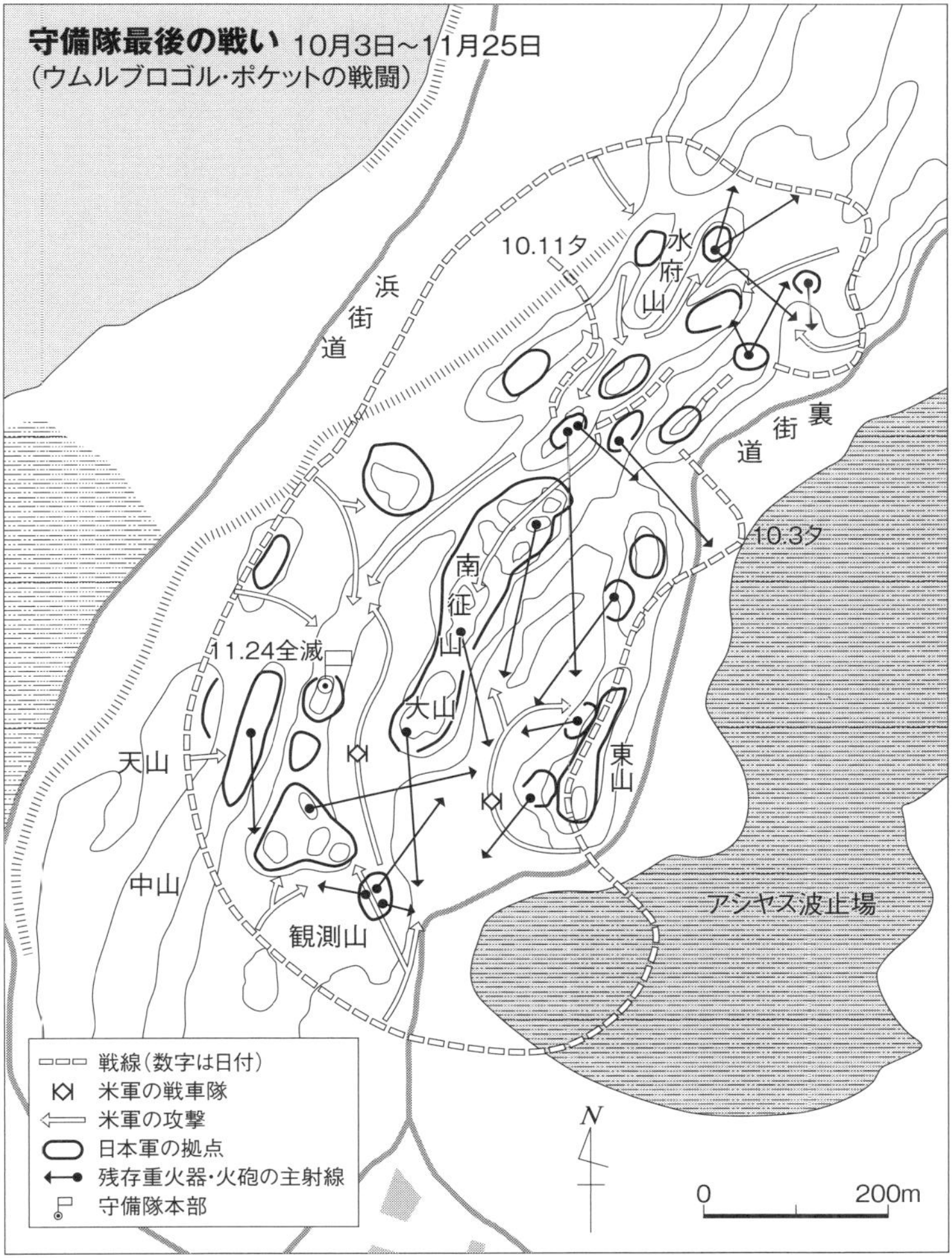

10月3日、ウムルブロゴル・ポケットの包囲環は遂に閉じられた。だが日本軍は残存重火器の火線を巧妙に張り、米軍に出血を強いた。10月2日には第1海兵連隊がペリリューを去り、第5、7海兵連隊も10月15日までには第81歩兵師団と任務を交代し、後方へ引いた。日本軍ペリリュー守備隊が全滅するのは11月24日になってからだった。

「連隊本部は大山にあったのだが、九月二十五日ごろから本部との連絡はできなくなり、まったくの孤立状態になっていました。本部との連絡は無線でやっていたのだが、使えなくなったんです。無線を発信するとたちまち探知されて、無線機のところにぴたっと弾が飛んでくる。それで直接伝令を出して連絡をとっていたのですが、二十五日ごろからは大山も天山も包囲されて行き来ができなくなってしまった。そのとき天山には二〇〇名ぐらいいたが、天山には食糧がない。食糧は各陣地に分散してあったので、夜中にかつての陣地に忍び入って取ってきて、どうにか食いつないでいました。

高い山だから敵の戦車はこないが、米軍はまわりに鉄条網を張って昼夜なく完全に包囲していた。頂上にも敵はいましてねえ、自分らは天山の横っ腹の壕を陣地にしていたのだが、敵は昼になると頂上から壕の攻撃をはじめる。頂上を占領されていると、下にいるわれわれはどうしようもない。そこで夜襲をかけて敵を追っぱらうことにし、成功するんですが、それで日中も頂上に兵隊を待ち伏せさせておくとたいがい殺《や》られてしまう。敵の数は多いし、山の頂上だからどこからでも攻撃できるからです。

それでもっぱら夜襲専門に攻撃を繰り返していたのだが、そのうち米軍の方が夜の頂上占領はしなくなってしまった。なんとも変なものでした。昼は米軍、夜は日本軍が頂上を占領するというシーソー・ゲームを繰り返していたんですから。

こうした戦闘をつづけているうちに、兵力はだんだん減っていき、糧秣《りょうまつ》、弾薬も減る一方で処

米軍は日本軍が立てこもる中央山岳地帯を「死人の谷」と呼び、空陸から最後の砲爆撃を敢行、突撃部隊を援護する。

置がなくなり、これでは天山を守りきることは不可能であるという結論にいたり、本部に合流しようとして脱出を試みた。十一月三日の夜でした。しかし、敵の守りは固く、鉄条網を幾重にも張りめぐらしてあってどうしても突破できない。二晩つづけてやったのですが、結局、失敗に終わったのです」

一方、大山を中心にした中川州男《くにお》大佐指揮下の主力は、まだ南征山、東山、水府山という中央高地を手中にしていたが、状況はますます厳しくなるばかりだった。

総攻撃に移った米軍は強力な砲撃の援護のもとに、まず東山の山頂を占領、また別の部隊は北方から水府山を攻撃、十月三日の午後三時過ぎにはその東側丘陵を占領することに成功していた。この水府山東側丘陵と東山の占領によって、米軍は中央高地によって分断されていた南北両部隊が初めて連携することに成功した。そしてそのまま、日本軍守備隊の司令部が置かれている大山に接近してきた。

日本軍は中央高地に追いつめられ、完全に包囲されてしまった。すでに弾薬に欠乏をきたしていた日本軍だったが、残されたわずかばかりの迫撃砲を主火器に、全火力を動員して防戦に出た。記録によれば、この「十月二日、三日、わが潜水艦はペリリュー島南西海上において米艦船各一隻撃沈を報じた」（戦史叢書『中部太平洋陸軍作戦②』）とあるが、全体の戦況には影響がなかった。

ペリリュー島最後の攻防戦は、翌十月四日も休むことなくつづけられた。前日来から吹き荒れている暴風雨はこの日も止《や》まなかった。その嵐の中、米軍は一個連隊の兵力をもって早朝から水府山攻撃を再開、東側丘陵につづいて北東稜線の占領にも成功していた。

同地にある日本軍守備隊は原田良男《はらだよしお》大尉指揮の歩兵第二連隊第三大隊（第七中隊欠）であったが、同大隊は必死の反撃を試み、午後五時ごろから夕方にかけて北東稜線の奪還に成功するという、文字どおり一進一退の血みどろの戦いを繰り返していた。この水府山北東稜線の戦いで、米軍のある中隊は実戦力一個小隊に激減するという大損害をこうむっている。

だが、一進一退の攻防戦とはいえ、一発の弾丸、一兵の増援さえない日本軍にとって、この消耗戦は明らかに不利であった。しかし、水府山の戦いはその後もつづき、米軍がその大半を占領したのは一週間後の十月十一日であった。その間、米軍は占領したペリリュー飛行場を基地に、世界でもっとも短い近距離爆撃行といわれた空爆も開始し、四五〇キロ爆弾を五〇〇〇発近くも投下した。

爆撃だけではなく、洞窟に立てこもって抵抗する日本兵には火焔《かえん》放射攻撃を行い、それでもギブアップをしない日本兵には、長い鉄管を使って直接洞窟内にガソリンを流し込み、ライフルの発射で点火する焼き殺し攻撃も実施したのだった。この〝丸焼き作戦〟は洞窟陣地に立てこもる日本兵には効果があり、日本軍陣地は一つ一つつぶされていった。ペリリューの激戦地を訪ねれば、現在もなお火焔放射器やガソリンによって真っ黒く焼かれた洞窟の岩肌を見ることができる。

水府山を米軍に占領された第三大隊は生存兵を集め、十月十一日の夜、奪回作戦を行ったが、逆襲はならなかった。日本軍守備隊に残されたのは島の中央の大山、南征山などほんのわずかな地域になっていた。このとき南北三〇〇メートル、東西一〇〇メートルという猫の額《ひたい》ほどもない確保地に生き残っている日本軍は「総勢千百五十名」と、守備隊はパラオ本島の集団司令部に打電している。

一方、米軍側の現有兵力ははっきりしないが、米海兵隊の公刊戦史によれば、上陸以来の第1海兵師団の損害も大きく、「十月五日までの戦死者一〇二七名、戦傷四三〇四名、行方不明二四九名、合計五五八〇名に達した」といい、ことに第一海兵連隊の損害はひどく、全兵力の五八パーセントにまで及んでいた。さらに損害は同師団麾下の第7、第5連隊にも波及し、ついに第1海兵師団は戦闘集団としての攻撃能力を失い、既記のごとく十月十五日に〝山猫部隊〟の愛称を持つ第81歩兵師団と交替し、ペリリュー島を去ったのである。

しかし、一一五〇名の全滅寸前の日本兵には交替兵力も休養もない。加えて食糧も、武器弾薬も欠乏の極にあった。

十月十三日現在、中川大佐が知り得た日本軍の戦力は、一一五〇名の兵員と、左記の装備であった。

小銃五〇〇(二万発、カッコ内は弾数、以下同じ)、軽機関銃一三、重機関銃六(一万発)、擲弾筒一二(一五〇発)、自動砲一(五〇発)、歩兵砲＝大隊砲一(一二〇発)、速射砲一(三五〇発)。曲射砲三(四一発)、手榴弾一、三〇〇、戦車地雷四〇、黄色火薬八〇キロ、発煙筒八〇、その他鹵獲《ろかく》兵器、弾薬中使用できるもの若干。

暗号電文に見る戦闘報告

水府山の攻略に成功した米軍は、残る大山、南征山の日本軍陣地を包囲、じりじりと輪を縮めていた。十二日の夜には早くも一部は大山南部に潜入、日本軍と手榴弾戦を繰り広げた。そして十四日の夕刻には二十数機の戦闘爆撃機を発進させて、二時間にわたってナパーム弾攻撃を加えてきた。

戦闘は十月十六日、十七日、十八日と日を重ねるごとに熾烈《しれつ》さを増し、陣地の争奪はめまぐるしく展開した。火力に劣る日本軍の攻撃は、もっぱら〝肉弾斬り込み〟を中心の接近戦だった。

当時の戦闘状況を、ペリリュー地区隊からパラオ本島の集団司令部に打電された暗号電文に見れば、次のようである（原文はカタカナ交じり）。

十月十三日　午後十二時までの状況

一、午前九時前後、観測山北方高地付近は戦闘機八機の火焔弾攻撃（一二発）を受けたるも異常なし。火焔弾は補助タンク大にして着地と同時に発火炸薬燃焼するがごとき構造を有す。

一、昨日来水府山方面においては一部の敵侵入し来り。昨夜夜襲の処置を採《と》りたるも成果不明なり。近時敵の火焔攻撃は熾烈化しあるも、適切なる防護により損害比較的軽少なり。

一、他方面においては逐次自己を整えある模様なるも、その行動活況を呈せず。目下敵の攻撃重点は水府山と判断す。

十月十四日　午前八時までの状況

一、昨日も終日水府山同西方面において戦闘あり。その状況なお不明なるも、昨夜有力なる一部を増援して夜襲を敢行せり。その成果不明なり。本朝同方面銃声熾《さかん》なり。

一、午後四時の状況　駆逐艦三、輸送船七（内二はアンガウル）、駆潜艇七、哨戒要領既報のとおり。輸送船は東浜において一隻ずつ揚陸作業しあり。

一、七時敵機二二の火焔弾攻撃を受く（観測山北方地区）。

十月十五日　午後十二時までの状況

一、昨十四日水府山東山西方において一部戦闘せる外戦線変化なし。
一、水府山に進入せる敵に対しては、我は水府山南部に一部をもって斬り込みを敢行、該地部隊と連絡を保持しつつ、該敵の駆逐に努めあり。東山西方においては戦車の火焔攻撃を受けたるも異常なし。
一、夜間における敵迫撃砲の射撃は、我が行動の妨害なるもののごとし。東山両側に対し終夜間断無き状態なり。地区隊長以下士気旺盛なり。
一、(一九時二〇分発)アリゲーター軽戦車は、中戦車を約四〇〇メートルにて擱坐せる戦例に鑑み、重機徹甲弾をもって浸徹擱坐しめ得べし。普通実包の例なし。重機の射撃部位は、両排気管(炎上目的)を有利とす。また重機射撃によりても逃避す。浸徹効力上の成案を得ず。

十月十六日　午後十二時までの状況

一、敵は第一線の交代を実施しあるもののごとし。全般に活潑化しあり。戦線は水府山中央において一部戦闘しある外、変化なし。
一、地区隊現有戦力約一一五〇、士気旺盛なり。

十月十七日　午後十二時までの状況

一、敵は本朝来、猛砲射撃を加え攻勢に出でたるやに見え、発煙をなすも積極的に前進し来らず。全般の動静より判断し、十五日米陸軍部隊との交代を促進しあるもののごとし。詳細目下注視中。

一、敵は火焔放射及び間断なき砲撃（主として迫撃砲）をもって攻撃し来るも、戦線に大なる変化なし。地区隊将兵士気旺盛、新なる神機発展に呼応し、隠忍健闘を期しあり。

十月十八日　午後四時までの状況

一、砲撃は比較的閑散なりしも、重火器の射撃熾烈をきわむ。一四・三〇ごろ「大山」（野戦病院西方）高地に約二〇名の敵二〇メートルの断崖を梯子《はしご》により登り来りしも、これを撃退す。その他大なる変化なきも、敵は逐次前進しつつあり。

一、駆逐艦二、駆潜艇五、常に游弋《ゆうよく》哨戒、輸送船九「東浜沖」に碇泊中。夜間接岸揚陸を実施しあるもののごとし。

一、戦闘機（艦爆を含む）四一、P38一（輸送機二、三機減）。偵察機四、戦闘機及び偵察機各一〜二五。昼夜共に哨戒厳重なり。特に数日来より顕著にして、海上哨戒も遠距離まで実施しあるもののごとし。士気ますます旺盛なり。

（原文は舩坂弘『玉砕——暗号電文で綴るパラオの死闘』所載より）

暗号電文によるペリリュー島からの戦闘報告はきわめて冷静で、むしろ客観的に戦況を見つめている感さえある。玉砕した戦場で、その部隊の最期までを打電していた例は稀である。後記するように、ペリリュー島守備隊はこの後も打電をしつづけ、ついには中川大佐をはじめとする守備隊幹部の自決の日まで打ちつづける。

だが、十月のこの時期にいたり、食糧・弾薬同様、すでに無電も〝最期〟に近づいていた。十月二十三日発の報告電の中には「電池十一月上旬限度　真空管現用中以外ハ三、五号共衰損ニテ使用不能　空中線材料ハ皆無ナリ」という一文も含まれている。

上陸一カ月を過ぎた米軍の空からの攻撃は、もっぱらナパーム弾の爆撃が主力となっていた。ナパーム弾とはナフサ（粗製ガソリン）とパーム油を原料とする大型の焼夷弾のことで、攻撃対象物を焼き尽くすために使われる爆弾である。米軍が東京空襲で、下町の木造家屋を焼き尽くすために使った焼夷弾と同類のものだ。ペリリュー島からパラオ本島の集団司令部に発信される暗号電文には、つねに「砲撃及ビ飛行機ニヨル火焔弾攻撃ヲ併用シ」という文字が記されているのを見ても、米軍が洞窟戦に徹した日本軍に対して、徹底した〝焼殺作戦〟こそ最大の効果を発揮すると認識しはじめたことがうかがわれる。

負傷者で充満の海軍壕

そのころ、大山の守備隊司令部から孤立した天山の歩兵第二連隊第二大隊と海軍部隊の生存兵たちは、続出する負傷者をかかえて洞窟の中でもがいていた。空からのナパーム弾攻撃、地上からは戦車から発射される火焔放射の渦《うず》の中で戦っていたのである。

天山付近の中腹に、「海軍壕」と呼ばれた大きな鍾乳洞があることはすでに書いた。昭和四十七年三月の遺族と生還兵による遺骨収集団によって大量の遺品、遺骨が収集されたところである。

当時、山口県に住んでいた浜田茂《はまだしげる》さんは、他の海軍部隊員と同じく第一航空艦隊西カロリン航空部隊工作隊所属の上等水兵であったが、陸戦隊に編入されて戦い、この海軍壕にいた一人である。

「そのころ鍾乳洞には陸海軍合わせて八〇人くらいいました。負傷兵がたくさんいましてねえ、その負傷した者が残敵掃討に来るアメリカ兵に聞こえるような声でうめく。もし発見されたらその一人の兵隊のために全員が殺《や》られるので、うめいている戦友を、なるべく音を出さないようにして射ち殺す。またはゴボー剣（帯剣）を引き抜いて首を刺す。これはもうつらいことですよ、とうてい親御さんには言えんです。そんなことを繰り返しているうちにだんだん減っていった。

水と食糧がなくて苦労したね。それで壕の外に糧秣を調達に出かけるのだが、何人もの人間が出入りすれば足跡がついて壕の入口がわかってしまう。そのうち、米軍のマイクロフォンが投降の呼び掛けを流してきた。わかってしまったんですね。

『ニッポンノ　ヘイタイサン　デテキナサイ。イマデテクレバ　タバコモミズモアリマス。五フンカンダケマチマス』

とたどたどしい日本語でねえ。え、もちろん出ていく者なんか一人もいませんよ。すると五分間きっかり過ぎたとき攻撃を仕掛けてきたんです。

まず白煙弾を撃ち込まれた。これはガス弾に近いもので、喉《のど》が痛くなって咳《せき》が出る。この咳の数でアメリカ軍は壕の中にどのくらいの人間がいるかわかったというんです。そして次には機関銃の一斉掃射をはじめ、終わると手榴弾を投げ込んできた。鍾乳洞だから天上から岩石がたれ下

戦闘末期、多くの日本兵が潜んでいた「海軍壕」と思われる洞窟陣地。入口は米軍の砲撃でなかば埋まっているが、内部はかなり広い。立っているのは米従軍記者。

がっているんだけど、その岩石が吹っ飛んでくる。私は無我夢中で奥へ奥へと逃げ込んだんだけど、ずいぶん殺られました。

これで攻撃は終わったのかなあ？　と思っていたら、今度は火焔放射器を洞窟内にぶち込んできた。この火焔放射器は八〇メートルくらい飛びますから、洞窟の入口近くにいた者は全員焼き殺されてしまいました。まもなく洞窟の入口の方から『オーケー』という声が響いてきたかと思うと同時に、ドドドドガァーンというものすごい爆発音がし、洞窟内は一瞬にして火薬の臭いと硝煙で何も見えなくなってしまったです。ダイナマイトを仕掛けられてしまったんですよ。これで入口を完全にふさがれてしまったのだが、この連続攻撃でほとんどが殺られ、八〇名くらいいた戦友で残ったのは七、八名でした。

酒井、美玉《みたま》という戦友も重傷を負い、まもなく死んだのだが、息をひきとる直前『浜田、もし生きて内地に帰れるようなことがあったら、オレの家に知らせてくれよなあ』と言われたんですが、あの激戦の中だから、自分が生きて帰れるなどとは夢にも考えていなかったし、二人の住所も忘れてしまい、いまだに連絡していないんです。何んとか知らせてあげたいとは思ってるんですがねえ……」

入口をふさがれたのは午後四時ごろだった。浜田さんをはじめ壕内の元気な者は、入口をふさいでいる石の除去作業を開始した。真っ暗な湿気の多い壕の中での作業は、体力を限界に近づけていた。そして、やっと人一人が出入りできるほどの穴をあけたときは、星が見えていた。

「で、まず三人か四人で壕から出たところが、いきなりバババババッと撃たれた。まさか壕の入口にアメリカ兵の斥候《せっこう》がいるなんて思ってませんでしたからね。撃ち合いになったが、やっとのことで小高い岩陰に隠れることができた。しかし、アメリカ兵は攻撃をやめない。夜だから銃口から火を噴くのがはっきりわかる。それで、こちらもその銃口の火をめがけて応戦したけど、当たらなかったと思うね。

一緒に壕を飛び出した三、四人の中に塚本（忠義上等兵）もいたんだが、敵の弾がその塚本と立木の間をヒュッと抜けた。瞬間、塚本が倒れたので、殺られたなあと思ったら、わずかのところで当たらなかったんです。

それからというものは、壕はなくなるし、軍服なんかとうにボロボロでしたから裸同然、蚊《か》や

す。蚋《ぶゆ》（ぶよ）に攻められ往生しました。蚋に刺されると全身かゆいし、腫《は》れてくる。処置なしで

夜は食糧探しに出かけるんだが、あるとき白いものを見つけ、拾いあげたら骸骨《がいこつ》だったなんてこともあり、また靴を見つけたので足を入れようとしたら入らない。真っ暗でわからなかったんだが、よく見ると千切《ちぎ》れた足首から下が入っていたんです。それを静かに出して、『ごめんなさい』と言って履いた。そんなことは何度もあったです」

米軍の占領エリアに潜む日本兵

福岡県筑後市出身の土田喜代一《つちだきよかず》さんも海軍上等水兵で、ペリリュー島に派遣されてからは飛行場の戦闘指揮所で見張員を務めていた。土田さんが佐世保海兵団に現役入隊したのは昭和十八年一月十日。四月に博多航空隊に配属され、さらに横須賀の見張学校に入れられて特殊訓練を受けた専門の見張員だった。

昭和十九年二月末にマリアナ諸島のテニアン島に渡り、ペリリューに配転になったのは十九年六月であった。しかし、戦闘指揮所での見張りも九月十五日の米軍上陸で不必要となり、他の海軍部隊と同じに陸戦隊入りとなった。第一中隊第一小隊所属だった。

「棒地雷を持って敵の戦車に飛び込む肉弾戦をやっていたとですが、チャンスをなくし、高田誠二《たかだせいじ》（上等水兵、大阪府出身）と二人で鍾乳洞に引き揚げたとです。この高田は日本に帰ってから

交通事故で死んでしまったとですよ……。

海軍壕といったこの鍾乳洞は広い壕で、水がポタポタ落ちる湿気の多いところだった。チカヤマという同じ海軍の兵隊と私が負傷して鍾乳洞にいると、第二小隊の塚本、浜田、千葉などが激戦をやって入ってきた。そこでおたがい海軍部隊ということで、一緒になったとです。

やがて陸軍の生き残った者も集結してきて、それが敗残兵のはじまりだった。十月の初めのころだったと思う。ひどい生活だった。怪我《けが》をしている人にはウジが湧いてるし、水はない。昼間は外に出られないので便所にも行けない。小便がしたくてどうしようもないときは、ジャアーとやると音がするので、岩の斜めになっているところで知らん顔してやる。すると岩にもたれている他の兵隊の背中の方に伝わっていく。私も経験あるとですが、いつの間にか背中が温くなって湿ってくるとですよ。

熊本の八代《やつしろ》の人だったが、M兵長という人と二人で『こういうところにいても仕方がない。穴を出て別のところを見つけよう』ということになり、夜を待って洞窟を出、やっとのことで、ここならいいだろうというところに住みついたとです。ところが、夜が明けると米兵の声がして掃射にやってくるのがわかったとです。M兵長は気弱ないい人だったが、

『敵の声が、敵の声が……』

と泣かんばかりに言う。私たちは急な崖の下の窪《くぼ》んだ場所におったとですが、米兵の声はその崖の頂上の方から聞こえてくる。三人ぐらいだったと思うが、急な崖なので銃を持って降りられ

ないらしく、銃を上に置いて降りてきよったですたい。M兵長は、

『はよ手榴弾ば投げんかい』

と泣きながら言う。私は手榴弾を投げても坂が急だからコロコロ落ちてきてしまうし、逆にこちらが危ないからとても投げる気はせんじゃったです。で、敵はどの辺に、どういうふうに来ちょるかと思って顔を出してみたとです。すると敵も何かあるかなあといった表情で窪地を覗《のぞ》いてきて、顔と顔がハチ合わせになったとです。

目の前に真っ赤な顔があったので、そっと顔を引っ込め、『見つけられた』とM兵長に言った。米兵も何か喋《しゃべ》りながらあわてて坂を登っていくのがわかったので、『M兵長、逃げよう！』と言って飛び出したとです」

やがて米兵が捜索に引っ返してきた。そして一〇名ほどの米兵は、直経一〇メートルはある大きな燐鉱石の採掘跡を利用した日本軍のタコツボを取り囲んだ。そのタコツボに土田さんら日本兵が潜んでいると思ったらしい。ところが土田さんらは、そのタコツボから三メートルも離れていないすぐ近くの木の根元に伏せていた。

米兵たちはそのタコツボに大きな石を投げ込み、隣の兵隊は穴に向かって銃をかまえている。

「ふり向いたら、すぐ発見されるところにいたので、もうだめだなあと思っていたら、昼の十二時のサイレンが鳴り、米兵の昼飯の時間になった。すると米兵たちはタコツボの近くの一カ所に集まって飯を食いはじめよった。その隙《すき》に私とM兵長は別々に逃げたとです。

個人用のタコツボ陣地を一つ一つ攻撃していく米兵。

日本軍の陣地を見つけると片っ端から火焔放射攻撃をしかける米軍。

その日の夕方、洞窟でM兵長と会ったとですが、私たちは湿地帯の草や木陰に隠れていた五、六人の工兵隊の人たちと一緒になり、生活をともにするようになった。斎藤さんや波田野さんたちだったとですよ。しかし、行動はともにしたが食糧は別なので、私たちは独自に調達しなければならん。

ある日、私とM兵長は井戸水と食糧あさりに出たとですが、その帰りに道路を横切ったとき敵に見つかってしまった。隠れようとしたときには、敵はすでにジープを降りて銃をかまえてやってくる。月夜の晩だった。私は米兵のすぐそばに伏せ、M兵長はさらに二間（約三・六メートル）ばかり先の木の根元に伏せていた。動けば月明かりですぐ発見される。じっとしておったとです。

ところがM兵長は、木の根を飛び越え、反対側に行けば撃たれないのではないかと思ったのか、パッと飛びよった。同時にバババーンと米兵の小銃が鳴った。殺《や》られたなあと思っていたら、三十秒くらいしてから、

『ツチダ、ミズ、クレ』

という声がした。M兵長も自分のポケットに水筒は差し入れていたんだが、飲む力がなかったんだろうね。

米兵が五、六人、M兵長のまわりにパッと集まり、何か話をしている。その隙に私はボサ（茂み）の中に飛び込み、枯木の根元に顔を突っ込んでじっとしておったら、すぐそばに三人ぐらい

やってきた。手榴弾は持っていたが、安全栓を抜いてカチッといわせても間に合わない。撃つなら早く撃ってくれと思った。ところが月夜の晩で影がないのでわからないのか、照らされているのに撃たない。動けばわかっただろうけど、いまかいまかと思っているうちに行ってしまったので、やっと逃げだしたとですよ」

浜田茂、土田喜代一両上等水兵の話でもわかるように、大山の守備隊主力から分断され、孤立した天山の陸海軍部隊は、十月に入ってからは完全な敗残兵の集まりとなり、組織的戦闘はできなくなっていた。統率も陸海入り乱れていたから、寄り集まったグループの中で階級の上の者が便宜的に指揮者となるだけで、分隊とか小隊、中隊といった組織はもはや存在しなかった。あるのは「××中隊〇〇小隊所属」という〝原籍〟だけである。

それでも、かろうじて原籍を同じくする将兵の多いグループでは、組織としての原形はとどめていた。米軍上陸時の西浜の海岸線陣地は、ほぼ中隊単位で守備していた。普通、中隊長は大尉か中尉であるが、米軍上陸一カ月を過ぎた十月中旬以後まで生き残っていた中隊長は、大山の主力を含めても数人であった。海岸の第一線陣地で米軍を迎えた歩兵第二連隊第二大隊を中心とする各中隊では、いまや中隊長は全員が戦死し、副官が代わって指揮をとり、副官が戦死すれば小隊長の誰かが代わるというふうに、規模は縮まる一方であった。中隊の中には将校が全滅し、軍曹や伍長といった下士官が中隊長代行をしているところもあった。もっとも、前章で紹介した原《はら》裕《ゆたか》さんのように、中隊は文字どおり全滅、たった一人の中隊員という部隊さえあった。

捜し当てた「死闘の井戸」

前記したように十月十三日現在、中川大佐が掌握《しょうあく》していた兵員は一一五〇名であったが、半月後の十月末にはさらに半数以下に減少していた。

十月二十九日のペリリューからの暗号電文には「現在戦闘人員約五百名（軽傷者ヲ含ム） 士気マスマス旺盛ナリ」と記されてある。中川大佐の主力から孤立している天山の生存兵を加えても、ペリリュー島の日本軍はいまや六〇〇名にも満たないまでに激減していた。兵員だけではなく、武器や弾薬も次第に〝全滅への道〟をたどっていた。

十月三十一日の暗号電文は報告している。

「兵器弾薬（海軍及ビ飯田隊ヲ含ム） 小統一九〇 同弾薬一〇、六〇〇 軽機八 重機四 同弾薬二、八〇〇 重擲弾筒一 同弾薬二〇 手榴弾五〇〇 火焰瓶一〇 戦車地雷二〇」

十月十三日現在の報告と比較していただければ一目瞭然だが、自動砲、歩兵砲、速射砲といった重火器類はすでになく、残っている武器も弾薬にいたっては三分の一以下という状態であった。武器や弾薬だけではなく、水と食糧の欠乏はそれ以上の危機に瀕していた。帰還した兵士たちの回想の中に、必ず水と食糧に苦しめられたことが入っているのも、その飢餓状態の厳しさを表している。

歩兵第二連隊第二大隊第五中隊の上等兵であった飯島栄一さんは語る。十月末から十一月初旬

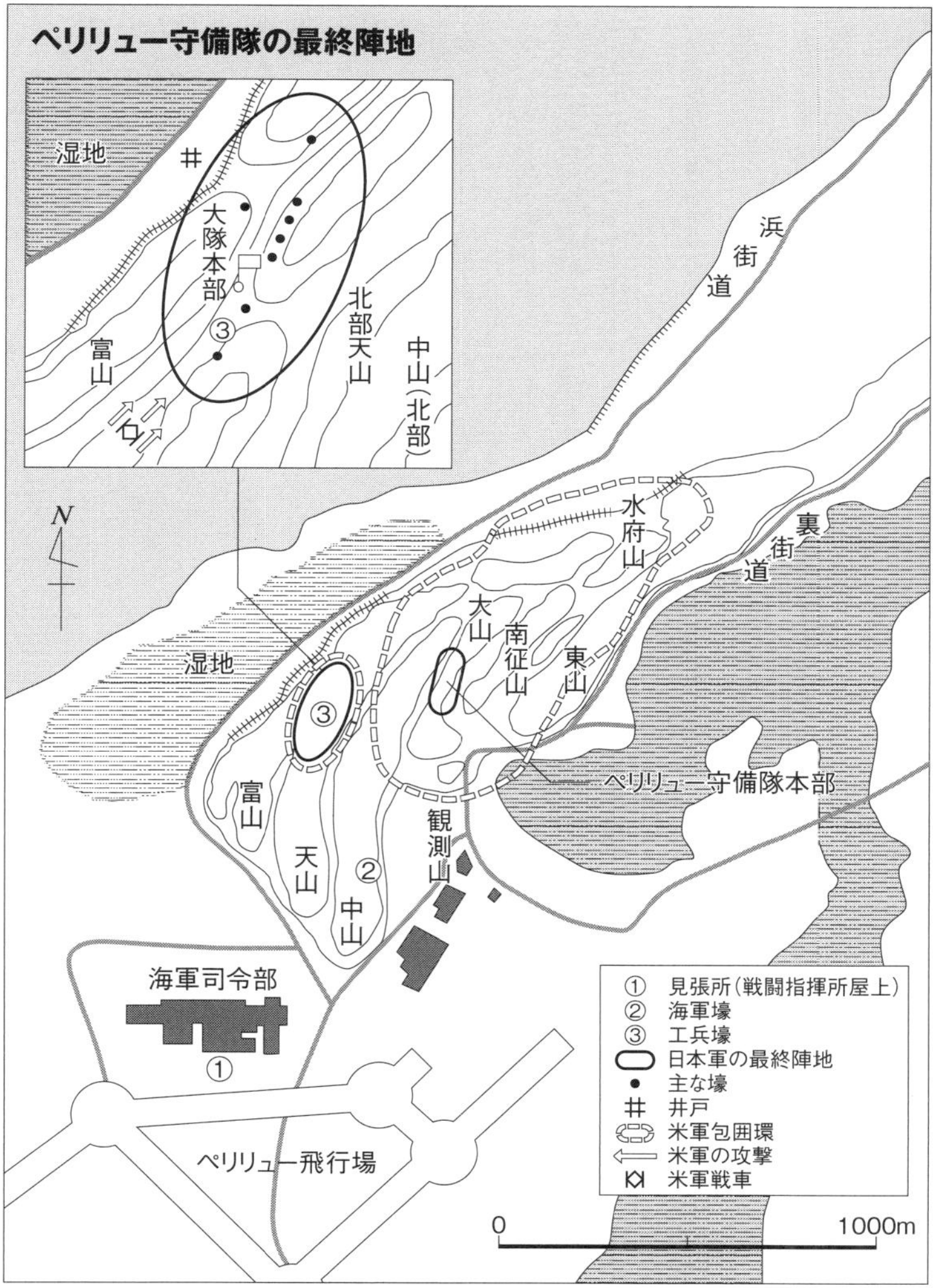

上図は中央山地に立てこもる日本軍最後の陣地を示している。海軍壕、工兵壕、井戸の位置などをプロットしている。

のころの第五中隊は、すでに生存兵は六、七名になっており、将校は一人もいなかった。

「天山にいて戦った時期が一番苦しい時期だった。水がないし食糧もない。なにが苦しいといったって、水がないほど苦しいものはないからね。周囲にはアメリカ軍が四六時中いるから洞窟の外へ出るわけにはいかない。戦闘はもっぱら夜でしたからね。

だから、昼間は岩からたれる雫《しずく》を缶詰の空き缶などで受けると、一日で湯呑茶碗の半分ぐらいたまる。それを三人から五人くらいで飲んだ。そして夜になるのを待って水を捕《と》りに外へ出るんだが、これが決死隊だった。なにしろアメリカ軍が持っている水を盗《と》ってくるわけだからね。アメリカ軍は水缶に水を入れてかついで前戦に補給していたから、それを盗ってくる以外にないわけです。だから缶の水を盗ってきた者は勇者としてたたえられたです。この水を盗るためにもたくさんの犠牲者がでた。成功率は三分の一だったね。

もちろん食糧もなかったが、食い物は一週間ぐらい食わなくても平気だよ。二、三日間は空腹感を覚えるけど、その後は感じなくなる。そのかわり体の倦怠感《けんたいかん》が増し、働くのがいやになってくる。だけどアメリカ兵は攻めてきますから戦わなければならない。苦しいなんてもんじゃないですよ。

ある夜、以前食糧が保存してあったところにそっと行って、乾パンの箱を見つけたことがあった。真っ暗なうえに、ものすごい雨の夜だった。乾パンは雨のせいかどろどろになっていたが、なかば夢中で口に運んでいたんだが、いやに酸っぱい味がする。暗いからどんなふうになってるかなんてわからないけど、口の中でポリポリ音がする。胡麻を食ってるような具合なので、いやに胡麻の入った乾パンだなあと思いながら食ってたんですわ。そして、明日の分もと思い持って帰ったんです。

ところが明くる日、その乾パンを見たところ細かいウジ虫がぎっしり食らいついていたんだよ。ウジという奴は棲《す》む相手によってきれいにもなるし、汚《きたな》くもなるからねえ。そのウジがすっかり大好物になってしまってねえ……。アメリカ軍は日本の食糧を発見すると梱包《こんぽう》を切ってしまったらしく、それで腐っちゃったんだね。手に取るとドロッとなって、舐《な》めると酸っぱいような、しょっぱいような味がしたけど、腐っていても美味《うま》かったねえ。そのために体をこわしたってこともなかったしねえ」

ペリリュー島では、現在も水は貴重である。珊瑚礁の島では地下水というものがない。もちろん小さな島だから川もないし、住民の日常の水資源は天然の雨水以外にはない。島の民家はどの家の雨樋《あまどい》も、大きな受水槽に直結している。飲料水はもちろんのこと、洗顔も洗濯もすべて受水槽に貯えてある雨水を使うことだけは、戦前も戦後も変わっていないのである。

ところが、先にも記したように、島にはたった一カ所、中山西南方に天然の〝井戸〟がある。日本兵たちが「馬蹄《ばてい》の池」と言った井戸である。井戸とはいっても、純粋の地下水ではなく、珊瑚岩をくぐり抜け、染《し》み透って湧き水化した海水なのだが、海岸から数キロにわたって島の中央部の〝井戸〟に到達する間に塩分が和らぎ、飲料に耐える状態になったものだ。

戦況の後半、この小さな天然の井戸をめぐる日米の戦いは悲惨であった。すでに井戸のある周辺はすっかり米軍の手に帰していたにもかかわらず、喉の渇《かわ》きに責められた日本兵たちは、暗夜を利用しては井戸に突進した。負傷して動けない戦友のために、持てるだけの水筒を両肩両手にぶら下げ、それこそ一寸刻みに夜の敵陣を這い進み、水を求めた。

だが、生きて帰れた兵士たちの話を総合すると、井戸にたどりつき、再び味方の兵士たちが潜む洞窟にたどりつけた者は、三人のうち一人、いや五人のうちの一人にも達しなかったという。それでも兵士たちは毎夜のように誰かが井戸に向かい、米軍の乾いたライフル銃の音が響き、たいした悲鳴も残さずに還らぬ人となっていった。

十月二十八日発のペリリュー島からの暗号電文にも「一部ノ敵ハ『南征山』（本部壕上）ニ進入　マタワガ給水池ニ対シ蛇腹《ジャバラ》型鉄条網ヲモッテ給水妨害ヲ企図シアリ」とあるように、米軍側もこの馬蹄の池が日本軍の命の水であることを充分に知っていたということである。

米軍は井戸のまわりに二重、三重に鉄条網を張りめぐらし、さらに縦横無尽に空き缶などを結わえつけたピアノ線も張るといった厳戒態勢をとるようになっていた。水を求めて井戸に寄ってきた日本兵がピアノ線につまずけば、空き缶がカランカランと音を立て、米兵たちに知らせてくれるという仕掛けである。それでも日本兵の水汲み作戦が止まないとみるや、今度は終夜にわたって井戸の周囲に探照灯を配置し、こうこうと井戸を照らしだす作戦に出た。そして岩陰から、たえず狙撃兵が銃口を構えているという兵糧攻めの徹底作戦で対抗してきたのだった。

危険は百も承知であった。だが、喉の渇きに耐えきれない日本兵たちは、井戸が照らしだされるようになってからも、一〇〇分の一、いや一〇〇〇分の一の可能性に賭けて井戸に這い寄っていったという。

既記のごとく、昭和四十七年に私は帰還兵、遺族を中心とした遺骨収集団に同行、この馬蹄の池を訪れた。日本軍全滅から三十年近い歳月は、人間どもが破壊しつくした自然を元の姿に戻そうと懸命になっていた。ナパーム弾や艦砲射撃などで岩肌を露出させられてしまったジャングルは、ふたたび緑を取り戻し、われわれが井戸を捜すのを拒むかのように、当時の状況を一変させていた。

やっとのことで捜し当てた〝死闘の井戸〟は、薄暗いジャングルの樹々の下で、ひっそりと歴史をとどめていた。そして、その歴史の地で私たちが目撃したのは、まさに戦争そのものであった。

私たちは井戸の周囲で数個の水筒を見つけた。いずれも無数に穴があいていた。その穴が小銃や機銃弾によるものであることは、銃を握ったことのない者にも容易にわかった。同行の一人が、一個の水筒の穴を数えはじめた。数が九、十、十一と進むうちに声がむせ返って出ず、ただ、じっと水筒を凝視しているだけになってしまった。夫をペリリュー戦で亡くした未亡人たちは線香を手向《たむ》け、日本から持参した酒や真水を井戸の周囲に供《そな》えた。

地面から二メートル近く下がった、直径四、五メートルほどの井戸の降り口に立ち、湿気臭い奥へ進んでみた。井戸の直接の入口は、人ひとりがやっと入れるくらいの大きさだが、井戸の内

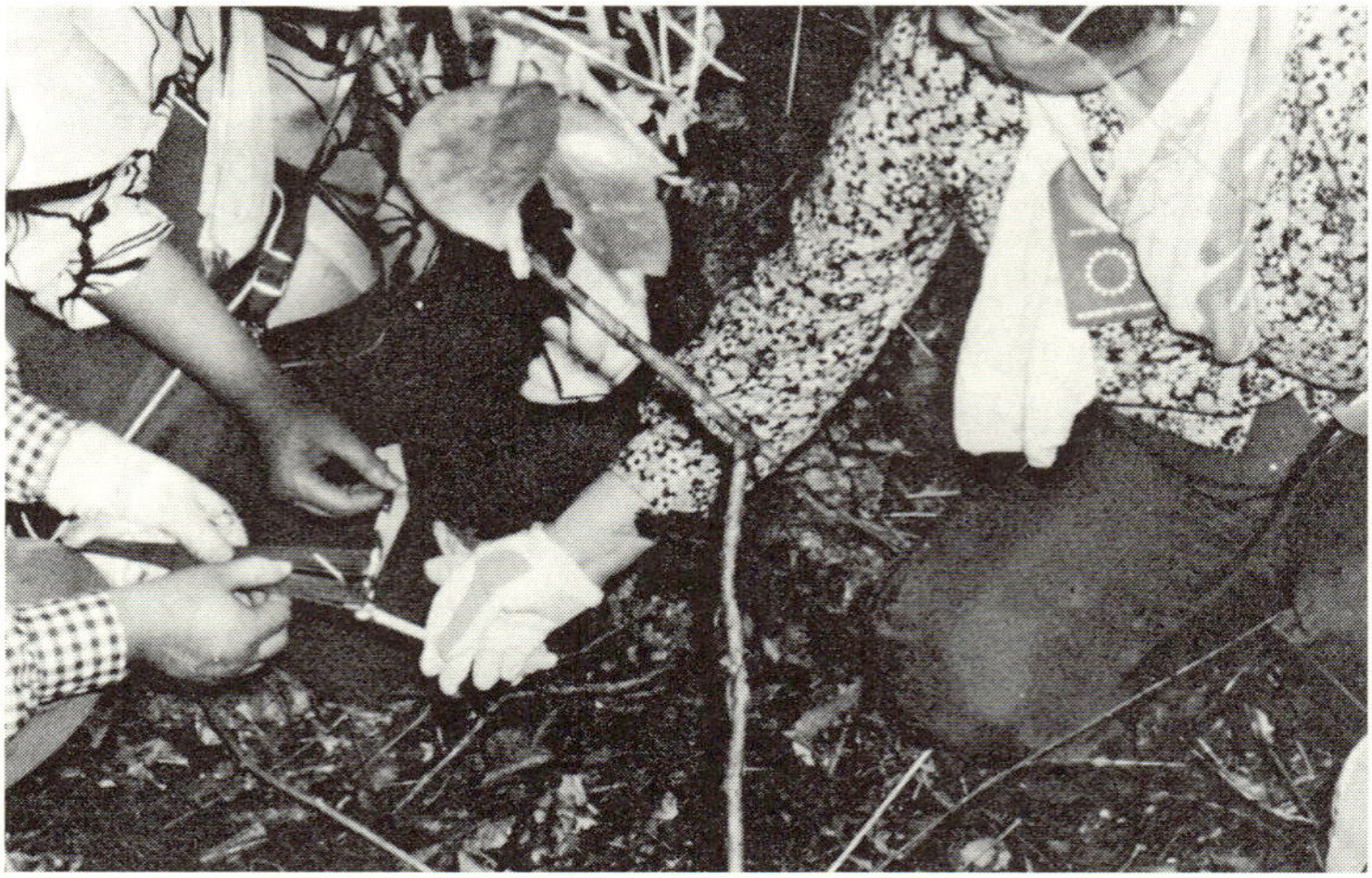

昭和47年３月の遺骨収集の際、生還兵とご遺族の皆さんは「死闘の池」のまわりで遺骨を発見した。その井戸の周囲に線香を手向け、日本酒と真水を供えて霊を弔った。

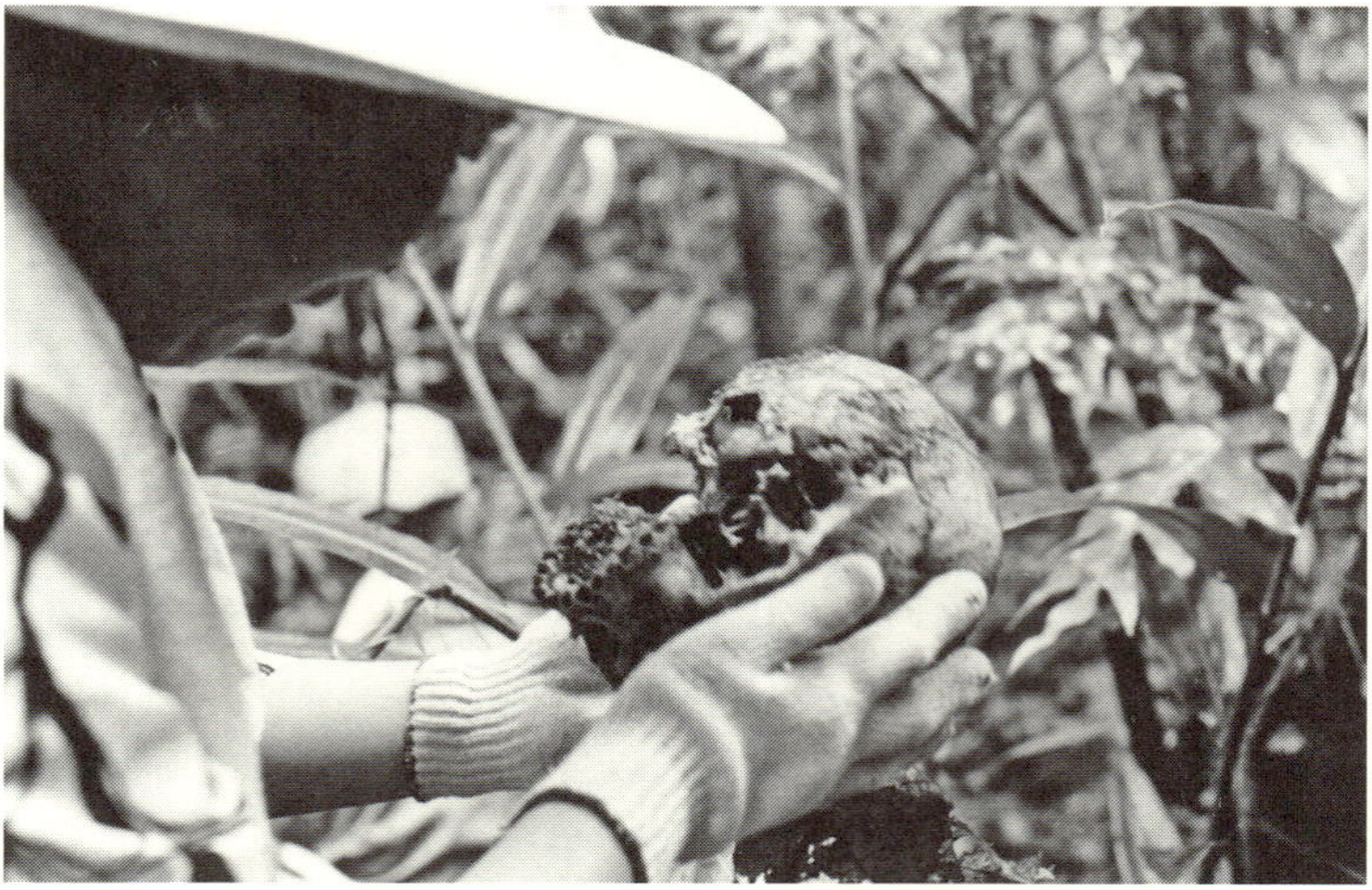

井戸の近くで苔に覆われた頭蓋骨を見つけ、しばし絶句する遺族の夫人。頬に涙を伝わせる彼女の夫もこの島で戦死している。

井戸を発見した波田野八百作一等兵（左）と、井戸を降りていく塚本上等兵。

部は無気味な広がりを持っていた。懐中電灯で照らすと、水面は一点の濁《にご》りも波紋もなく、静まり返っていた。

私は、恐る恐る右手で水をすくい、そっと口に含んでみた。渋いような苦いような奇妙な味がした。そのとき、私は目の前の水面下に白く光る器のようなものを見た。水に手を入れると、ひやっとする冷たさが体を走った。私は、一種の畏怖の念にとらわれながら、その白い器を拾い上げた。私は息をのんだ。器には七、八個の小さな穴があいていたのだ。それは銃弾を食らった飯《はん》盒《ごう》の中ぶただったのである。

一斉斬り込みを禁じられた地区隊

昭和十九年十月から十一月にかけての太平洋地域の戦況は、ペリリュー島に象徴されるように、日本軍は後退から敗退につながる道に踏みだしていた時期である。

九月二十四日にアドミラルティの基地を出たマーク・A・ミッチャー中将指揮の米第3艦隊第38任務部隊（空母一七、戦艦六、巡洋艦一三、駆逐艦五八隻基幹の四個群）の一個群は、それまでペリリュー作戦を支援していたが、戦局の見通しがついた十月五日、ペリリュー島沖を離れた。フィリピン攻略のため、マリアナ諸島の西方海上で待機していた他の三個群に合流するためだった。

そして十月十日、ミッチャーの部隊は延べ一四〇〇機の艦上機を動員して沖縄の初空襲を行い、那覇市は壊滅状態に追い込まれた。さらに十二日から十四日にかけて、今度は台湾の日本軍基地の攻撃に移った。繰り出された艦上機は延べ約二五〇〇機という膨大な数であった。やがて日本側が「台湾沖航空戦」と呼ぶこの作戦で、日本軍は航空機五〇〇機、艦船数十隻をはじめとする飛行場施設などに大損害を受けたのであった。

米軍のこの沖縄、台湾の日本軍基地に対する攻撃は、マッカーサー元帥指揮によるフィリピン奪還作戦の前哨戦で、上陸戦開始前に日本の航空基地を無力化するためのものだった。しかし日本軍の戦況判断は甘く、大本営は楽観していた。

「今次米機動部隊の南西諸島及び台湾方面来襲の企図は、次期比島決戦のための外郭要地に対する威力偵察、又はわが基地航空兵力の消耗並びに本土と南方（比島）との補給路遮断と判断されるが、この一戦における敵側の誤算がきたるべき本格的決戦に重大な影響を与えたものと観察していた」（戦史叢書）とあるように、フィリピン決戦はまだ先のことと楽観していた。

だが、マッカーサー麾下の連合軍は、日本側の楽観を見事に裏切って、十月二十日フィリピンのレイテ島に上陸を開始したのである。

このレイテ上陸開始五日前の十月十五日、米軍は占領したばかりのペリリュー島の隣のアンガウル島の日本軍飛行場を整備拡張し、使いはじめていた。ペリリュー飛行場も全島の占領はまだであるが、すでに手中にしている。これでフィリピン攻略の連合軍は、東方からの日本軍航空機による脅威を取り除くと同時に、アンガウル、ペリリュー両飛行場を使用することによってフィリピン攻撃はいちだんと有利になったのであった。

そもそも米軍のアンガウル、ペリリュー両島の攻略は、フィリピン攻略のための航空機基地を獲得することが目的であったから、両飛行場の使用開始は本来の目的を達成したことになる。アンガウル島の日本軍守備隊は玉砕（十月十九日）し、レイテ上陸の翌十月二十一日に米軍は同島の「組織的戦闘終了」を確認した。しかし、隣のペリリュー島の日本軍はいぜんとしてゲリラ戦を展開していた。

十一月に入り、孤立し、連絡の跡絶《とだ》えている天山の陸海軍部隊を除き、中川大佐が掌握している将兵は軽傷者を入れた戦闘員が約三五〇名、重傷者が約一三〇名の五〇〇名足らずだった。確保している地域も大山と観測山の頂上付近のわずかな範囲で、周囲はすべて米軍の占領地域になっていた。ペリリューの日本軍守備隊の抵抗も、いよいよ終幕に入っていた。

この傷だらけの日本軍に対し、十一月二日早朝から米軍は大掃討戦を展開してきた。約二個連隊の陸軍部隊はナパーム弾を交えた砲爆撃の支援のもとに、日本軍の最後の拠点、大山と観測山の集中攻撃に出た。観測山はこの日陥《お》ち、大山も頂上付近の一部を残して大半が占領されてしまった。戦闘は完全な接近戦に入っていた。

十一月三日、米軍は戦車、火焔放射器を前面に、じりじりと大山の頂上をめざしてきた。必死に抵抗する日本軍の兵士たちは、銃を真下に向けて撃ち、手榴弾を岩肌に沿って転がり落とした。日本軍の真上からの攻撃に対し、米軍は〝砂嚢《さのう》作戦〟を編み出した。棒の先で弾丸除《よ》けの砂嚢を押し上げながら岩壁を匍匐《ほふく》前進するという方法である。これは重火器のなくなっている日本軍攻撃に、意外な効果を発揮した。さらに米軍は、占領した大山周辺の山間部に七五ミリ山砲を持ち込み、日本軍が潜む洞窟陣地めがけて真横からの近距離砲撃も加えてきた。対抗する日本軍の戦法は、夜間の斬り込みであったが、もはや戦況を変えることは不可能になっていた。

十一月四日からパラオ諸島は久しぶりの雨に見舞われた。豪雨は翌五日もつづき、六日からは暴風も交えた台風に発達した。台風は八日朝まで吹き荒れたが、飲料水に苦しんでいた日本の将兵にとっては天恵の雨となり、しばしの休養ともなった。

しかし、中川大佐、村井少将をはじめとするペリリュー地区隊の幹部たちは、最期が近づいたことを知っていた。米軍上陸以来すでに五十余日、やがて二カ月を過ぎようとしている。わずかばかりの炒米《いりごめ》と塩と粉味噌を舐《な》め舐めの毎日が何日つづいているであろうか……。将校も下士官も兵たちも、誰もが眼はくぼみ、頰《ほほ》は落ち、衣服はボロボロに破れ、肌は硝煙と泥でどす黒く汚れに汚れていた。支えているのは精神力だけであった。

ようやく台風が去った十一月八日、村井少将はパラオ本島の井上貞衛《さだえ》集団司令官に作戦緊急電を打った。戦闘が再開されれば、守備隊の運命は決まっていたからである。

地区隊長以下壕内ニオイテ陣頭指揮ニ徹底シ将兵ノ士気旺盛ニシテ全員敵飛行場ニ斬込マントスル状況ナリ……

地区隊ハ既定ノ方針ニ基キ邁進シアリテ固ク天佑神助ヲ信ズルモ……最悪ノ場合ニオイテハ

軍旗ヲ処置シタル後オオムネ三隊トナリ全員飛行場ニ斬込ム覚悟ナリ
将来ノタメ集団ニオイテ地区隊ノ集結ヲ命ズル企図ナキヤ承リタシ

村井少将の緊急電は明らかに玉砕—最後の総突撃への許可要請であった。残された将兵全員によって最後の斬り込みをしたいという。だが、折り返し届いた井上貞衛中将からの返電は「集団斬り込みならず」という「ノー」の答えであった。

地区隊ノ損害逐次累積シ　弾薬　糧食　飲料水等マタ逐日窮迫スル実情察セザルニ非ザルモ地区隊ガイカホド小兵力トナルモ　軍旗ヲ奉ジテ「ペリリュー」ノ中央ニ厳乎健在アルコトノミニヨリ　イカホド我ガ作戦ノ全局ニ貢献シ　全軍ヲ奮起セシメ　一億ノ敢闘精神ヲ鼓舞シ得ルカ　コレ何人《なんぴと》モ疑ウノ余地ナシ　スナワチ赤熱ノ闘魂ニ更ニ拍車シ　アクマデ持久ニ徹シ万策ヲ尽シテ神機到ルヲ待ツベシ　全員斬込断込ミハ易《やす》ク忍苦健在健闘スルハ難カルベキモ　ヨロシク村井少将　中川大佐心ヲ一ニシ　全戦局ヲ想ウテ右苦難ヲ突破センコトヲ期スベシ

中川大佐をはじめとする守備隊の生存者は、死の選択を拒絶されたのだ。一斉突撃という名の自殺行為はダメと命令されたのだ。戦う以外に道はない。しかし戦うにもいまや武器も弾薬もなかった。

一方、戦闘の終結を見通した米軍の攻撃はますます強化され、包囲の輪は縮まる一方であった。日本軍の戦闘人員はさらに減少し、十一月十二日現在、確認できた人員は軽傷者を含めても三〇〇名に満たなくなっていた。

日米両軍の戦いは一〇メートル、二〇メートルという接近戦だった。洞窟陣地に立てこもる日本軍は、もっぱら夜間を待っての肉弾斬り込み作戦を繰り返していた。対する米軍は、本格的な砲爆撃を行うには味方の部隊があまりに接近しているためできなくなり、火焔放射器を中心とした接近戦がもっぱらとなっていた。戦闘は夜も昼もなくなっていた。いまや米軍は日本軍が潜むと思われる洞窟の入口に火焔放射器を、機関銃を据えつけて最後の掃討戦に入っていた。

いよいよペリリュー島の日本軍に最期が訪れていた。連夜にわたる斬り込みもすべて不成功に終わり、戦友はますます減る一方である。米軍上陸以来まる二カ月を経過した十一月十八日現在の戦闘員は、わずか一五〇名になっていた。もちろん軽傷者を含んだ数である。大山に通じる戦車道を造っている米軍工兵部隊の姿も垣間《かいま》見える。二十一日になって、その戦車道も完成したのか、米軍の動きが急にあわただしくなった。守備隊の「最期」が目前に迫っていることは、中川大佐はもちろんのこと、生き残っている将兵は誰もがわかっていた。

十一月二十二日、夜明け間もない午前七時過ぎ、米軍の攻撃が開始された。戦闘はいつものように一斉砲撃ではじまった。つづいて戦車と火焔放射攻撃が、大山の頂上から二十数メートル下の斜面に掘られた戦闘指揮所の洞窟めがけて開始された。そしてのちに判明するのだが、この大山の日本軍の最後の拠点攻撃に参加した米陸軍は、なんと二個連隊であったという。

攻撃開始から一時間近く経《た》った午前八時過ぎごろから、米兵はいっせいに焼けただれた裸の断崖をよじ登りはじめた。断崖の斜面にへばりつく米兵の先頭グループと、洞窟に潜む日本兵の距離は、ほんの十数メートルしかない。洞窟内の日本軍は、小銃の狙《ねら》い撃ちで必死の反撃を試みた。もう、小銃弾さえバンバン連射するほどなかったからだ。接近戦で威力を発揮する手榴弾は、すでに二日前から一発もなくなっていた。米軍上陸以来、欠かすことなく集団司令部に戦況報告を打電しつづけてきた無電も、いよいよ電池の欠乏で不可能になってきていた。

暗号電「サクラ、サクラ」

中川大佐は米軍が攻撃を開始した直後の午前七時四十分、集団司令部に「至急電報」を発信した。玉砕報告の暗号電文であった。

一、通信断絶ノ顧慮大トナレルヲ以ッテ　最期ノ電文ハ左ノ如クイタシタク　承知相成リタシ

一、軍旗ヲ完全ニ処置シタテマツレリ

一、機密書類ハ異状ナク処理セリ

右ノ場合「サクラ」ヲ連送スルニツキ報告相成リタシ

日本軍守備隊の残存兵が立てこもる大山に75ミリ山砲を引き上げる米軍。

日米両軍の死傷者数

		戦死	戦傷	戦死／戦傷計
日本軍 	陸軍	6,632名	190名	6,822名
	海軍	3,390名	256名	3,646名
	属軍	——		
	計	10,022名	446名	10,468名
米軍 	第1海兵師団	1,252名	5,142名	6,394名
	第81海兵師団	208名	1,185名	1,393名
	海軍	158名	505名	663名
	計	1,618名	6,832名	8,450名

※日本軍軍属の死者は軍人戦死者に含む。生存者は負傷者に含まれる。

だが、二十二日も、翌二十三日も「サクラ」の連送は発せられなかった。洞窟陣地の日本軍は二個連隊の敵を相手にまだ抵抗をつづけていた。生存者が皆無のこの戦闘、どのように二日間を生きつづけていたのかを知りようはないが、それが文字どおりの死闘であったことは、次の電文からもうかがい知ることができる。

十一月二十四日午前十時三十分発の集団参謀長宛の電文はこう綴《つづ》っている。

「敵ハ二十二日来我主陣地中枢ニ侵入　昨二十三日各陣地ニオイテ戦闘シツツアリ　本二十四日以降特ニ状況切迫　陣地保持ハ困難ニ至ル

地区隊現有兵力健在者約五〇名　重軽傷者七〇　計約一二〇名　兵器小銃ノミ　同弾薬約二〇発　手榴弾残数、糧秣オオムネ二十日ヲモッテ欠乏シアリ　地区隊ハ本二十四日以降統一アル戦闘ヲ打切リ　残ル健在者約五〇名ヲモッテ遊撃戦闘ニ移行アクマデ持久ニ徹シ　米奴撃滅ニ邁進セシム　重軽傷者中戦闘行動不能ナルモノハ自決セシム　戦闘行動可能者約四〇名ハ目下戦闘中ニシテ　依然主陣地ノ一部ヲ死守セシム　将兵一同聖寿ノ万歳ヲ三唱皇運ノ弥栄《イヤサカ》ヲ祈願シ奉リ集団ノマスマスノ発展ヲ祈ル」

ペリリュー島守備隊の訣別の電文であった。この日も、夜明けとともにはじまった米軍の戦車と火焰攻撃を交えた掃討戦は、熾烈をきわめていた。しかし、いまや日本軍生存兵には応戦する武器も弾薬もない。前記の訣別の電文にもあるように、「小銃弾二〇発」のみでは抵抗する術《すべ》は残されていなかった。

中川大佐は訣別電に先だって、午前八時五十分発信でパラオ集団司令部の多田督知《ただとくち》参謀長宛に次のような電文も送っている。

「戦況特ニ逼迫《ヒッパク》ス　作戦緊急特別通信アルヲモッテ　本二十四日毎時待受ケトセラレタシ　通信隊長ニモ伝エラレタシ」と。

ペリリュー地区隊長、中川州男大佐

そして、パラオ本島の集団司令部の通信室に「サクラ、サクラ」の暗号電文が連送されてきたのは、この日、昭和十九年十一月二十四日十六時であった。ペリリュー島地区隊長中川州男大佐（歩兵第二連隊長）と、第十四師団派遣幕僚の村井権治郎《むらいごんじろう》少将（第十四師団司令部付）の両指揮官が、砲撃と硝煙に

ペリリュー地区隊本部の最期の地となった大山の洞窟陣地帯の遺骨収集。洞窟内から集められた遺骨に合掌する塚本上等兵（右）と土田上等兵。

大山の洞窟陣地の遺骨を布袋につめて背負い、山の斜面を降りる遺骨収集団員。軍医だった写真手前の夫人の夫もペリリュー島で戦死している。

つつまれた大山山頂に近い洞窟陣地（戦闘指揮所）で自決したのは、この日の夜であった。

中川大佐、村井少将の自決につづいて重傷の兵たちの自決がつづいた。何人の重傷兵が自決したのか正確な資料はないが、先の訣別の電文に「健在者約五〇名　重軽傷七〇」とあり、中川、村井両指揮官の自決後、歩兵第二連隊副官の根本甲子郎《ねもとこうしろう》大尉を隊長とする遊撃隊が編成され、最後の一斉斬り込みを行うのだが、その人員が根本大尉から集団長宛の緊急電に「根本大尉以下五十六名」とあるところから推測すれば、六〇名前後の重傷者が指揮官たちの後を追ったと思われる。

これら中川大佐らペリリュー守備隊の「最期の地」と思われるいくつかの洞窟は、昭和四十七年の遺骨収集時は激戦の跡をとどめていた。それら洞窟の出入口は砲撃でくだかれ、半ば埋まった状態だが、真暗な洞窟内に踏み込むと、さまざまな遺留品が珊瑚の砂に埋まっていた。現在は、これら主な洞窟内の遺骨は収集され、遺族や生還者たちが建立した慰霊塔内の納骨室に納められていて、洞窟内で見ることはできない。しかし、昭和四十七年二月に、遺族と帰還兵による遺骨収集団が訪れたときは、洞窟内は遺骸と遺骸が折り重なったままの状態だった。三〇人近い団員は、これら洞窟陣地内の遺骨を運び出すのに、終日、急な斜面を登ったり降りたりしなければならなかった。

中川大佐、村井少将をはじめ重傷者がつぎつぎ洞窟内で自決したあと、根本大尉を隊長とする遊撃隊五六名は「十八時ヨリ遊撃戦ニ移行ス」という電報を集団司令部に打ち、一組三、四名ずつの一七組に分かれて薄暮の洞窟陣地を出発した。

米軍側もこの日本軍の最後の斬り込みを予想してか、終夜照明弾を打ち上げ、真っ黒い瓦礫《がれき》の山と化しているペリリュー島をゆらゆらと照らしつづけていた。

遊撃隊員のその後の行動を知る記録はないが、大半は出撃した二十四日の夜に戦死したとみられ、生き残った者も二十七日の夜明けを待たずに死んでいったに違いない。

ペリリュー攻略部隊の米陸軍第323連隊長ワトソン大佐が、所属の第81師団長ミュウラー少将に「作戦終了」を報告したのは、十一月二十七日午前七時であった。ペリリュー島のオレンジビーチに敵前上陸を敢行してから二カ月半、実に七十四日目であった。

第5章

敗残の洞窟生活

——米軍占領下の孤島で生きていた日本兵

「海軍壕」ではじまった敗残生活

日本軍の指揮官は自決し、米軍の指揮官が「作戦終了」を報告した昭和十九年十一月末、天山の洞窟内には地区隊本部から孤立していた約八〇名の日本兵がまだいた。歩兵第二連隊第二大隊と海軍大谷部隊の陸戦隊を中心とした西地区隊の生存兵である。この生存兵の多くは、前記した一〇〇名以上も収容できる「海軍壕」（大鍾乳洞）に潜み、もっぱら夜間の斬り込みを唯一の戦法にしていた。大山の地区隊本部との通信連絡はすでに九月末から跡絶《とだ》えていたから、主力の動静は皆目わからない。もちろん中川大佐以下の大山陣地が全滅していることなど知る由もなかった。

このとき天山の日本軍を指揮していたのは、歩兵第二連隊第二大隊の副官であった関口正中《せきぐちただし》尉と園部豊三《そのべとよぞう》中尉であったが、大山の守備隊主力の全滅は、やがて天山の生存兵たちも知ることとなった。

歩兵第二連隊第二大隊の小隊長だった山口永《ひさし》少尉はいう。

「十一月末に米軍の大掃討戦があったのはわれわれも知っていましたし、その後、米軍が日本軍の本部の包囲を解いたので、これはおかしい、本部は陥《お》ちたかもしれないとうすうす感じていた」

そこで山口少尉たちは確認のために、大山付近に夜間斥候《せっこう》を出して偵察を試みた。その結果、大山の戦闘指揮所周辺に友軍の姿はなく、司令部と地区隊主力は壊滅したものと考えた。

昭和十九年もいよいよ終わりを告げようとしていた十二月末、米軍はこの天山に潜む日本兵の大掃討戦をはじめた。すでに九九式小銃とわずかばかりの手榴弾しか残っていない日本兵には、真正面からの戦闘はできない。そこで大隊長代理の関口中尉は残存兵を天山北部の稜線に集め、数人ずつの小グループに分散して遊撃戦で対抗することにした。ゲリラ戦法である。このとき集まった兵士は約五〇名であった。天山の海軍壕に残ったのは重傷者だけだった。

山口永さんはつづける。

「われわれが天山を守りはじめたときは約二〇〇名くらいいたんですが、戦闘のたびに少なくなり、米軍の十二月末からの大掃討戦が開始されたときは、わずか五〇名くらいになっていました。大山の日本軍本部を陥とした敵は、天山を重点的に攻めてきたもんだから、わずか五〇名くらいの数ではとても守りきれない状況に追い込まれてしまった。

そこで、各地区に分散してゲリラ戦に移ることになり、天山の洞窟を捨てたんです。島内の各地区に残っている洞窟陣地、湿地帯の中にある小島とかに五人から八人くらいのグループで潜み、夜間を待って斬り込みをやろうということだった。大山の日本軍本部が全滅してからは、米軍の攻撃は少なくなっていて、ときどき掃討戦をやるというふうに変わっていたから、以前にくらべて島内の移動は多少楽になっていたわけです。分散したグループは夜間の連絡地点だけを決めて、それぞれゲリラ戦に出て、また会うたびに次の連絡地点を決めるというふうにして戦闘をつづけてました。

年が明けた昭和二十年一月三日の戦闘で関口中尉と園部中尉が戦死し、生きている将校の中では私が一番上の階級になってしまい、以後の指揮をとることになった。この一月三日の戦闘でも相当数の兵隊が戦死したです。また重軽傷者もたくさん出まして、全身無キズなんて兵隊はほんの数えるほどしかいなかったです。

重傷者の傷口は、一夜明けると必ずウジが湧いてくる。それで、アメリカ兵は必ず包帯とヨーチン（消毒液）を携帯していることを知ってたから、昼間、アメリカ兵を斃《たお》すと、夜になるのを待ってそれを取りに行く。戦利品です。戦場ではどこでもそうでしょうが、ことに追いつめられた中では、自分のことは自分で面倒を見なければならないからね。だから重傷の人は助からなかった。ほとんどが自決していきました……。

このゲリラ戦に移ったころから食糧事情は最悪の状態になってきた。食べるものはほとんどなくなってました。それで、最初に米軍に包囲された陣地に忍び寄っていって、食い残しの缶詰とか乾パンなどといったものをあさって食ったです。なくなると他の戦友の古い陣地に行ってあさる。海軍関係の陣地は給与（待遇など）がよかったから缶詰などはある程度あったんです。

ところが、われわれが古い陣地の食糧をあさっていることをアメリカ側も感づいたらしく、残っている缶詰は穴をあけて捨てるようになった。島は気温が高いから穴をあければすぐ腐ってしまう。しかし、われわれは少しぐらい腐ったりウジが湧いたりしているものでもみんな食ってしまったですよ。それから、島にはカニがチョロチョロ這《は》ってくるので、よく生《なま》のまま食いました

緑が消え失せた中央山岳地帯は見るも無惨な姿になってしまった。その山岳地帯を最後の掃討戦に向かう米歩兵部隊と援護の戦車隊。

ねえ……」

原裕さんは第七中隊所属であったが、中隊はかなり早い時期に全滅し、昭和十九年末から二十年の一月にかけて生き残っていたのは原さん一人だけであった。

「米軍の掃討戦がはじまったときは、私も海軍の鐘乳洞にいたんだが、米軍は谷の向かい側から機関銃をわれわれの洞窟の入口に向けて備え付けてあるらしく、ちょっとでも動くとたちまち狙《ねら》い撃ちしてきた。そこで、ここから抜け出さなければ全員殺《や》られてしまうということになり、負傷者以外は全員脱出したわけです。雨の降る晩でした。最初に七、八人が出て、壕から三、四〇〇メートル離れたところから敵を攻撃する、すなわち囮《おとり》のグループが攻撃している間に残りの全員が脱出するということになったんです。

四、五メートルぐらいの崖をよじ登って駈け出し、ボサ（茂み）の中に逃げ込むのだが、そのときも五、六人が犠牲になったです。囮になった人たちは全員助かったです。洞窟からの脱出に成功した兵隊たちは一個所に集まり、『必ず敵は明日の朝にはここを攻撃するから、七〜八人ずつかたまって反撃しよう』ということになった。

予想どおり、敵は明くる朝攻撃してきた。激しい撃ち合いになったんですが、そのころわれわれは一人で一〇発くらいの弾薬しか持っていなかったから、撃ち合いといっても一方的なものだったですけどね……。

この掃討戦が行われる前あたりから、戦闘の音はまったく聞こえなくなっていたから、これは全員殺《や》られてしまったのではないか、残っているのはわれわれだけではないのかと思うようになってました。ならば、なんとかして生きようということになったんです。このときの戦闘で、第二大隊副官で大隊長の戦死後指揮をとっていた関口中尉が戦死し、山口さんが長になった。しかし、新たに大隊長代理ということになったわけだけど、それは名前だけで、実際は命令など出せる状況ではないから、各自の判断で行動していました。

そこで私は前にもお話ししたように、湿地帯に入っていたんだが、いくらか草むらはあったし、池の中なら米軍も入ってこないであろうという判断であったわけでもあります。湿地帯の中に島を見つけたので、昼間はその島に潜み、夜は糧秣あさりに行くという日が何日かつづいたわけです。そのうち米軍の巡察隊に見つかってしまい、湿地の島を逃げ出してからは、洞窟を捜したりボサの中に隠れたり、岩と岩の割れ目に入っていたり、あるいは木に登る人もいました」

無事生還した「洞窟の幽霊」

飯島栄一《いいじまえいいち》さんや鬼沢広吉《おにざわこうきち》さんら歩兵第二連隊第五中隊の生存兵が、この「海軍の鍾乳洞」の仲間入りしたのは比較的おそく、十二月末であった。それまで第五中隊など西地区隊の生存兵の一部は富山《とみやま》の洞窟に立てこもっていたのだが、十二月の末になって、米軍は富山の洞窟という洞窟を片っ端から爆破してきた。そこで飯島さんたちは大山の地区隊本部に合流しようと洞窟を脱出したのである。もちろん、中川大佐以下大山の本部はすでに全滅していたのだが、生存兵たちは知る由もなかったのである。しかし、米軍の包囲網を突破することはできず、たどりついたのが海軍の鍾乳洞だったのだ。

だが、前記の山口さんや原さんの話のごとく、この鍾乳洞の生活も長くは続かず、飯島さんたちは米軍の掃討に追い立てられ、小グループに分かれてゲリラ戦に移ることになる。

「鍾乳洞に入って四、五日経ったとき、夜中に連隊本部の方角から日本の兵隊が夜襲をかけているらしく、ヤァー、ヤァーという声が聞こえてきた。それで連隊本部も終わりだなあと思ったんです。その声もたった一人の声だったんだ……。いま考えると、そのころはもう連隊本部は玉砕していたわけだから、方角から推して野戦病院の兵隊だったんじゃないかと思う。野戦病院は山のいちばん奥の洞窟にあったから、生き残っていた兵隊が突っ込んだんだと思うね。それ以後は、われわれ天山の兵隊以外は声も聞かなかったし、姿も見なくなった。

その壕もやがて米軍に発見され『ニッポンノ　ヘイタイサン　デテキナサイ』とマイクで投降を呼びかけてきたけど、出ていった者は一人もいなかった。その晩、ここは危険だからということで壕を脱出することになったんです。そこで私は大隊長代理だった中尉（関口中尉）から斥候に出るよう言われた。夜なのでアメリカ兵がどこに隠れているかわからないからということでね。洞窟内から威嚇《いかく》射撃して敵の注意をひくから、その間に飛び出せということだったんだが、出た途端《とたん》にバババババッと撃たれた。岩陰から適当に応射したら、また撃ってきた。おぼろ月夜だったから、私らが出入りするのがわかって、それで撃ってきたんだよ。

そこで今度は、先に出たわれわれ斥候要員の三人が応射しているから、壕の中の者はその間に飛び出せということになり、つぎつぎ壕を出た。このとき七、八人が殺られた。これで全部出たなと思い、私がいちばん最後に撤退しようとしたら、洞窟の脇の窪地にいた負傷兵が『殺してくれ、殺していってくれ……』と怒鳴っていましてね。

洞窟内の兵隊は全部出たものとばかり思っていたら、負傷して体の動けない兵隊も含めて五、六人が残っていたんですわ。アメリカ軍はわれわれが出た翌日、洞窟の入口をダイナマイトで爆破し、岩が崩れ落ちたところを、さらに上からコンクリートですっぽり固めてしまった。そしてコンクリートの上に『1944・12・×（日）』とでっかく書いて立ち去ったんだ……」

ペリリュー島の住民の間で、いまだに語り継がれている「洞窟の幽霊」という話がある。ストーリーを簡単に記せば、日本軍が全滅して数カ月が経った昭和二十年のある日、残敵掃討のためジャングルに入った小グループの米兵たちは、日本兵の死骸が折り重なっている洞窟内に入ってみた。すると、その死骸の山を押し分けるようにして、何かがひょろひょろと持ち上がり、かすかな音がする。人間の声のようにも聞こえる。ギクッとした米兵たちは、あわてて懐中電灯を洞窟の奥に向けた。と、そこにはわずかばかりの破れた衣類をつけた人間の骸骨《がいこつ》が立っており、入口の米兵たちを見すえるようにして口を動かしていた。驚いた米兵たちは、わめきながら我先に洞窟を飛び出した。以来、米兵たちは「幽霊のいる洞窟」として、二度とその洞窟にだけは近寄らなかったという。

そして島の人たちは、こうつけ加える。

「日本の兵隊さんは、魂《たましい》になっても敵に立ち向かっていったんです」

この島に伝わる「洞窟の幽霊」のストーリーはかなり実話に近い。洞窟とは前記の海軍の鐘乳洞のことである。そして事実あったことなのだ。ストーリーはダブルが、ドキュメント版を記せば、幽霊の正体は次のようである。

海軍壕の鐘乳洞入口は米軍にコンクリートで固められてしまったが、珊瑚岩のため日数が経つにしたがって岩とコンクリートの接合部が次第にゆるんできていた。入口を閉鎖してから約三カ月近く経った昭和二十年四月ごろ、米軍の巡察隊がゆるんだコンクリートを壊して鐘乳洞の中に踏み入った。

暗い洞窟内を懐中電灯で照らした米兵たちは、横たわっている数個の日本兵の死体を見た。死体というより、骨だけの骸骨のように見えた。米兵の一人が銃剣の先でそのうちの一体を軽く突いた。すると骸骨はフゥーッと動き、必死に起き上がろうとしている。

「ギャアー」

米兵たちは驚き、叫び声をあげて洞窟から飛び出した――。

米兵が骸骨化した死体と思ったのは、実は痩せ衰えて骨と皮だけになってはいたが、まだ生きている日本兵だったのである。

その夜、米兵たちが入口に穴をあけてくれたおかげで、絶望の暗闇の中で生きつづけていた日本兵たちは、三カ月ぶりに娑婆《しゃば》によみがえることができた。しかし、このとき脱出した兵隊で、山口少尉ら他の日本兵と合流できたのは片岡一郎《かたおかいちろう》兵長と落合《おちあい》（旧姓鷺谷《さぎたに》）平吉《へいきち》一等兵の二人だけであった。

私と広田和子さんが「三十四会《みとし》」の取材を進めているとき、片岡さんは生まれ故郷の茨城県日立市に住んでいたが、当時の模様はあまり語りたがらなかった。

「中には六人いましたよ。海軍壕だから食糧はあったし、水も小人数なので、そのほうの不自由はなかったです。しかし、閉じ込められて三カ月の間に発狂して自殺した人もいるし、ようやく脱出したとき足がふらついて逃げきれずに射殺された人もいるしね……。

しかし、激戦場の異例な体験というふうに見られるのは困ります。私たち、戦《いくさ》が任務の者が、むしろ銃後の人たちより安易に生きていたのではないかという、うしろめたさもありますから……」

米軍の残敵掃討戦で数を減らす日本兵

追いつめられた生存兵たちは、やがて集団で行動していては発見されやすいということになり、各中隊ごとのグループに分かれて潜み、行動するようになる。原さんのようにたった一人の中隊もあったが、そういう全滅部隊の兵士は気の合う仲間のグループに入った。もう陸軍とか海軍とかというセクショナリズムなどは入り込む余地がなくなっていたから、なかには陸海混合のグループもあった。

これら三々五々に分かれた生存兵たちは、自然の鍾乳洞を捜し、そこを〝陣地〟に寝起きをともにしはじめる。全島が珊瑚礁岩であるペリリュー島は、ちょっと見には単なる石山にしか見えないが、注意して歩くとかすかな響きを持った音のする場所がある。表面の岩を叩き割ると、ポッカリと穴があき、内部は意外に大きな空洞となっているところが多い。

兵隊たちは、それぞれ穴を捜した。たいていは地表の出入口は人一人がやっとずり落ちられるくらいの穴にし、いったん洞窟の底に着いたのち、横に進むL字型の住まいに改造していた。そして地表口の上には適当な珊瑚岩をのせて偽装をしておくのだが、普段は通風孔代わりに開けていた。

四季もなく、気温の変化もあまりない南洋では、季節感というものは失われてしまう。もし戦争がなければ、そして日本にいたならば、家族ともども炬燵《こたつ》に入り、あるいは囲炉裏《いろり》を囲んで楽しい正月を過ごしているころである。しかし、連日の戦闘はなくなったとはいえ、全滅の戦場では正月気分などにひたる暇はなかった。ましてや充分な食糧もなく、蒸し暑い、湿気の多い真っ暗な洞窟暮らしではなおさらである。

海軍の上等工作兵であった塚本忠義《つかもとただよし》さんは、私たちに寄せてくれた手記の中で、次のように書いている。

「昭和二十年にはいると、銃声一つ聞くこともないし、いままでかならずうちあげられた夜間の照明弾も、いつしか消えて、静かな毎日がつづいた。このころになると青葉もしげり、その日その日の空腹はなんとかしのげるようになった。

そんなある日、米軍の残敵掃討が西地区一帯にはじまった。三列横隊になった米兵は、富山から海岸にいたるタコツボに手榴弾をやたらと投げ入れ、草木のしげみに自動小銃を発射しながら進んでくる。西から北へ、台上を逃げる暇もない。

私と浜田、亀谷《かめたに》（長成《ながしげ》さん、沖縄県出身の一等兵）の三名は、台上の大木のまたに小銃を置いたまま、東側斜面の凹地に自然にできた岩穴に半裸体のままもぐりこんだ。各自手に手榴弾をもち、今か今かと息をころしていた。そのうちに友軍らしき銃声が一発、と同時に、豆をいるような米軍の集中攻撃がはじまった。各所で『バンザイ』が聞こえる。無念であったろう。思わず口

日本兵が立てこもり「死人の谷」と呼ばれた中央山岳地を爆撃する第２海兵飛行大隊のコルセア戦闘機。

洞窟陣地から飛び出す日本兵をじっと待つ米軍兵士。

の中で念仏をとなえてしまった。

米兵がしだいに近づいてくる。草木を伐採する音、手榴弾の破裂音、小銃をやたらぶっぱなす音、ときには米兵の笑い声さえ聞こえる。私たちはたがいに顔を見合わせ、鉄帽を間に置き、手榴弾の安全栓をぬいた。朝日が頭上の穴からさしこんできた。

いよいよ米兵があらわれた。呼吸がしだいにとまっていく。M1ライフルをもった米兵がひとり、凹地の中へおりてきた。浜田が出入口を指さしている。ああそうかと思い、横にあった珊瑚礁の岩を手にもって、入口にもっていき、そのままあてていた。苦しい。岩の重さと息をころしているので、あぶら汗が流れる。息を殺せば殺すほど苦しく、ふるえがとまらない。

岩のすき間から覗く。米兵は少しの物音ものがさじと、凹地内の穴という穴へ視線をむけていた。時間にしたら数分であったろうが、私には長い時間であった。これが生死の境であった。その夜、工兵隊の壕上に集まった者は、なんと半分にちかい人数で、集まらなかった者は永久に帰らなかった。武器もなく、宿なしであった陸軍の各隊は、その後、別の壕をみつけたが、海軍は工兵隊の好意で隣接の洞穴に居住することになり、持久戦がはじまった」

歩兵第二連隊第二大隊本部の通信兵であった石橋孝夫《いしばしたかお》一等兵は、この掃討戦のときは塚本さんたち海軍グループとは別の洞窟に潜んでいた。主に大隊本部付の生存兵のグループであった。

「そう、一斉掃討があったのは正月だったかもしれんねえ。私らの洞窟も危うく発見されるところだった。大便は容器にして、遠くへ捨てておればよかったんだが、壕の入口の近くの岩かげでやっておったものだから、その大便に蠅がブンブンたかっていたため、近くに日本兵がいるなと感づかれちまったんです。米兵たちが近寄って来たんで、蠅がワァーと飛び上がったからね。

その日は、私が入口の当番だった。入口といっても体がやっと入れるくらいの穴だが、暇なものだから入口の穴に石を積んでいた。敵が近づいてきたときには、幸いほとんど石を積み終わっていて、入口はわからないようになっていた。そのうち火焔放射器の音のようなボーボーという音がしてきた。するとまもなく手榴弾の音が二発した。米軍に発見された戦友が自爆したんだと思います。このちょっと以前に私らの壕から出た兵隊が二人ほどいまして、近くの凹地になっているところにいたから、逃げきれずに自爆したんだと思ってます。

そしていよいよ私たちの壕にやってきた。二人の戦友が自爆した地点からは急な山の斜面で、日頃、私らはやっと降りてきて、壕に入ったら入口を枯れ枝なんかで偽装していたんですが、しょっちゅう歩いているので、岩の斜面が他の岩と違ってきていた。そのため簡単に発見されてしまい、米兵たちは私らの壕の入口のところでなんとかかんとか騒いでいる。入口はふさいであったから皆で息を殺し、じっとしていた。もう生きたここちはしませんよ。もし米兵が入口を開けたら、一人でも多く殺すべしということで、皆で入口に銃を向けて待っていた。夕方までそうしていました。

やがて米兵がいなくなったので、『こんな壕にいたら全滅だ』ということになり、その夜のうちに壕を出た。原さんも私と同じ通信隊所属だったんだが、郵便屋さんだったから地理に詳しく、『北地区の湿地帯がいい』と言うんで移動し、今度は洞穴ではなくマングローブの木にやぐらを組み、その上で生活をはじめるようになったんです。それから私らのグループを〝湿地の連中〟と呼ぶようになったわけですわ。武山、原（旧姓中島）、岡野、滝沢、永井（旧姓館）、それから帰って来てから亡くなった浅野と私の七人です」

この十二月末から正月にかけての米軍掃討戦があった当時は、既記のごとくまだ五〇名近くの兵隊が生き残っていた。しかし、米軍の残敵掃討は規模こそ大きくはないがその後も散発的につづき、日本兵の数はそのたびに一人、二人と減っていった。そして、兵士たちがペリリュー島に初めて上陸して満一年になろうとしていた昭和二十年四月ごろには、その数は四〇名にも満たなくなっていた。

グループに分かれて潜伏生活

自然の回復力はたくましい。何百年、何千年という歴史を刻んできた緑と巨木のジャングルは、三カ月以上もつづいた米軍の砲爆撃で様相を一変、ゴツゴツした醜《みにく》い珊瑚の岩肌を露《あら》わにした廃墟の山と化していた。しかし日本軍守備隊の壊滅で戦いが終わるや、瓦礫の山はたちまち生の証《あかし》を見せはじめた。それは、あたかも人間どもの殺し合いに反発するかのように、日に日に緑を増し、焼かれて電柱のようになっている樹木は、いつの間にか枝葉を芽吹かしていた。

ジャングルの回復は、三十数名の日本軍生存兵に安堵感を抱かせつつあった。洞窟や湿地帯に潜む兵士たちにとって、焼けただれた裸のジャングルを行動することはこの上もなく危険である。木々の緑は行動を楽にしてくれるだけではなく、米軍のパトロール隊の捜索から身を隠してくれるからだ。

組織的戦闘が終焉して三カ月近く過ぎた昭和二十年四月以降、ペリリュー島はすっかり静まり返った。ほんの数カ月前まで繰り広げられていた激戦など、まるでウソのようである。生き残った日本兵たちは五人から七、八人のグループに分かれ、それぞれの洞窟に潜んでいた。

グループは原隊単位で分かれていたが、陸海合同のグループもあり、気心が知れ、親しいことが第一であった。生存兵は、のちに合流する沖縄出身の四人の軍属を除き、全員が歩兵第二連隊第二大隊を主力とする西地区隊所属の陸海軍兵であったから、グループはおのずと中隊単位になっていた。

当初のグループは次のようであった。

〈大隊本部グループ〉

永井敬司《ながいけいじ》軍曹、武山芳次郎《たけやまよしじろう》上等兵、原裕《はらゆたか》上等兵、岡野茂《おかのしげる》上等兵、滝沢喜一《たきざわきいち》上等兵、石橋孝夫《いしばしたかお》一等兵。

〈五中隊グループ〉

福永一孝《ふくながかずたか》伍長、鬼沢広吉《おにざわこうきち》上等兵、飯島栄一《いいじまえいいち》上等兵、程田弘《ほどたひろし》上等兵、富安博《とみやすひろし》一等兵。

〈六中隊グループ〉

山口《やまぐち》永《ひさし》少尉、片岡一郎《かたおかいちろう》兵長、梶房一《かじふさいち》上等兵、浅野三郎《あさのさぶろう》上等兵、石井慎一《いしいしんいち》一等兵、落合平吉《おちあいへいきち》一等兵。

〈工兵隊グループ〉

斎藤平之助《さいとうへいのすけ》上等兵、波田野八百作《はたのやおさく》一等兵、横田亮《よこたあきら》一等兵、森島通《もりしまみち》一等兵、上間正一《うえましょういち》二等兵、相川勝《あいかわまさる》二等兵曹（海軍）、千葉千吉《ちばせんきち》水兵長（同）、土田喜代一《つちだきよかず》上等水兵（同）。

〈海軍グループ〉

高瀬正夫《たかせまさお》水兵長、浜田茂《はまだしげる》上等水兵、高田誠二《たかだせいじ》上等水兵、塚本忠義《つかもとただよし》上等水兵、亀谷長成《かめたにながしげ》一等水兵。

〈海軍軍属グループ〉

智念福樽《ちねんふくそん》、宮里真男《みやさとまさお》、上原信蔵《うえはらしんぞう》、勢理客宗繁《せりきゃくむねしげ》。

（氏名はいずれも帰還後のもの。帰還後、結婚によって姓が変わった人もいる。海軍の階級表記を、本文では陸軍との比較でわかりやすくするため「水」を略しているが、ここでは正規のものにしてある）

右の人たちは、いずれも無事に帰還できた兵士たちであるが、当時はこれら三四名の軍人軍属以外に、さらに数名の者がいた。それらの人たちは、その後の二年近くもつづく潜伏生活の中で起こった散発的な戦闘や〝事故〟によって死んでいった。戦後の昭和二十一年から二十二年にか

ペリリュー地区隊主力が壊滅したあと、生存兵たちはそれぞれ洞窟に潜み、細々とゲリラ戦をつづけていた。写真は昭和22年4月に投降した直後に撮影されたもの。

生存兵のあるグループは、米兵が近寄りがたい湿地帯のマングローブに櫓を組んで潜んでいた。

けては、ほとんど戦闘はなく、昭和二十年八月の終戦以前には、ペリリュー島の戦闘はすでに終わっていたが、米軍は守備隊の安全をはかるためにときおり敗残兵狩りを行っていたのである。人数はわからないが、かなりの日本兵がジャングルのどこかに潜んでいることは知っていたからだ。これら生き残った日本兵たちは、日本軍は必ずこの島の奪還にやってくると信じていた。それまでわれわれは頑張らなければならんと思い、その日のために〝再武装〟に努めていた。

湿気と潮風の中のペリリュー島では、日本軍の歩兵銃はたちまち使用不能になっていたし、だいいち弾薬がなくては使い物にならなかったから、銃の補給はもっぱら米軍のものであった。もっとも米軍のM1ライフルは、かなり早い時期から日本兵たちに使われていた。M1ライフルの弾丸は、日本の九九式小銃弾が一発の補給もできなかったのにくらべ、多少の危険はともなうものの比較的容易に〝補給〟できたからである。なにしろ米軍の弾薬や物資は、島のあちこちに無尽蔵のごとく集積されていたのである。

斎藤平之助上等兵も、米軍のライフルを愛用していた一人である。斎藤さんは工兵であったから、島内の地理に詳しく、弾丸の〝補給〟はたやすかったという。

「日本の銃は戦闘がはじまって三日ぐらいで使えなくなってしまった。一日中撃ちどおしだったせいもありましたがね。それで、素手じゃ戦えんから死んでいるアメリカの兵隊の銃をとってきて戦ったのがはじまりだった。

日本の小銃は一発一発だが、アメリカの銃は一度に五発速射できますからね。鉄かぶとを脱がせると、裏に弾丸が入っていたり、靴を脱がせれば煙草《たばこ》が入っていたりしました。自分が撃ったら、自分に優先権がありましたから、補給はもっぱら戦闘によってましたよ」

日本軍主力が全滅し、生存兵たちが洞窟に潜むようになってからは、捕獲したライフル銃は銃身を短く切り落として携帯に便利なように改造したりしていた。もう戦闘といっても正規戦など行えるわけはなかったから、もっぱら遭遇戦である。銃身が長いとジャングルを走るには不便である。また、洞窟の出入口は人一人がやっと這い降りられるくらいの細い穴だったから、武器は小型のほうが扱いやすかった。もちろん銃身を切り落としているから、長距離からの攻撃は効果がない。しかし遭遇戦といった接近戦では、充分に役目を果たしてくれた。

再武装の「糧ハ敵ニ拠ル」

日本兵たちがグループに分かれて生活をはじめた昭和二十年四月ごろ、ペリリュー島にはかなりの数の米軍がいた。そのころのペリリュー島は米軍のフィリピン、沖縄攻撃の重要な基地になっていたからである。エイプリルフールの四月一日、米軍は沖縄本島に上陸を開始しており、四月十七日にはフィリピンのミンダナオ島にも上陸、激戦の真っ最中であった。そのため不沈空母と化したペリリュー飛行場は、米軍にとってはもっとも安全な前線攻撃基地になっていた。それだけに物資は山ほど積まれていた。「糧《カテ》ハ敵ニ拠《ヨ》ル」であった。

「敵ニ拠ル」のは武器や弾薬だけではなかった。食糧も米軍製になっていた。ジャングルの緑が回復しつつあるとはいえ、天然のバナナやパパイヤ、椰子《やし》の実などはまだまだ実をつけるほどには回復していない。「それに旧日本軍陣地の食い残しも、もうなかったから」と斎藤平之助さんはおおらかに言う。

「米軍の物資集積所に糧秣《りょうまつ》を盗《と》りに行くときは、最初は行き当たりばったりだったが、二度三度行くうちに箱に書かれている英語の頭文字で何の缶詰か見分けられるようになった。そのうち、われわれが何度も盗みに行くもんだから米軍も気づいたらしく、集積所のまわりをジープで警戒するようになった。それが一周するのに三分ぐらいかかる。われわれが隠れているところは一〇メートルぐらい離れているんだが、ジープが自分の目の前を通過した直後に飛び出し、缶詰が積んであるところにたどりつけばいいんだからゆっくり間に合った。

情況のいいときは五回ぐらい往復したね。そして近くの湿地とか草むらの中にいったん隠しておき、月夜の晩にゆっくり運ぶわけですよ。食糧だけじゃなく、弾薬庫にも入れた。そこはゆっくり煙草を吸いながら行けた。たまに空鉄砲を撃たれるときもあったが、脅《おど》しだけだからね。

こうして、われわれ工兵隊のグループは〝第三倉庫〟まで造ってました。もし、食糧や弾薬を保管しておく第一の壕が発見された場合でも、次の壕に行けば心配ないようにね。そこには体だけ行けば銃もあるし、弾薬もあるし、糧秣もあるというふうでね。だから第一、第二、第三倉庫と名付けてました。珊瑚礁の島だから、ちょっと掘れば人間二人くらい入れる穴はいくらでもあった。

それでも最初の半年ぐらいはびくびくしていたが、そのうちだんだん大胆になっていき、糧秣を盗りに行きがてら日光浴をしたり、別の壕にいる戦友と連絡をとり合ったりするようにもなったです。このころになると米軍も真剣に掃討なんかやらなくなっていたようだったね。

彼等は日本兵の死体から金歯とかめずらしいものを探しては持っていってた。だから死んだ兵隊の遺骸で歯のないのが多かったですね。

しかし、掃討がおだやかになり、われわれの行動が大胆になったといっても、やはり戦闘中に変わりはないんだから慎重だったことはいうまでもないです。たとえば糧秣を運ぶときでも、ジャングル内だから道路などないので缶詰の箱を背負ってくると、あちらにぶっつけ、こちらにぶっつけで、木に傷がついてしまう。そのままにしておくと敵に居所を発見される恐れがあるので、わざわざ伐採して一メートルぐらいの道路を造ってしまう。われわれの洞窟はその道路からすぐ脇に入ったところに入口があるんだけど、道路はどこまでも造っておく。敵の目をごまかすためにね。

それでもね、あるとき糧秣を盗りに行ってアメリカ兵と正面衝突したことがありました。そのときはびっくりして、震えて、銃に手がいかなかった。アメリカ兵も驚いたらしくてね、静かに回れ右して、二歩ぐらい歩いたなあと思ったら、いきなりパッと駈け出して逃げていってしまった。こっちもあわてて逃げ出したんだけどね……」

生還した日本兵たちの体験談の中では、戦闘の模様と同時に、この敗残兵になってからの食糧調達の苦労話がかなりのウェイトを占めている。しかし、昭和二十年に入ってからの苦労は、それまでの飢餓状態に耐えるものとは違い、米軍の集積所から〝調達〟し、うまく隠し通す苦労であって、食糧事情は改善されていた。それどころか武器も弾薬も食糧もすっかり余裕ができ、昭和二十二年四月に投降したときには「向こう三年間は心配ないだけの食糧を確保していた」と証言する。「糧ハ敵ニ拠ル」教えは、このペリリュー島に関するかぎり見事に実行されていたわけである。

「ベーコンとかチーズは、せっかく盗んでも最初のうちは捨てちまった。とても食い物とは思えねえから……。盗むときやりやすいのは真面目な当番兵がいる夜だな。真面目《まじめ》に巡回するから、その切れ目に入り込む。不真面目な奴は入口に腰かけて居眠りするだろう、いつ目を覚ますかわからねえんで、かえってやりにくかったよ」（飯島栄一さん）

「糧秣盗りは命がけですからね。でも、食べなくてもどうせ死ぬ。そんなら食べて死んだほうが儲《もう》けものと考えていた。ところがくやしいことに私は目が悪い。眼鏡は三つか四つ持っとったけど、戦闘でみんなパーだもんね。見張りのヤンキーが煙草吸うとっても、その火が見えんのです。先頭を歩いていて、気がついたら誰も来とらん。みんなは煙草の火がわかるのに、私だけはわからん。それがいちばんくやしかった」（森島通さん）

「糧秣盗りに行ったものの、真っ暗ヤミの中だからね、おたがい敵だと思って取っ組み合いになったこともあったな。だけど、ベーコンとかソーセージとか牛缶とかがたっぷり手に入るように

なってからは楽だったね。いまの所得じゃあ、あんな贅沢《ぜいたく》はとても無理だな」（石橋孝夫さん）

石橋さんは五年分くらい貯蔵していたという。しかし、その量はまちまちであった。だから、いくつかの壕に分かれて生活していた兵隊たちは、退屈しのぎと連絡のためにときどきおたがいの壕に「お客さんに行く」ようになった。

「違うグループのところへ行ったあとは、必ずお返しの意味で招くんだ。どっちかの食糧だけが減るのを避けるためです」（塚本忠義さん）

それだけに食糧の保管には厳しく、仲間同士でトラブルや対立も何回か起こっている。原裕さんはこんなことがあったと苦笑する。

「山のあちこちに分散して糧秣を隠しとったのに、いつのまにかなくなるんだよね。それで別の壕の者がかっぱらったんじゃねえかと聞いてまわったら、そうでもねえ。あとでわかったんだが、沖縄の人たちが『犯人は俺たちだったさ』と〝自供〟したよ」

軍属と兵士グループの出会い

第十四師団が満州からパラオ諸島に転用される昭和十九年四月以前、同諸島には海軍だけがいた。戦況が怪しくなってきた昭和十八年半ばごろから、中部太平洋に点在する各日本軍は飛行場の新設、拡張、陣地構築に迫られ、海軍の設営隊は現地に駐在する日本人を大量に徴用、軍属として労役に狩り立てた。パラオは日本の南洋統治の中心地であったから、当時約二万五〇〇〇人近い日本人がいた。これら日本人の中には、現地召集によって正式に軍隊に編入された人たちもいるが、多くは軍属として徴用された。

もっとも、軍人と軍属という身分の違いはあったが、米軍上陸を目前にしていたペリリューやアンガウル島では、仕事の内容に大差はなかった。それは米軍上陸後も変わらず、これら軍属たちも銃を取って戦い、そのほとんどは戦死していった。

現地徴用になった軍属の中には沖縄県出身者が多く、勢理客(旧姓・町田)宗繁さんもその一人であった。勢理客さんは一一人兄弟の長男として大正九年十一月十四日に北谷《ちゃたん》村柳原に生まれた。昭和十六年、他の郷里の若者たちといっしょにアンガウル島の燐鉱石採掘の出稼ぎに沖縄を出たのだった。そして昭和十九年三月に現地徴用を受け、ペリリュー島で戦車壕やトーチカ造りの毎日を送る。

やがて米軍の上陸を受け、軍属たちも散り散りになったが、勢理客さんは同じ沖縄出身の智念、宮里、上原さんら四人とジャングルの中で生活をしていた。この沖縄出身の四人だけの生活は一年半近くつづき、他の兵隊グループと出会ったのは昭和二十一年三月であった。

勢理客さんは兵隊グループとの出会いを、こんなふうに話した。

「ジャングルの中ではテント小屋を作って生活していました。パパイヤや椰子の実を食ったり、カボチャも栽培してました。日本の兵隊さんたちと出会ったのはよく晴れた日の朝だったね。テント小屋の外に出てパパイヤを食っていると大きな声がする。てっきり米軍の襲撃と思い、一日散に逃げました。

三〇メートルくらい走ったですかね、いっこうに銃声がしないので、はてな？　と思って振り返ってみた。もしかすると日本軍かもしれないという気がして、おそるおそる声がしたところに近づいていってみると、上半身裸の兵隊が『テル、テル』と短く言う。テルというのは第十四師団の愛称が「照」であるところから合い言葉になっていたので、『シンペイ』（神兵）と返した。まさしく日本兵だったので胸をなでおろしました」

日本人の生き残りはわれわれ軍属四人だけかと思って生きてきた勢理客さんたちにとって、日本兵との出会いは不安と絶望の淵に射した一条の光であった。

「日本人だから来なさい」

囁《ささや》きに近い、抑えた声を聞いた。途端に緊張の糸が一挙にゆるみ、安堵《あんど》と興奮が全身をつつんできたという。

坊主頭であるべきはずの日本兵たちは全員がオールバックにした長髪で、携帯する銃はあの銃身の長い九九式歩兵銃ではなく、銃身の短い奇妙な銃だった。だが、まぎれもなく日本人である。日本兵の数は五、六人だった。勢理客さんたちは自分たちのテント小屋に案内した。おたがい口をつく言葉は戦闘の経過ではなく、もっぱら生活の模様であった。

「あんたたちはどうやって生活してんだ？」

兵隊たちは興味ありげに聞く。

「パパイヤや椰子の実を食っている。カボチャも作っているけど……、兵隊さんたちはどうしているんですか?」

「われわれは壕の中で生活しているが、食糧は米軍のをかっぱらってきて食ってるよ」

戦闘以前の軍隊という組織の中では、一般軍属と兵隊がうちとけて話し合うなどということはない。しかし、戦いの中で生き残った者に階級意識は少なかった。一人でも多く仲間がふえたことの喜びのほうが、何倍も大きいからかもしれない。

「どうだ、日の丸が翻《ひるがえ》っている間はいっしょに頑張らんか。負けたときはいっしょに死のう。そういう決意はないか」

勢理客さんたちとて同じ気持ちで、一年半のジャングル生活を耐えてきている。異存のあろうはずがない。

「私たちは武器も持っていない。しかし、国に預けた体だ、兵隊さんたちといっしょに頑張りますのでよろしくお願いします」

こうしてペリリュー島の生存者は、新たに四人の仲間を加え、さらに一年近くのジャングル生活をつづけることになるのである。

米兵といっしょに映画鑑賞

食べ物の心配は薄らいだが、湿気の多い洞窟生活では衣類がたちまちだめになってしまう。軍《ぐん》

戦闘部隊が島を去った昭和20年以降、島内は落ち着きを見せていた。残存日本兵たちは、これら米軍幕舎に忍び入って食糧や衣類を調達していた。

靴《か》もとうの昔に糸は腐り、すり切れて役に立たなくなっていた。それでも靴の方は自動車の古タイヤやシートを探してきては修理したり、作ったりしてどうにか間に合わせることができた。だが、衣類はどうしようもない。

洞窟の中に潜んでいるときは蒸し暑いから、ほとんどの者は素っ裸であったが、南洋の夜の冷え込みは強く、とても裸ではいられない。結局、食糧や武器だけではなく、「衣類モ敵ニ拠ル」ほかない。しかし食糧と違って米軍の被服庫はなかったから、衣類調達は直接米兵のご使用中のものを頂戴するほかなかった。

では、どんな方法で手に入れたのか、浜田茂さんに聞いてみた。

「艦砲射撃で裸になった島も、一年ぐらいすると元どおりになった。そのせいか蚊《か》や蚋《ぶゆ》（ぶよ）が多く、裸でいると刺されてたまらない。

それで皆スカッとした服が欲しいと言い合ってた。

あるとき日光浴をしていたら、道路の脇に米軍の幕舎が遠くに見えた。坪数にしたら五坪ぐらいだったと思う。それが道路から一〇〇メートルぐらい入ったところに二つ見えた。で、もしかしたら食糧や衣類があるかもしれないと思い、夜になるのを待って一人で覗《のぞ》きに行った。

夜中の二時か三時ごろだったと思う、ちょうどスコールが来たので、その雨を利用して道路を横切り、ボサの中に隠れて幕舎の中の様子をうかがった。自動車が停っていて、灯《あか》りをつけたまま幕舎を照らしている。その灯りを利用して幕舎の中をうかがっていると、下のほうに蚊や蚋が入らないように網が張ってあった。中にはベッドが二つと銃剣が立てかけてある。二尺四方くらいのダンボール箱も積んである。

そっと近寄ってみると、ドアにはカギがかかっていない。帯剣は抜けるか、銃の安全弁ははずれるか、手榴弾の安全弁は大丈夫かと確認し、幕舎の中に忍び入った。米兵はぐっすり寝入っていた。そっとダンボール箱をかかえ上げ、洞窟に帰って開けてみたらカーキ色のスカッとした服が入ってましたよ」

浜田さんにかぎらず、他の人たちもあの手この手で米軍の衣服を手に入れ、昭和二十二年四月に投降した際の服装からもわかるように、全員が米軍ルックに身をつつむようになっていた。調達先は浜田さんのように幕舎に忍び込むこともあったし、洗濯工場に忍び込むこともあった。

この米軍ルックは、夜の冷え込みや蚊などから肌を護ってくれるだけでなく、思わぬ効果を与えてくれた。洞窟生活の初めのころは、食糧は心配なくなったものの煙草の欠乏はなんとも我慢がしかねたのだが、その調達に役立ったのである。

日本軍が玉砕して半年近く過ぎた昭和二十年五、六月ごろには、ペリリュー島はすっかり落ち着いていた。しかし、前線基地としての賑《にぎ》わいは増すばかりで、日本軍時代の飛行場は何倍かに拡張され、B26やB29といった長距離爆撃機が昼夜をわかたず発着していた。日本兵にとって、このペリリュー飛行場が絶好の煙草の調達場所になっていた。

飛行場ではよく映画会が催されていた。慰安のための映画会もときにはあったが、ほとんどは爆撃作戦のためのものであった。米軍はパイロットや爆撃士に敵地の偵察フィルムを見せ、爆撃目標を具体的な像によって認識させていた。

洞窟の日本兵たちは、よくこの映画会に〝参加〟した。三々五々、立って映画を観ている米兵たちの後や間に入って観るのである。この映画会で日本兵たちは故国日本ともよく対面した。海軍の塚本忠義さんは東京育ちだったから、画面に宮城《きゅうじょう》（皇居）や国会議事堂が映し出されたときは思わず涙が込み上げ、同時に〈ああ、まだ日本は健在なんだ〉と意を強くしたという。しかし英語のわからない日本兵たちには、スピーカーから流れる声が、実は日本軍に対する爆撃目標の説明だったことなど知る由もなかった。そんなスピーカーから流れてくる話の内容よりも、日本兵たちは早く映画会が終わることを待っていた。

「映画会が終わるとね、煙草の吸い殻がいっぱい落ちている。それをパッパッと拾う。なかにはまったく火を点《つ》けてないものもあるし、火を点けたものでも米兵は必ず半分近く残してあるもんね。空き箱だと思って開けてみると、何本か入っていたりしてね。

え？　発見されたことはありませんでしたよ。なにしろ頭は長髪だし、軍服も米軍のものだから、敵は二世の兵隊ぐらいに思ってたんじゃないですか。それに映画のために照明灯も消して真っ暗ですからね」（塚本忠義さん）

ペリリュー島の米軍がめっきり数を減らし、代わりに女性の姿を見るようになっていた。以前のように飛行場の活発さもなくなり、大型爆撃機の発着も影をひそめていた。洞窟に潜む日本兵たちは知る由もなかったのだが、昭和二十年八月十五日、日本は連合国に無条件降伏をしていたのだった。

当然とも、皮肉ともいえるが、日本の無条件降伏は、この南洋の孤島に取り残された三十数人の日本兵たちにも平和をもたらしていた。米軍の掃討作戦はすでに何カ月もなく、食糧もいまや充分すぎるほど備蓄されていた。敗戦の混乱と食糧飢餓の中であえいでいる日本本土の人たちには想像もできなかったことであるが、缶詰などは食い飽《あ》きる毎日だった。

五年分ぐらいの食糧を確保していたという石橋孝夫さんは、苦笑まじりにこんな話もした。

「それは牛缶とかソーセージなどだったが、ふだんは缶詰類も食い飽きてて、生ものが食いたくてねえ。それで飛行機が来ると（もちろん米軍の輸送機）、今度は何を持ってきたかなあと雑談し合って楽しみにしてたもんです。飛行機が来た日の晩はさっそく糧秣庫に盗みに行くというわけ

島に潜む日本兵たちは、よく米軍の慰安会や映画会場にも忍び込んで、煙草の吸い殻などを頂戴していたという。

日本兵たちの特製〝スイート・ルーム〟。

ですわ。

それでオレンジ、リンゴ、じゃがいもなどの生ものだけを盗ってくる。ところが、少しは残しておいてやれば良かったんだけど、きれいに持ってきてしまうもんだから、米軍もさすがに気がついて、最後のころはあまり置かなくなってしまった。酒類はほとんどなかった。よく探せばあったのだろうけど、そこまではとてもおっかなくて行けなかった。

煙草は糧秣庫にあったから不自由しなくなってました。私たちがいつも盗りに行っていた糧秣庫は、米軍が日常使用するものばかり置いてあったが、戦争中に陸揚げした荷物もあり、戦闘用の食糧もあった。携帯に便利なように薄い箱にパン、煙草、缶詰などがセットされていて、箱にはロウが塗ってある。雨ざらしになっても大丈夫なようにね。一つの箱の中には『ラッキーストライク』という煙草が五個入っていた。うん、『シスターファイブ』もあったね。

山の中の洞窟にいた連中は、この糧秣庫がわからなくて不自由したらしい。その当時、私たちは自分らだけしかいないと思っていた。それが、たまたま糧秣を盗りに行ったとき出っ食わして、おたがいに敵だと思って取っ組み合いになって、初めて日本兵の仲間だとわかったんです。それから連絡を取り出したんだが、帰ってくる八カ月ぐらい前だから昭和二十一年の九月か十月ごろだと思う。その前から居ることはうすうすわかってたけど、もう殺《や》られたのではないかとも思っていた。それまでは滝沢、岡野、浅野など五人だけだった。

私たちが隠れていた場所は比較的敵の近く（飛行場近く）だったので、夜の灯りはぜんぜん使わなかった。敵の裏をかいたようなものだった。すぐそばに敵の大きな弾薬庫があり、毎日敵が出入りしてました。だから満潮になると水に反射して話し声が聞こえる。そのためこちらも大きな音や声は出せなかったが、人間という奴はダメなもんで、日時が経つにしたがってだんだん大胆になってしまう。

天ぷらなんか揚げたりして油の臭いをさせたり、干潮になってくると木の腐った下にダボハゼのような魚がいるので、降りていって獲《と》ったりしていた。あとで投降してから米軍に聞いたんだけど、最後のころは敵もわれわれに気づいていたらしいが、気づいていても近くに弾薬庫があるんで下手《へた》に手出しはできなかったと言ってました。もし攻撃して弾薬庫が誘爆したら大変だからね」

男たちはいかに欲望を処理していたか

食糧もある、煙草もどうにか間に合う、そして敵は攻めてこないとなれば、孤島の生活もまんざらではない。しかし、食糧が豊富で栄養も行き届けば、とうぜん性の欲望が頭をもたげないはずはない。ましてや二十代の若者ばかりの集まりである。

九州男児の土田喜代一さんは、集団の中でも陽気な人間で通っていたが、こんなエピソードも話してくれた。

「壕内はフリチンだから、誰のモチモノがどんな形をしとるか覚えるつもりがなくても覚えるですたい。色気の話をするときなんか、HさんのモノをYさんがいじってやるとです。そしたら、

Hさんが『あちち、びちゃびちゃしてきたあ』ちうもんで、Hさんのあだ名は〝びちびち〟ちゅうことになったとですもんね」

そう言って、土田さんはククッと笑った。

「湿地の場合、満潮になると魚があがってくるので、こいつを手製の弓矢で射つ。ところが、うまく獲れないときはムラムラするですよね。素っ裸でまわりには誰もおらん。一人でのんびりとやって〝放出〟して、あとは水の中へ入ってモノをちょいと洗う。水洗式の後始末はなかなかええもんです」（武山芳次郎さん）

「ないのは女だけ、となると同性愛みたいなものが生まれますわな。どこへ行くのも一緒、寝るのも一緒、離れたことのない二人がおりました。たがいに『おっとう』『おっかあ』と呼び合ってね」（滝沢喜一さん）

だが、潜伏しているあいだ女性を見かけなかったわけではない。日本軍によって強制疎開をさせられていた島の住民たちは、戦争が終わると同時に帰りつつあったからである。そのため、ときには島の女性たちが潜伏する日本兵たちのすぐ近くまで来ることもあった。

ある日、横田一等兵が一人で糧秣を盗りに出かけると、人の気配がする。横田さんはそっと木の陰に隠れて息を殺していた。人の気配はだんだん近くなり、やがて島の女が姿を見せ、ほんの数メートル前でひょいとしゃがんだかと思うと、前をまくった。小便かな？　横田さんはゴクリと生つばを飲んで凝視していた。

それまで気づかなかったが、見ると、女の両脚の間には鉄カブトが逆になっていて、中にはきれいな水が溜《た》まっている。女はその溜まり水を両手で器用にすくうと下腹部を洗いはじめたのである。水が貴重な島では風呂に入るという習慣はないから、オンナを清潔にしておくには、そうして直接洗うか海に入って洗うしかない。

「その光景を見ていたら、もうとても持ちこたえられんだったと横田が話しましてねえ。ところが、その話を聞いただけで、今度はわれわれのほうも持ちこたえられなくなるという具合で、これはどうも……」（程田弘さん）

島に戻ってきた住民たちは、家も施設も、そしてわずかばかりの畑も焼きつくされていたから全員米軍の宿舎に入れられていた。宿舎は男女別々であったが、その婦人の宿舎に通うアメリカ兵の姿もよく見かけることができる。島の人たちはセックスに関しては日本人のような固定観念はなく、きわめて寛大というか、おおらかであるから、アメリカ兵との間でトラブルめいたことは起こらない。日本兵とて、勝者と敗者という立場の違いはあっても、同世代の若者であることに変わりはない。

「ともかく女たちの宿舎を覗くだけでもと思って、草むらに潜んでおったら、シャーッと小便をかけられた。命がかかっておるから眺めるわけにはいかんし……、えっ？　俺じゃないよ」（飯島栄一さん）

島の女性たちに加え、アメリカ人女性も姿を見せるようになったのは昭和二十一年の秋ごろからであった。戦争が終わってかれこれ一年、戦闘部隊は去り、島には守備隊が駐留するだけとなっていた。その守備隊の将校たちが家族を呼び寄せたのである。

ピチピチした水着姿が海岸に現われ、宿舎の洗濯室や物干し台に女もののシャツや下着がヒラヒラしている——洞窟の日本兵たちには、新たな悩みが増えた。日本兵たちの間からは「アメリカ女をかっぱらうか」という話もよく出た。

「しかし、前線には将校以上しか奥さんを連れてこれん。そういう偉い人の奥さんをかっぱらったら大変なことになる。アメリカを刺激しないで生活しようと我慢したです」（滝沢喜一さん）

「それに女がいると同志の撃ち合いになるのも目に見えるし」（鬼沢広吉さん）、「団結してこれたのは、女がいなかったから」（飯島栄一さん）だったことは、誰もが自覚していた。

だが、帰還したときのこれら日本兵たちの年齢は大半が二十六、七歳であった。そしてほとんどが独身であった。女性に対する願望が強いのは当然であろう。

土田さんが楽しそうに話す。

「たまに女の口紅がついたタバコの吸い殻にありつくとです。そしたらもう奪い合いでね、長いヤツとでも交換するとですよ。女の匂いを求めてね。米軍の宿舎から女のパンツを盗んできては穿《は》いとった者もおったとですばい。

ああ思い出したです。亀谷一等兵がネズミを料理すっとですがね、『これをよく見なさい、ネズミのあそこだよ』というて広げてみせる。『ほう、ネズミのあそこは小さいが、こげなときにゃ役に立つですなあ』ちゅうて、俺は感心したもんですばい」

ネズミの性器にオンナをしのぶ。現実の女性はあくまでもタブーだからである。

戦闘もなく、生活に余裕が生じてきたとはいえ、敵と味方が小さな島に同居している日常に変わりはない。行動をひとつ間違えば自分一人だけではなく、仲間全員の命にかかわりかねない。危険はつねに身辺につきまとっていた。だから、行動はどうしても夜だけに制限されたという。

息づまるような毎日でもあったのである。誰もがノイローゼ状態に見舞われていた。現在の生活環境からはとても考えられない精神状態にあったという。

浜田茂さんも、何回か自殺を考えたことがあるという。

「いま考えて見たらゾッとすることがあります。敗残生活が長かったので、日本は負けたのではないかと考えることもあった。しかし、それを口にすると『そんなことはあるものか』と誰かが反論する。反論する者も心からそう思っていなくても、励ましの言葉として反論する。そうでもしないと、若い血気盛んなときの壕の中の生活は耐えられなかったですよ。

自殺しようと思ったのは、戦闘中に仲間が全部戦死し、たった一人で岩の割れ目に隠れながら一晩中雨に降られていたときと、敗残兵になってから大阪出身の増井伍長らと三人で食糧探しに行き、米軍の斥候と遭遇して手榴弾戦になり、増井伍長ら二人は戦死、また私一人が生き残ってしまったときでした。サイパンがやられていたことはすでに知っていたし、いまの段階では日本に勝ち目はないなあと思いました。戦友もほとんど死んでいたしね。

しかし、いざ自殺しようとして銃の引き金に指を掛けるんだが、これがなかなか引けない。引き金を引こうとすると、出征するとき四歳だった妹の小さな手が目の前にちらついてくる。おふくろさんの上半身がちらつく。とうとう引ききれなかったお陰で、いま、こうして生きていられるんだけどねえ……。還ってきた三四人は、みんなこういう思いをしてきているんですよ」

洞窟生活を支えた娯楽メニュー

敵に占領された孤島の洞窟生活――この閉鎖された空間の中でのささやかな救いは、それぞれが知恵を出し合う娯楽であった。魚釣りは新鮮なタンパク源の補給も兼ねていたから、かなり早い時期から行われていた。魚具はもっぱら弓であった。

潜伏期間の後半、大隊本部員を中心とした永井、武山、石橋、原、岡野、滝沢さんら湿地グループは、海岸の湿地帯に群生するマングローブの木々にヤグラを組み、〝高床式住宅〟を造って生活していた。だから「家のベランダから釣りができた」(武山さん)という。干潮になると、浅くなった岸辺にボラの集団が押し寄せてくる。それをマングローブの筋のいい枝で作った弓と矢で狙い射つのだそうだ。獲った魚は刺身にしたり焼いたりして食った。

将棋や花札も作った。軍隊とはいえ、それぞれが前職を持っている。多くは農村出身者だが、床屋もいれば大工もいる。土田さんは手先が器用だったからせっせと将棋の駒《こま》を彫り、片岡さんは絵が上手で、重油の灯火から出るススを使って花札の絵を描いた。斎藤さんは本職が大工であるから壕の中に神棚を作り、朝晩のお参りにそなえたという。梶さんは紙細工が上手で壕内に普及させた。

花札のゲームには缶詰が賭《か》けられた。グループ生活とはいえ食糧は個々人別であったから、壕の中ではそれぞれ自分の持ち量が決まっていた。その持ち分の缶詰を賭けて勝負をするのである。

将棋も同じであった。将棋に関しては森島さんが圧倒的な強味を発揮し、さしずめ洞窟の王将であったが、のちに教え子の富安一等兵がメキメキ上達、師匠をおびやかすほど腕を上げたともいわれている。将棋も釣りも知らず、軍隊ひと筋だった永井軍曹が、これらの遊びを覚えたのは、この壕内生活のときであったと述懐する。

思い出話も娯楽の主流であった。なかでも女に関する話は人気があった。塚本忠義さんはよく〝自伝的恋愛講談〟を披露した。

「さあ、とっちゃん、いっちょやれよ」

と土田さんがけしかける。

「じゃあ、ひとつやるかな」

と塚本さん。筋立てはおおよそ決まっていて、まず美人の少女と美少年が登場する。美少年はもちろん塚本さん自身である。そして少女が少年に恋心を抱くあたりから話は佳境に入り、小脇の空箱がパンパンと鳴る。

聞いている方は隣の者をクッ、クッと突っつきながら相づちを打つ。すでに四回も五回も公演

ずみの演題なのだが、観客は、

「ほおー、それからどうした？」

と合の手を入れる。講釈師は乗りに乗り、

「そこでワシが振ったわけね、なんだよなあ、相手は泣いちゃったたっけなあ」

と結ぶ。前回の公演のときは、美少年が振られて泣いたという結末を観客は知っている。しかし、誰もそんなことは口にはせず、「ほう、ほう」と聞き入るのが壕内のエチケットであった。

森島さんも女の話では人気があった。日立市の造り酒屋の長男で、三四人の中では唯一の大学進学組だったせいか、ソチラの経験も積んでいたのかもしれない。仲間たちは「おいシマやん、缶詰やっから次を話してくれや」という具合に、次から次へと要望があったという。ともすると神経の苛立つ洞窟生活にあっては、女の話は座をなごやかにする最大の薬効をみせた。だから、夜になるとおたがい洞窟を訪問し合っては集まり、話をし、ときには小声で歌をうたうことが繰り返されたのだった。

横田亮さんは売れっ子の〝一等兵作家〟だった。もちろん恋愛小説一本ヤリの娯楽本位だったが、芸術ウンヌンをのたまう者は一人もいなかった。脱稿した恋愛小説は、いちばん年長である棟梁《とうりょう》こと大工さんの斎藤平之助上等兵が朗読することになっていた。しかし、思い出話にしろ小説にしろ、毎日のことだからそうそう新鮮な題材ばかりというわけにはいかない。売れる苦しさというやつで、ついつい手慣れた体験的恋愛小説になってしまう場合が多い。

ところが耳の肥えた読者というのは扱いづらいもので、斎藤上等兵が朗読をはじめると、

「うんうん、はあここがおもしろい」

「いや、この次からがいいんだわ」

「それにしても何だか聞いたような話だわな」

とうるさいこと、うるさいこと。もちろん読者側にも一理あって、仲間の大半は文字にする前から、何度も作者自身から聞かされていたストーリーだからではある。かといって、あからさまに指摘されては、作者としておもしろくない。

ある日、横田センセイはついに癇癪玉《かんしゃくだま》を破裂させた。

「てめえたちはそういうけど、どれだけ難しいものか書いてみろ、小説をなあ!」

しかし、怒ったほうも怒られたほうも他意はないから、横田センセイはその後も恋愛小説を書き、斎藤さんは朗読し、他の仲間は意地悪読者という立場は変わらなかった。そして小説の発表が終わると、誰かがふたたび思い出話をはじめるのも変わらなかった。もちろん二番、三番煎じのご存知の話ばかりだが、文句をいう者はいない。

「うん、うん、それで……」

とうなずき合うのだった。

森島通さんは告白した。

「思い出話は、みんな口から出でまかせです。生きて帰れるとは思わんから……。女がいたと

か、許婚者《いいなずけ》がいるとか、松並木の石垣を積んだいちばん奥の家が俺んとこだとかね。しかし、出まかせなのに皆信用するんです」

また、洞窟内でよく唄われた歌がある。題名は『神洲男子ここにあり』南洋篇といったものだが、作者は武山芳次郎上等兵であった。ほとんどの兵隊が暗記していたという。

常盤木《ときわぎ》繁《しげ》る南海の
離れ小島に銃執《と》りて敢然として立てり我が兵士《もののふ》
防衛国土の第一線に　幾度襲う空爆に曝《さら》されつつ
折しも大東亜の戦局　ここペリリュー島に戦火は交じえられた
砲声殷殷《いんいん》天にこだまし　咽《むせ》ぶ硝煙鼻をつき
銃も上衣も鮮血にまみれし戦友のあの姿
戦いいまやたけなわの　阿修羅の巷《ちまた》に面《おもて》を上げば
かすかに呼ぶは大君の万歳　祖国日本の為に
尊くも散りゆく戦友の雄々しさよ
かくもして悠久《ゆうきゆう》の大義に生きる「神洲男子ここにあり」
戦いおしくも我に不利　浮世の姿敗残の憂いを辿る切なさよ
無念の涙いま止める術《すべ》もなく

生還した日本兵たち（写真）は、洞窟の入口は岩や木々で覆い、発見されないよう工夫を凝らしていた（写真は投降直後に撮影したもの）。

洞窟の内部には手作りの食器棚もあった。米軍から失敬した缶詰類がたくさん見える。

星の世界を流れ行く　残る兵士はなんとしよう
想いは祖国に走れども　届かぬままに今宵また
やるせなくも更《ふ》けて行く　しかれどすべては大君の
御為に召され出た丈夫《ますらお》　燃えるが如き愛国の
炎は五尺の生ある限り　再帰奉公の誠に誓い
強く気高く勝つまでは
今宵また　光り輝く十字星
神洲男子ここにあり

歌い、語り疲れたころ夜が白み、明け方の鳥のさえずりが聞こえると睡眠時間になる。ボタモチを食う夢、白菜の漬物で白いご飯にありつく夢、復員して芸者を買う夢などなど……。

こうして昭和二十年は過ぎ、二十一年も過ぎて洞窟生活は三年目の二十二年に入っていった。兵隊たちは、飛行場の米兵たちがお祭り騒ぎをするクリスマス・イブを起点にした手製の暦《こよみ》を作っていた。投降したとき、その手製の暦は二日間のズレはあったものの、兵隊たちはその暦にしたがって内地の人たちと同様な祭祀《さいし》もとどこおりなく行っていたという。

第6章　奇跡の投降

——昭和二十二年四月、日本兵三四名投降

米兵との銃撃戦で潜伏がバレる！

パラオ本島（バベルダオブ島）にあったパラオ地区集団の将兵は、終戦後の昭和二十年十月から翌二十一年三月にかけて全員が内地に復員している。その集団司令部が引き揚げ船に乗る直前、「ペリリュー島に敗残兵が二、三人いる」と米軍から連絡を受けた。そこで司令部付の浜野《はまの》充理泰《じゅりやす》少尉が二回にわたり派遣され、ペリリュー島内を捜査したが日本兵には会えず、捜査は打ち切られた。日本側による救出の努力はこれが最後であった。米軍側もその後の捜索は行わず、再開されたのは一年後の昭和二十二年三月だった。捜索再開のきっかけは、ペリリュー駐留の米兵と日本兵が遭遇し、双方の撃ち合いが起こったからだった。

その日、夜になるのを待って千葉千吉兵長と塚本忠義上等兵は、パパイヤを採《と》りに麻袋をぶら下げて壕を出ていった。ちょうどそのとき、浜田茂さんは自分たちの壕から二、三〇メートル離れた工兵隊の壕を訪れ、斎藤平之助さんらと日光浴に行った話をしていて、二人を見た。浜田さんは二人に声をかけた。

「おーい、拳銃でも手榴弾でもいいから持っていけ！」

「すぐ帰るから」

二人はそう答え、丸腰で出掛けていった。

浜田さんの危惧《きぐ》は当たり、二人は米軍のパトロールに発見されてしまった。そのときの模様を塚本さんはこう説明する。

「待ち伏せを食ってしまったんです。逃げたのだが、前を走っている千葉兵長が二人の米兵に捕まってしまった。工兵隊の壕までは一〇〇メーもないところだった。静かなところだから何かあればすぐ戦友にはわかる距離だった。私は救いを求めるために無我夢中で壕に向かって走ったです……」

千葉さんは二人の米兵に両脇からベルトをつかまれていたが、塚本さんが逃げているから時間を稼げば必ず助けに来てくれると考えた。そこで米兵を振り切り、ジャングルに逃げ込んだ。ところが壕の跡に足をとられ、倒れたところを捕まえられてしまった。「もうだめだ」と思った千葉さんは、帯剣を抜いて米兵に突っ込んだ。

かすり傷を負った米兵は千葉さんの顔を殴り飛ばし、二人でがっちりと両腕を押さえた。

「助けてくれ！」

千葉さんは叫んだ。その叫び声を浜田さんが聞いた。

「そう、千葉さんと塚本が出ていってから三、四十分経《た》ったころだったかな、『助けてくれ！』という声がするので、斎藤さんに『千葉と塚本がパパイヤを採りに行ったが、捕まったのではないか』と言ったら、『なぁに、そんなことあるもんか』と言い、あれは犬の声だという。しかし、どうも腑《ふ》に落ちない。助けてくれ！　とはっきり聞こえる。

そこで銃の安全装置をはずして突っ走った。斎藤さんたちもすぐ後から走ってきたです。そのうち塚本がジャングルの中をふうふういって走ってきて、『捕まった』と言う。月夜だったから目を透かしてみると、一〇〇メートルばかり先の道路に二人のアメリカ兵に捕まっている千葉さんの姿が見えたんです」

日本兵たちの〝陣地〟は大騒ぎになった。隊長の山口永《ひさし》少尉も工兵隊壕の近くにいたため、急遽《きゆうきよ》二、三名が救出に走った。つい半年くらい前にも仲間の一人が待ち伏せに遭《あ》って死んでいる。なんとしても助け出さなければならない。山口少尉は、ここで初めて発砲を許した。洞窟生活に入ってからというもの、山口少尉は部下の発砲を禁じていたのである。

救出隊は道路の両側からできるだけ近づくことにし、真っ暗なジャングル内を進んだ。と、千葉さんがいきなり道路にバタッと倒れるのが見えた。これが合図となって、道路の両側から一斉に銃が乱射されはじめた。しかし、ここで米兵を射殺した場合の後難は誰もが知っていた。

「米兵を殺してはいけないと思って、近づいて頭の上スレスレのところを狙《ねら》って自動小銃をぶっ放した。やがて斎藤さんたちも撃ちはじめたため、米兵たちは千葉さんを置いて逃げ出していったです」（浜田さん）

仲間の日本兵たちは千葉さんに駆け寄ったが、額から血を流した兵長は「水をくれ」とつぶやいた。しかし、ここで水を一度に飲ませれば心臓マヒを起こしかねない。誰かが布切れに水を含ませて口に添えてやった。

こうして千葉さんの救出には成功したが、この事件で日本兵の所在がはっきりしてしまった。

米軍は、島にはまだかなりの日本兵が潜んでいるものと考え、パトロールをつづけていた。

その晩、工兵隊壕周辺の日本兵たちは、山口少尉の判断で別の壕に撤退した。米軍の掃討が必ず行われるに違いなかったからである。なにしろ、救出に参加した兵隊たちは、大半が弾倉を空《から》にするまで撃ち尽くしていたから、おそらく現場には真新しい米国製の薬莢《やっきょう》が山となっているに違いない。その数から推《お》して、米軍側がこちらの人員を割り出してくることは容易に想像できたからだった。

翌朝、日本兵側は数人の潜伏斥候《せっこう》を昨夜の現場に派遣した。案の定、米軍側は現場検証をやっていた。いや、斥候の報告では、約一個大隊の海兵隊が二機の輸送機から飛行場に降りたという。日本兵たちはのちに知らされるのだが、この飛行場に降りた海兵隊は、「大勢の日本兵が潜伏している」という緊急報告により、急遽グアム島から派遣されてきたのだった。前にも記したように、当時のペリリュー島に米軍は戦闘部隊を置いていなかった。駐留していたのは、基地の保安要員とその家族だけであった。そこで米軍は島に戒厳令をしき、婦女子は舟艇に乗せて沖合に避難させ、一大掃討戦を繰り広げようとしていたのである。

降伏勧告にやってきた日本の海軍少将

洞窟に潜む日本兵たちは知らなかったが、米軍側はこの千葉兵長事件の起こる前から、島の住民の情報やたび重なる食糧盗難などから日本兵が潜んでいることは感づいていた。それが乱射事件によってかなりの人数であることが決定的になった。そこで米軍は、この際一挙に解決をはからなければ、島の住民の安全も米軍家族の安全も保てないとの結論を出した。

米軍側は日本兵たちを帰順させるために、一人の旧日本軍将官を起用することにした。いかに武装集団とはいえ、戦争はとっくに終わっている、できるなら無事に救出してやりたいという配慮からだった。同時に、強引に武力掃討に出た場合、先の事件から推測しても日本兵は相当な武器をたずさえており、味方の損害も覚悟しなければならない。三年八カ月という、あの忌《いま》わしい戦争を生き抜いてきた兵士らに、いま、死を与えるのはあまりにも悲惨ではないか——そうしたさまざまな思いから、米軍指揮官は平和解決を選んだのである。そして平和解決が失敗したら、そのときは武力掃討に訴えるという作戦であった。

米軍から日本兵の説得役に指名されたのは、第四艦隊参謀長だった澄川道男《すみかわみちお》海軍少将だった。

澄川少将は山口市の自宅で私らの取材に対して、そのときのいきさつを説明してくれた。

「当時、私はトラック島から引き揚げる途中、戦犯裁判の証人としてグアム島のウイットネス・キャンプ（証人キャンプ）に抑留されるかたちになっておった。そしたら米軍が『ペリリュー島にホールド・アウトが五〇人ばかりいて、米兵や島民とトラブルを起こしておるから、お前ペリリューに行って降伏を勧告してくれないか』と言うてきた。ホールド・アウトというのは殺してもかまわん無法者の兵隊なわけですね。

そのとき、この少し前にも一人の日本兵が捕まり、穴を掘れと言われ、自分は殺されると思って逃亡しようとして射ち殺された者もいるということを聞いた。米軍は『お前はアドミラル（海軍将官）だから、行けば皆が言うことを聞くだろう』ということなので、それではと条件を出した。ホールド・アウトの兵隊たちを救い出したら、命の保証と戦犯にかけないという約束をするかとね。そうしたら両方とも承知したので、ペリリュー島に出かけたわけです。

ペリリューに着くと、米軍指揮官から『この中に、何か日本兵に関する資料はないか』と、いろんな物を見せられたが、ほとんどが玉砕した兵隊さんの書いたものばかりで、手掛かりになるようなものはなかった。

私にはどういう人たちが残っているかわからないし、一応戦争は終わったことを伝えようということで、ハンドマイクでふれ歩いた。渓谷部にいるらしいということはわかっていたが、いくら呼びかけても反応がないので、自分で書類を書いて、島民から聞いた彼らの通り道だというところの木にぶら下げておいた。この第一回目の捜査は五、六日間つづけたが手掛かりは得られず、米軍の要請でいったんグアムに帰ったわけです」

澄川少将が自書した文書は「ペリリュー日本人諸君へ」というペン書きの呼びかけではじまっている。

ペリリュー日本人諸君へ

今回諸君ノ生存ガ分リ、諸君ノ速ナル降伏実現ノ為ニ熊井海軍二曹（通訳）同伴、本日ガム島ヨリ当地ニ到着シマシタ。

英文ノ書簡ニアル通、米軍側ハ今回諸君ガ従順ニ降伏スルニ於テハ極メテ寛大ナル処置ヲ取リ、アンガウル島ニ来ル最近ノ日本船デ内地ニ還送スルコトヲ約シテ居リマス。

内地デハ今度ノ降伏ハ大命ニヨルモノデ捕虜トシテノ取扱ハ絶対ニ受ケマセヌ。米軍側モ非武装軍人（武装解除軍人）トシテ取扱フコトヲ約束シテ居リマス。

若《モ》シ降伏ニ関シ疑義アレバ、自分ハ何時デモ諸君ト面会シテ良ク事情ヲ説明シマス。諸君ノ現在ノ行為ハ大局カラ見テ日本ノ平和ヘノ前進ヲ阻害スルモノデ、現在ニ於テハ意味ガナイト思ヒマス。終戦後ノ日本ノ情況ハ全ク一変シテ居ルコトヲ承知シテ貰ヒ度《タイ》デス。

今日本ハ再建ノ為一人デモ若イ人ノ手ガ欲シイ時デス。又諸君ノ父母兄弟、或ハ妻子ハ故国ニ於テ安否ヲ心配シテ居ルコトト思ヒマス。

今回ノ機会ヲ逸スルト米軍書簡ノ通、強硬手段ヲ取ラレ、不遇ニ終ルコトヲ予期セラレマス。自分ハ其ノ為ニ一人デモ犠牲者ヲ少クスル為ニ、コウシテペリリューニ出張シテ来テ居マス。ドウカコノ辺ノ所ヲ慎重熟慮ノ上、考ヘ直シヲ願ヒマス。

若シ疑義質問ニ対シ面会ニ対シ危険ヲ感ゼラルルトキハ、第一回ハ書簡デモ構ヒマセン。何《イズ》レニセヨ至急連絡ヲ承リ度所存デス。自分ノペリリュー滞在モソウ長期ニ亙《ワタ》ルコトガ出来ズ、又自分ノ当地滞在中ニ降伏実現セバ、決シテ諸君ガ予期ニ反シタ取扱ヲ受ケルガ如《ゴト》キコトハ決シテナイコトヲ茲《ココ》ニ確約シマス。

何《ド》ウカコノ手紙ヲ受取ッタ人ハ、先任者ト相談ノ上至急必要ナル連絡手段ヲ取ッテ下サイ（終）

昭和二十二年三月二十三日

ペリリュー島

澄川少将

ペリリュー島残存日本人諸君

（追伸）

一、面会ノ場合ハ場所ヲ図面ニテ指示シテ下サイ。昼間面会ヲ希望ス。

一、降伏ノ場合ハ場所ハ北地区波止場（マカラカル波止場）米海兵隊ジープ三台行ク。余ト熊井二曹同行ス。米憲兵隊司令官同行、絶対ニ発砲スルコトナシ。

澄川少将は、この三月二十三日に、前記の平易な呼びかけ文とは別に、「第四艦隊参謀長　海軍少将澄川道男」と署名した「ペリリュー残存日本軍部隊ニ告グ」という公式文書スタイルの短い手紙も同封していた。海軍少将という立場から兵に呼びかける文章が、デスマス調では信用されないのではないか？　かといって命令調の公文書スタイルだけでは実情を伝えきれない、そうした配慮から硬軟二通の手紙を書いたのではないかと思う。

ちなみに、澄川少将の呼びかけ文にも記されている「英文ノ書簡」とは、アメリカ合衆国太平洋艦隊マリアナ司令官（UNITED STATES PACIFIC FLEET COMMANDER MARIANAS）の銘がある用箋にタイプされた文書で、日付は一九四七年（昭和二十二）三月二十二日とある。この英文書と訳文が、澄川少将の手紙に同封されていた。

その訳文には次のように書かれてある。

日本人へ

諸君ハ貴国パラオ諸島ノ降伏条項及前日本軍指揮官ノ命令ニ基《モトヅ》キ、余ノ代表タルパラオ島指揮官ニ対シ降伏シ、所有スル凡《アラ》ユル武器ヲ引渡スベキコトヲ命ズル。諸君ハ降伏後ハ最近ノ便船ニヨリ、先ニパラオ島ニ於テ降伏セシ四万人ノ日本人ト同様、日本ニ送還セラルベシ。便船アル迄諸君ハ非武装軍人トシテ国際条約ニ依《ヨ》リ保護シ、且《カツ》取扱ハルベシ。諸君ノ今迄降伏セザリシコトニ対シ責ヲ問ハズ。如何ナル酷遇ヲモ受クルコトナシ。

ハンドマイクで必死に投降を呼びかける澄川少将。隣は通訳のジョージ熊井。

米軍司令官の呼びかけ文「日本人へ」と、自書の「ペリリュー日本人諸君へ」の文書を木に結ぶ澄川少将。

若《モ》シ降伏ヲ拒絶スルニ於テハ、不法行為及犯罪者ト認メ、法ノ定ムル所ニヨリ捕縛シ、其ノ取扱ヲ受クベシ。若シ諸君ガ米海軍海兵隊及民間ノ官憲ニ抵抗シ、及捕縛ヲマヌガレントスル場合ニ於テハ発砲、或ハ捕縛ニ必要ナル兵力ヲ使用スベシ。

パラオ島指揮官ニハ、諸君が降伏セザルカ捕縛ニ抵抗スルニ於テハ、捕縛及射殺ニ於ケル必要ナル兵力ヲ使用スルコトヲ命ジアリ。必要ニ応ジ増援隊ヲ送ル用意アリ。

アメリカ合衆国太平洋艦隊
マリアナ司令官
海軍少将　C・A・ボーネル

米軍側は降伏した日本兵の身の安全は保証するという。だが、この文書にあるごとく、投降が長びけば掃討戦が実施されることは明らかだ。澄川少将は〈早く出てきてくれ！〉と祈る思いだった。将官と兵卒という位階の相違はあったにしても、戦争に敗れた現在は同じ同胞、日本人同士である。なんとか救出したい、米軍が強硬手段に出る前に連れ出したいという追いつめられた気持ちであった。

澄川少将はいても立ってもいられず、トンボ帰りでふたたびペリリューに飛んだ。彼らは日本が敗れたことを信じていないから出てこないに違いない。それなら、日本軍の上官としての「命令」なら聞き入れるかもしれない。そう思った澄川少将は、改めて投降勧告文を書いた。今度はデスマス調ではなく、旧軍スタイルそのままの命令調であった。

再度ペリリュー島残存日本軍将兵ニ告グ

去ル三月二十三日、余ハ諸子ニ対シ降伏勧告ノ為、当島ニ来リ。四日間滞在　諸子ト連絡ノ機会ヲ得ント努力セシモ遂ニ成功セズ一旦ガム島ニ帰投シ、写真及印鑑（職印ハトラック島ニ於テ焼却セリ）ヲ携行、再度来島セリ。茲《ココ》ニ書面ヲ以テ改メテ諸子ノ誤謬ヲ解キ速ニ米軍ニ降伏センコトヲ望ム。

一、パラオ方面陸海軍部隊ハ終戦時在トラック島第三十一軍司令官（麦倉中将）及第四艦隊司令長官（原中将）ノ麾下ニ編入セラレタリ、然《シカ》シテ第三十一軍司令官及第四艦隊司令長官ハ大命ニ依リ米マリアナ方面指揮官（ムレー海軍中将）ニ対シ、昭和二十年九月二日無条件降伏ニ調印シ、同時ニ麾下部隊ニ対シ降伏ヲ命ジタリ。依《ヨッ》テ内南洋方面各部隊ハ夫々《ソレゾレ》駐屯地ニ於テ米軍ニ降伏シ、昭和二十一年十二月ヲ以テ全員内地ニ帰還セリ。

二、諸子ハ今日迄右ノ事情ヲ知ラザリシトセバ、同封写真ヲ参照ノ上右事実ヲ確認セラレ度《タシ》。若シ右事情ハ薄々承知スルモ、左記原因ノ何《イズ》レカニヨリ降伏ヲ躊躇シアリトセバ、各項毎《ゴト》ニ其ノ誤謬ヲ指摘説明セルニ付、速《スミヤカ》ニ翻意サレ度。

㋑一万一千五百ノ戦友、ペリリュー島ニ於テ皆戦死シタノニ今更自分達ダケ生残リトシテ内地ニ帰還シテモ皆ニ會セル顔ガナイ。（此ノ心情ニ対シテハ同情ニ堪《タ》ヘズ。然シ今回ノ降伏ハ大命ニヨルモノニシテ、内地ニ於テハ諸子ヲ捕虜ト認メザル旨指達アリタリ。米側モ吾々ニ封シテハ武装解除軍人〈D・M・P〉ナル新用語ヲ使用シアリ。終戦後ノ内地ノ空気ハ一変シ、マッカーサー司令部指導ノ下ニ民主化ニ進ミツツアリテ、昔ノ如ク諸子ノ如キ立場ノ人ヲ白眼視スルガ如キ態度ハ絶対ニナシ。日本ノ再建ニハ諸子ノ様ナ青年ノ人手ヲ一番必要トシテ居ル。父母兄弟妻子ノ再会ノ喜ビモ考ヘテ欲シイ）

ロ　血気ノ余リ現在ノ行為ヲ英雄的デアルト考ヘルコト。

（戦争終結セル今日、敵愾心《テキガイシン》ハ平和日本建設ニ害アリテ益ナシ。諸子ノ行為ハマッカーサー司令部指導下ニ平和日本建設ニ一路前進シツツアル日本国民ノ意志ニ反シタ矛盾行為トナル。日本国民ノ現状ハ速ニ米側ノ好意アル援助ニヨリ建直シヲ必要トスル経済状態ニアル。其ノ迷惑ニナラヌ様、大所高所カラ考ヘテ欲シイ）

ハ　何トカシテ当方面ニ残留シタイ。

（諸子ハ未ダ復員セザル軍人軍属デアル。然モ武器ヲ所有シテ居ル。斯《カ》クテハ諸子ノ残留ハ非合法的デアル、米側声明ノ通、今後ハ法律上ノ保護ヲ喪失セル犯罪者トシテ取扱ハレ、縦令《タトイ》捕縛ヲ免レテモ追ハレ者トシテ暗イ生活ヲ続ケネバナラヌ。一度復員シテ米側ニ対シ晴レテ来島許可ヲ申請スベキガ当然デアル）

ニ　今降伏スルト米側ニ虐ゲラレタリ殺サレハシマイカト云フ心配。

（諸子ハ今降伏スレバ米側声明ノ通、今回ニ限リ寛大ノ処置ヲ執リ、便船アリ次第内地ニ還送ヲ確約サシテ居ル。米側ノ吾々降伏者ニ対スル取扱ハ極メテ人道的デアリ、諸子ガ今降伏ヲ申出ルナラバ酷使サレタリ射殺サレタリスルコトハ絶対ニナイカラ、此ノ点ハ余ノ言ヲ信ジテ安心シテ欲シイ)
以上ノ通ニ付、諸子ガ速ニ反省シテ此ノ機会ヲ逸セズ、従順ニ降伏ヲ申出ルコトヲ望ム。速ニ先任士官ハ一同ヲ代表シテ余トノ連絡方法ヲ講ゼラレ度(最初ハ島民ヲ通ジ書面ニテ差支ナシ)
本交渉中米側及島民ニヨリ逮捕又ハ射殺セラルルガ如キコト絶対ニナシ。此ノ点充分ニ米側ト交渉シアリ。従ッテ貴方ニ於テ此ノ期間連絡ノ島民、其他ニ対シ絶対ニ発砲セザル様　厳ニ注意ヲ望ム
昭和二十二年三月三十一日　於ペリリュー島
第四艦隊参謀長
海軍少将　澄川道男(印)

投降か潜伏続行か、揺れる兵士たち

澄川少将は不安と期待を織り交ぜながら待った。一日、二日、そして再びハンドマイクを持ってジャングル内を呼びかけ歩いた。木の枝に結わえつけておいた勧告書は消えていた。兵士たちが持って行ったに相違ない。しかし、反応はなかった。

だが、澄川少将の呼びかけにつづく降伏勧告の手紙は、洞窟や湿地のマングローブ林に潜む日本兵たちの間に実は微妙な心境の変化を与えつつあった。神州不滅の教育をたたき込まれ、日本が負けることなど有り得ないことと信じつつも、一抹《いちまつ》の不安は誰もが抱いていたからだ。三四人の生存兵の中で、ただ一人の将校である山口永少尉自身も、そんな自分を否定しきれなかったはずである。

「日本が不利だということはわかっていた。米軍のゴミ捨場で拾う『ライフ』のAP電なんかが、東京からの発信になっとるでしょ。マッカーサーが東京にいる写真や、皇族の写真もある。ですけどね、デマ宣伝だと思っていたからね。日本が負けるなんて信じてなかったですから」

しかし、第四艦隊参謀長と名乗る日本人の生の声は、兵隊たちの胸の内を大きく揺り動かしていた。土田喜代一《つちだきよかず》さんもそんな一人だった。

「私は九分九厘まで日本が負けたと考えるようになっとったです。だから澄川少将の放送を聞いて、これは考えにゃならんぞと思いはじめたですけんど、なかなか口に出すわけにはいかん。なんでって？　けっして投降せんことが、私らの約束ごとでしたもんね」

森島通《もりしまみち》さんも、日本は負けたと思うようになっていた。

「私は日本の国は負けたと思っていた。学生時代から大東亜戦争は二年以内に解決がつかなければ負けるのだと考えていたからです。だから、澄川さんの投降勧告を聞いて、アレ（投降？）したかったんですが、なかなか……」

昭和47年３月の遺骨収集に同行した生還兵の皆さん。左から程田上等兵、塚本上等兵、武山芳次郎上等兵、著者、土田上等兵、波田野一等兵。

と、当時のグループ内の複雑な対立を垣間見《かいま》せる。同時に、澄川少将の投降勧告は米軍の謀略ではないと判断していたという。にもかかわらず、このときは一名の投降者も出なかったのである。

なぜか？　もし謀略であったらという不安が皆無ではなかったからかもしれない。いや、投降を思いとどまらせていたのは、その躊躇《ためら》いではなく、集団生活の規制であったようだ。

「軍の規律というものは、このころはもうなかったです。なかには上官だからといって威張る人もおったけど、そんな人にかぎって臆病でね。そのくせ『負けたんじゃないか』と投降の意志を示す人がおると『裏切者！』というてね……」（滝沢喜一さん）

森島さんは「なかでも私は要注意人物だった」と自ら言うように、有力な投降派の一人だった。
「私は一番先に自由主義を唱えて上官から睨《にら》まれていたから、いつ殺《や》られるかわからなかった。前にも話したように、大東亜戦争は二年以内に解決しなければ負けるという考え方だったし、いまは日本の船も飛行機も来ないところをみると、日本はもう負けたのだ。だから再起奉公《さいきほうこう》ということを誓って、この際手を挙げようということを言い出したんです。ところが、こういう私のような分子が一番危ない。なぜって、手を挙げられたら自分たちが困るから『そのときは殺る』というわけです。

ある日（昭和二十二年の投降間近くなったころという）、自由主義（投降）を唱えている私と他の二人の三人で岩の上に腰を掛けて話をしていたら、突然、私の隣に座っていた仲間が後ろから撃たれた。撃ったのは他の壕から来た者だったが、そのときばかりは声を出す間もなかった。小銃の弾というのは、入ったところは小さい穴なんだが、飛び出たところは大きく破裂してしまう。ウッといったきりで前にのめってしまった。血がどっと噴き出し、体は見る間に冷たくなってしまったです……」

森島さんは口にしなかったが、あとの二人のうちの一人は土田喜代一上等兵であった。土田さんの証言内容はこうである。
「ある人が投降するといって殺られたとです。この人は将校だった。私もこのときは同調していた。『日本は負けた』というビラがパパイヤの木にぶら下げてあったのをこの人は見つけ、日本の敗北を推察したとでですよ。先見の明があったとですがね……。この人は私の目の前で殺られたとです。その他にも何人かが感情のもつれから殺し合いはあった。親兄弟以上といっても、人間は感情の動物だからねえ……」

この将校が背後から撃たれた場所は、潜伏場所の洞窟からほんの数メートル離れた珊瑚の岩の上であった。

前にも書いたように、私は昭和四十七年（一九七二）にこれら生還兵の方や遺族の皆さんの遺骨収集団に同行したことがある。生還兵で参加したのは陸軍は斎藤、武山、程田、波田野の四氏で、海軍は土田、塚本の二氏だった。

遺骨収集は一週間の日程だったが、その四日目か五日目の朝、生還兵の皆さんが「俺らの別荘に案内するよ」と誘ってくれた。昭和二十二年四月まで潜んでいた洞窟に案内するという。場所は飛行場の北の外れからそう遠くないジャングルの中で、獣道《けものみち》ほどの細い道沿いにあった。

身の軽い土田さんが、苔《こけ》に覆《おお》われた小高い岩の脇を覗《のぞ》き、叫んだ。

「ここだ、ここだ」

そこにはやっと人が降りられるほどの縦穴が開いていた。生還兵の何人かが「おう、おう」といいながら慣れた恰好で穴に降りていった。そして、穴の中から促《うなが》された私は、一番最後に恐る恐る降りた。ムッとカビ臭いにおいが鼻をついた。生還兵の皆さんは壕の中を懐中電灯で照らしながら大騒ぎをはじめていた。洞窟の中は八畳ほどの広さもあるだろうか、私には不気味な空間だった。

「これだ、これだ、これ、俺、お膳代わりに使っていた岩だよ。ああ、飯盒《はんごう》の中蓋《なかぶた》だあ……」

私ははしゃぎ回る生還兵の皆さんを写そうとカメラを取り出し、ファインダーを覗いた。何も見えない。眼鏡が湿気で曇《くも》ってしまっていたのだ。カメラのファインダーも水滴に覆われていた。額《ひたい》はいうにおよばず、全身が蒸し暑さに覆われ、ジトッと汗が湧き上がってくるのがわかる。耐えられない不快さだ。私は改めて壕内を眺めた。よくもまあこんなところに何年間もいたもんだと、生還兵の皆さんの追いつめられた状況を追体験した思いがした。

私は一番先に壕を這《は》い上がった。逃げ出したと言った方が適切かもしれない。その外気は甘く、肺腑が清水で洗い清められたかのようなさわやかさが体に流れた。

生還兵の皆さんも壕から這い上がってきた。

「いゃー、暑いわ。こんなにひでえところにいたんだわ」

誰かがそう言い、壕の入口に立っていた私に指さしながら言った。

「平塚さん、まあ、その岩に座んなよ」

そこにはちょうど人一人が腰を下ろすのにぴったりの岩があった。私は腰を下ろした。

「今、あんたが座ったところに、あんたが調べている人が座っていたんだよ」

一瞬、私には何のことかわからなかった。

「そこを、後ろからバーンとやられたんだ」

私はハッとした。投降派だった土田、森島両氏ともう一人の兵士の三人が話をしていた場所がここで、私が腰を下ろしているこの岩に、殺された将校が腰を下ろしていたというのだ。岩の前はL字型に曲がった湿地が広がる、昼なお薄暗いところである。そして遺体は、殺害現場から十数メートル離れた場所に埋葬したという。

取材当初、森島さんも土田さんも、撃った兵士の名も撃たれた仲間の名も明かしてはくれなかった。そこで私は帰還した他の兵士たちの間を聞き回ったことがある。そして断片的な話をつなぎ合わせると、殺されたのは某准尉だったようなのだ。この人は、昭和二十一年二月に敗残兵の捜査に来たパラオ集団司令部付の浜野少尉が、木にくくりつけて帰った文書を見て、「日本は負けた」と思うようになり、別のグループと口論したのが発端で背後から撃たれ、死亡したらしいのだ。しかし、この事件は無事帰還した兵士の間では、口外しないことが暗黙の了解事項になっていたようなのである。

こうした背後から撃たれた准尉の例を知っているだけに、兵士たちは澄川少将の呼びかけにもうっかり応じられなくなっていたのかもしれない。だが、兵士たちの空気は日に日に騒々しくなっていった。

澄川少将の第一回目の呼びかけがあった二日後の三月二十五日には、銃をポンポン撃ちながらジャングル内を捜索する米軍部隊の姿も見ている。さらに澄川少将と名乗る日本人はその後も呼びかけをつづけ、文書も木々に結わえ付けている。三四人になった日本兵たちは全員が実弾を込め、完全武装で洞窟に潜む日がつづいた。米軍が撃ち込んできたら戦うつもりであった。

こうして緊張の日がつづいていた三月下旬のある日、缶詰の空き缶を捨てに行った斎藤さんが島の住民に発見されてしまった。

「ニッポンのヘイタイサン?」

島の男はいきなり斎藤さんに声をかけたのである。その男は澄川少将から「もし日本の兵隊を見たら、この手紙と煙草を渡してくれ」と、あらかじめ頼まれていたのだった。

仰天した斎藤さんは仲間のいる工兵隊グループの壕に走り込み、「敵に発見された!」と告げる。他の壕にもすぐ連絡をしなければと伝令が走る、そのとき、土田さんは塚本さんと将棋を指している最中であった。

「おい海軍、敵に発見されちまったから、早く出ろ!」

伝令役の横田さんが息せき切って走り込んできて言った。

土田さんたち海軍グループはあわてて〝完全武装〟をし、ひとまず山口少尉たちのいる第六中隊の壕に集合した。そこであらためて斎藤さんの報告を聞き、今後の対策を話し合うことになるのだが、斎藤さんの話では、島の男は声をかけたとき何か物を投げてきたという。「行ってみよう」ということになり、武装した四、五人が現場に向かった。島の男の姿はすでになく、手紙と煙草の入った袋が置かれてあった。

手紙は前記した澄川少将の「三月三十一日付」のものであった。皆の前で手紙が読まれた。

「これはニセ物だ、だまされるな。これはスパイのだ」

塚本さんは言った。誰かが「いやになっちゃったなあ」とつぶやいた。日本が負けたことに「いやになっちゃった」のか、それとも投降しなければ犯罪者集団として討伐するということに対して「いやになっちゃった」のか、聞き返す者はいなかった。

しかし、土田さんは手紙を見たとき〈これは本物だ〉と思った。海軍の上等水兵である土田さんは、文書が日本の海軍様式で書かれているのを知ったからである。

「私は、これは考えなくちゃいけんじゃないかなぁと思ったとですが、口に出したらすぐ殺《や》られるから、決して口に出すものじゃないと黙っとったですばい。それ以前にも犠牲者が出ていたからね」

そこで土田さんは意識的に明るく、冗談めかして言った。

「自分は日本は負けていると思うとですたい。ここにおっても仕方がないけん、何とか考えないとウソだと思う。自分に連絡に行けというなら命がけでも行くとですがねえ……」

だが、話し合いの結論は、情況が悪いから一カ月ぐらい壕の中にじっとしていて、様子を見ようじゃないかということになってしまった。事ここにいたって、土田さんは決意した。このままでは全員が自滅してしまう。日本は間違いなく負けたのだ。残る道は、脱走以外にないと――。

敗戦を信じ、単身脱走した土田上等兵

昭和二十二年四月二日、土田上等兵は脱走を決意した。仲間への書き置きを記すため見張役を申し出、ランプの明かりで短い青鉛筆で走り書きをした。

隊長以下其の他の者に告ぐ

私の行動を御許し下さひ、私は飛行場に突込もうと思ひました、而し他の持久作戦部隊に迷惑をかけると思ひ、私はガダブス（ガドブス）進撃をやり、敵と逢ひ次第交戦、華々しく散る積もりです。そして無事ガダブスを通り越した場合、本島へ渡り、そして其の時は其の時で散る積りです。

おそらく本島へ渡れるのは、九分九厘まで不可能と思ひます。又気が向いたら本島より帰り、ニュースを持って再び帰ります。其の時は後弾丸《うしろだま》を喰うのは覚悟して帰る積りです。今後、持久作戦部隊の武運長久を御祈り致します。私の行動をヒキョウと思ふのが全部と思います、而し私のやることが其の本人の幸福なら心から許して下さい。五、六中隊、又通信、本部、とよろしく御伝え下さい。又特に、千ちゃん、横田、小林、斎藤さんは直接御世話になりました。厚つく御礼申し上げます。又相川兵曹は再び海軍へ帰えってはどうですか、心配致します。

隊長殿、以上の私しの行動を御許し下さい。（原文のまま）

入口を三カ月間もコンクリートでふさがれていた洞窟から奇跡的に助かった片岡兵長が、そのとき受けた足の傷がまだ治らず、土田さんの横に腰をおろしていたが、何も言わなかった。土田さんはさり気なく洞窟を出た。月の位置から見て午後の十時半ごろと思えた。

土田さんは回想する。

「書き置きを残し、洞窟を出ると一目散にジャングルの中を突っ切り、住民の住んでいる北に向かって走ったとです。しばらく走ったところで、えい、こうなったら脱走だ、度胸を据《す》えなくちゃいけねえということで、煙草でもあされと思い、道路に出て煙草の吸い殻をあさったとです。ジャングルの中に戻り、腰をおろして煙草を吸いながら、さあどうしようかと考えた。そうだ、島民のところへ様子を見に行こう、偉い人（澄川少将）が来ているなら知っているはずだと思ったですばい。ところが島民の住んでいる地区に銃を持って突っ込んだのだが、誰もいない。ああ、この地区にはいないのだなあと思ったら、急にガックリきてしまった。走ってばかりいたから汗はかくし、喉《のど》は渇くで溜まり水ばかり飲んでいる。こうなったらジープでも止めなければ仕方がないと思ったとです。それで、手榴弾と銃と弾帯と帯剣を下に並べ、道路わきのボサ（茂み）に隠れて待ってました。ええ、米軍の来るのをね。

どれくらい経ってからだったか、ジープが一台走ってくるのが見えた。が、いざとなるとなかなか飛び出せない。このままふたたび壕に帰ろうかとも思ったとですが、えいっと道路に飛び出し、両手を上げて『ストップ！』とやったです。ジープは二〇メートルぐらい行き過ぎて止まった。

アメリカ兵が二人降りてきて、後ろから銃を突きつけられ、体に武器をつけていないかどうか調べはじめた。それで私は、草むらを指してやった。アメリカ兵たちは私の銃を見て、得体の知れない銃だと思ったのか何やら話している。カービン銃の銃身を三〇センチくらいに短く切って、片手で撃てるように改造していましたからね。

やがてジープに乗れと合図するので乗ったのだが、その付近は戦友たちがガソリンを〝調達〟に来る場所なので、もしここで日本兵に発見されたらダメになると思い、ジープの中で伏せていた。そして、スピードを出してやってくれと合図をし、飛行場に着いたとです。

飛行場に着くやベルトと靴をとられ、一間と二間ぐらいの小さなカギのかかる兵舎に入れられ、ドアの前には銃を持った兵隊が二人歩哨《ほしょう》に立つという厳戒ぶりですたい。誰も来ない。どうなるんだろう、いつ殺されるのかななどと思ってました。

私は海軍の信号士だったから、手旗信号は得意だったので、手真似《まね》で話をしていたら、熊井兵曹という通訳が来た。

『あなた一人ですか？』

と簡単に聞く。

34人の日本兵救出のきっかけを作った土田喜代一上等兵。米軍へ投降直後に撮影。

『冗談じゃないですよ、私は書き置きを残して、友軍を裏切って脱走してきたのですよ』

と言ってやりました。すると『参謀長が来ておられるから』と、米軍のカマボコ兵舎に連れて行かれたとです。そこには三、四人待ってました。そして、洞窟にいるのは誰と誰と誰というふうに戦友の名前をあげるので、おかしいなあと思っていたら、先に壕から逃げるときに誰かが友軍の名前を書いた紙を忘れてきてたらしい。書いちゃいかんといわれていたんだが、誰かが書いていたんだね。

『三十何名いるんだね』

とぴしゃりと言われ、びっくりしたとです。

『一〇〇名ぐらいいるのかと思ったら三十何名なのか？』

『はあ、そうです』

と私。質問する男を見ると頭が白髪で、アメちゃんのようにしているので、私は聞いたですもんね。

『あなたは、失礼ですが本当に日本の澄川少将ですか？』

『私は澄川だ』

と言う。いっぱい食ったなあと思ったが、言葉は立派な日本語なんです」

土田さんが「敗戦の証拠を見せろ」と言うと、澄川少将は日本の現況を載せたアメリカの雑誌を広げて説明をはじめた。

「そんなもんはゴミ捨て場で何回も見たし、信用できん」

と突っぱねた。そのころ、同じく日本軍が玉砕した隣のアンガウル島に、ちょうど燐鉱石の採掘作業に六〇〇人近い日本人が来ていた。米軍と相談した澄川少将は、土田さんをアンガウル島に連れて行き、日本人と会わせることにした。

米軍はさっそく戦闘機を用意し、土田さんをアンガウル島に運んだ。ペリリューとアンガウルの間はほんのひとっ飛び、時間にしたら十分もかからない。このときの写真を米軍側は撮影しているが、複座式の戦闘機の前に立った土田さんの姿は、こざっぱりした好青年そのものだった。新しく米軍から支給された服装に身をつつみ、ズボンには折り目すらついている。二年以上にわたる洞窟生活から出てきたばかりのゲリラ兵とはとても思えない。かすかにほほえんだ土田さんの顔は、まさに平和そのものに見える。しかし、戦闘機の後部座席に身を固めた写真では、さすがに一抹の不安がよぎる表情になっていた。

アンガウル島に着いた土田さんは、さっそく日本人作業員たちに引き会わされた。

「日本は本当に戦争に負けたのか？」

土田さんは聞いた。日本人たちは驚き、さらに「戦友たちはあのペリリュー島でいまも戦っている」と土田さんが言うと、作業員たちは笑いながら口をそろえた。

「日本はとっくに負けていますよ。戦争は終わって、こうしてわれわれは燐鉱石を掘りに来ている」

米軍兵舎に連行されて澄川少将（左から二人目）と対面する土田上等兵。

「敗戦の証拠を見せろ」と言う土田上等兵を、アンガウル島に戦闘機で運ぶ米兵。

土田さんは日本の敗戦を確信し、ペリリュー島に帰った。

「土田捕虜」で、戦闘態勢を固めた日本兵

日本は負けた。そして戦争は終わった。だが、この事実を洞窟に潜んでいる戦友たちは、どうしたら信じるだろうか……。土田さんには手立てが浮かばなかった。どうしたら日本側にも米軍側にも犠牲者を出さずに済むだろうか。澄川少将も対策の立てようがないと言い、米軍もわからないと言う。

土田さんの回想をつづけよう。

「ここで私は言ったとですよ。『洞窟にいる戦友たちは、もし日本が負けたということがはっきりすれば、みんな米軍に突っ込んできて、最低でも一〇〇人ぐらいは殺す手はずもできている』とね。

皆ふるえあがったね。まあ、少しオーバーだったが、米軍司令官のフォックス大佐は奥さんを沖の船に退避させ、グアム島から一〇〇〇人ぐらいの武装兵を急遽呼び寄せたとですよ。そして、その日から夜間警戒がはじまった。ちょっとでも居眠りする兵隊がいたら、重営倉入りという厳しいものだった。とにかく上へ下への大騒ぎだったとですわ。そこで澄川少将は私に言った。

『君、なんとかして仲間たちを連れて来てくれ。そうすればアメリカ側もお前たちの戦友も助か

るじゃないか。もしうまくいったらマッカーサーの感謝状をもらってやる』

『感謝状が何になりますか』

『いや、いまの日本ではヤミで大変だから、きっと役に立つよ』

『そんなものどうでもいいですから、せっかく出てきた以上、私は助かりたいです。もし私がいま連絡に行ったら撃たれてしまう。私は脱走兵なんですから。まして山口少尉たちのいる第六中隊の壕は抜け穴がありますから』

しかし、澄川少将から何とか段取りをしてくれと言われたので、まず湿地に館（永井）軍曹以下五、六人いるので熊井兵曹と一緒に行き、何度もハンドマイクで呼びかけてもらったとです。二、三日やりましたかね。

『あそこには館軍曹という、軍人精神のかたまりみたいな人がいるからうまくいかないなあ』

そう私は言った。澄川少将も何度も呼びかけた。しかし、いっこうに出て来ない。しまいには館軍曹の名前を呼んだとですもんね。私は澄川少将に言ったとです。

『なに言うとですか、名前なんか呼んだらおかしくなるじゃないですか』

すると澄川少将は『これだけ言って出ないから、館軍曹どうした、水戸の歩兵第二連隊は出て来る度胸もないのか、と叫んだ』と言う。私は『まずいことをしましたね』と怒ったとですよ」

土田さんとしては、書き置きに「パラオ本島に行く」と書いてきた。もちろん本島に行く気はなく、米軍に投降するのは初めからの計画であった。あえてウソを書いたのは、戦友たちに刺激を与え、洞窟から逃げ出させないための方便であった。それが、澄川少将に名前をあげて呼びかけられたのでは、自分が米軍側に投降したことがバレてしまうではないか。その場合、戦友たちは脱走したうえ自分たちを米軍に売った裏切り者として、必ず仕返しをしてくるに違いない、土田さんはそう考えたのである。

事実、土田さんの危惧は当たっていた。土田さんが〝脱走〟したあとの日本軍洞窟内は、怒りで充満していた。

「あのバカ、ただじゃすまさねえ、ぶっ殺してやるぞって、みんな怒っていたです」（塚本忠義さん）

土田さんと同じ洞窟で起居し、三四人の中でもとくに親しかった一等兵の森島さんは、上等兵の飯島さんから「土田という男はどういう男だ」と聞かれた。

「あれは度胸はあるし大丈夫だ。絶対に手を上げることはしない。必ず目的（パラオ本島に泳ぎつくこと）を達成する男だ。捕虜になんかなることは考えられないです」

親友である森島さんは、自分の願望もこめてそう答えたのだった。三四人の中では最年長者であり、同じ壕にいたこともある斎藤さんも同じ気持ちであった。

「土田さんが出たときは手分けして捜せということになった。月夜だったですね。しかし、奴も覚悟して出たんだろうから、それに奴のことだからむざむざと捕まることはないだろう。もし捕まっていたらこの壕は必ず発見される。そのときは度胸を決めて戦おうじゃないかということになった。

それから三日ぐらいして波田野さんともう一人の戦友と三人で表へ出、米軍の物干し場に近づいて行ってみたら、その脇にあるゴミ焼場に奴の履いていた靴とズボンが捨ててあったんです。米軍のシートで作った靴がね。こりゃあ間違いなく奴のだ、奴は米軍に捕まったのだと、初めてわかったわけです」

土田上等兵は米軍に捕まった！　情報はたちまちのうちに他の洞窟や湿地帯のヤグラに住む日本兵たちに伝えられた。浜田茂さんは非常厳戒態勢に入った洞窟内の様子をこう話す。

「自爆用の手榴弾を手もとにおき、鉄カブトをかぶり、巻脚絆《まききゃはん》を巻いて完全武装して毎日寝る日がつづいた。澄川少将の放送は聞いてはいたが、あの状況では信じられるわけがない。澄川少将と名乗ってはいるものの、第四艦隊の参謀長かどうかも疑問を持っていたです。ですから、これが最後のチャンスになるかもしれない、もしここで殺されるなら先に殺そう、飛行場の米軍幕舎に突っ込もうということにしていた。

そして、自分が殺されるまでに、一人で最低三人は殺そうということを申し合わせていました。それには夜襲がいいということになり、決戦を覚悟して二、三人が一カ所に集結していたです」

大隊本部員グループの壕でも、土田上等兵が捕まった以上、敵は必ず攻撃してくるという判断をし、壕の入口に石を積み上げて防備態勢を整えていた。食糧は一年や二年分はある、徹底的に抗戦しようという結論が出ていた。

家族が書いた必死の手紙

一方、澄川少将と米軍側も苦慮していた。単なる呼びかけでは、なんの効果もないことを思い知らされたからだった。土田さんが「私は七、八人の住所を知っている」とつぶやいたのは、そんなときだった。澄川少将は〈そうだ、内地に連絡して肉親の手紙や新聞・雑誌を届けてもらおう。それを洞窟の兵隊たちに見せたらどうであろうか〉と思った。

澄川少将は米軍側に計画を打ち明けた。

「やってみよう」

という返事である。

事は急を要している。計画は即座にグアム島の米軍司令部に報告され、東京のGHQ司令部に打電された。そして電文は日本の復員局を通じてそれぞれの兵隊たちの出生地に飛んだ。当時、復員局が各府県の世話部に送った勧告書の内容は左記のようであった。

東連総庶第四六号

ペリリュー島残留者抗戦停止勧告に関する件

昭和二十二年四月十二日　東部復員連絡局総務部長

茨城地方世話部長殿

「ペリリュー」島に於ては未だ終戦を信ぜず頻次に及ぶ現地連合軍の投降勧告をも拒絶して抗戦を続行中の部隊がある。

連合軍は其の志を壮とし最後の手段を採《と》るに先立ち更に適切なる方法に依って飽《あ》く迄《まで》投降せしめんと企図し内地肉親者又は知友の投降勧告状を急送するやう復員局に要求があった。右抗戦者の中には次の将兵が居ることが明瞭になって居るので成るべく速《すみや》かにその留守宅又は知友に連絡して、①終戦の事実と　②投降勧告　の二項を骨子にした手紙を書いて貰って連絡局に送って頂きたい。尚、抗戦者は仲々終戦の事実を信用しないので、出来ればその手紙に親戚知友の写真を同封する等、一見して偽書に非《あら》ざることを知らしめる方法を採《と》って頂きたい。

又、左記人員の全部を掌握することが困難な場合は二、三名でも良いから連絡出来た者から速かに処置の上提出せられたい。

勧告書が送られた各都道府県にあった「世話部」とは、当時、海外からの引き揚げ者や復員軍人の援護に当たった部署で、その後「援護課」と名称が変更されたところである。はるか南洋群島の孤島から発せられた救出手段の依頼電は、この世話部を経《へ》て兵隊たちの留守家族のもとに届けられたのだった。ある兵の家族には役場の職員が走り、ある兵の家族は駐在巡査から手渡された。

このとき、息子や兄弟の生存を知らされた留守家族は六、七家族あった。すでにほとんどの家族は戦死の公報を受け、なかには空の骨箱まで届けられた家もある。墓も作られ、長男の「戦死」で弟や妹が家を継いでいる場合もあった。

しかし、息子や兄弟の生存を知らされた家族は、驚きと同時に喜びにつつまれたのは当然だった。知らせは隣近所から親類縁者、知人友人にと走った。そして、その夜、関係者たちは涙と笑いの中で夜を徹して「戦いに負け、戦争は終わった」のだと書きつづけたのである。

山口永少尉の留守家族は茨城県稲敷郡君賀村大字君山（現・稲敷市）で代々農業を営んでいるが、知らせが届いたときは両親も健在であった。父親の山口源一郎《やまぐちげんいちろう》さんは何度も書き直し、清書を繰り返しながら書き上げた。時間をかけて書き直すことは、長男との対話でもあった。だが、源一郎さんの実際の手紙はきわめて簡潔で短いものであった。（以下、手紙はすべて原文のまま）

拝啓　時下桜花開き多忙の季節となりました。御前には元気との事家内一同よろこび居ります。日本は昭和二十年八月十五日、天皇陛下の命によって終戦となり、今は平和なる農業国となって居り、御前と友人の根本裕治君や山口六郎君は復員して職務に従事して居るのであります。

君は米軍に抵抗して居るとの事でありますが、其のような事は寸時も早く止めて米軍の光栄により一日も早く帰国せられ、楽しき生活をせられんことを家内一同待ち受けて居る次第であります。

先《まず》は健康を祈る

草々不一

父より（実印）

昭和弐十弐年四月十六日

永　へ

兄さん、お元気ですか、おばあさんも元気で兄さんの帰りを待ってをります。

戦争は昭和二十年の八月十五日に天皇陛下の命により降伏をしてしまいました。兄さんも降伏をして一日も早く家へ帰って来ておばあさんを喜ばせて下さい。

となりの六郎さんも元気でふくいんをしてをります。にいさんも一日も早くおばあさん、家中の人を喜ばせて下さい。兄さんお身をたいせつに　さようなら

昭和二十二年四月二十一日　月曜日

初五　山口信子（認印）

山口　永　様

山口少尉には、この父親と初等科（小学校）五年の妹さんのほかに二人の弟さん、友人も手紙

34人の日本兵が潜んでいた戦争末期のペリリュー島の飛行場の様子。

を書いている。
茨城県では日立市の森島通一等兵の留守宅にも生存の知らせがもたらされた。森島さんの生家は代々造り酒屋であったためか親類知友も多く、手紙は二〇通近くに及んでいる。

通兄上様　　　　国友弟より

いやどうも久振りですね、音信不通以来幾とせ、今日まで私共、朝な夕な身を案じ居りましたが、謀《はから》ずも今度マッカーサー元帥の好意で兄チャンの安否を知り、又文通も許された。マ元帥其他ペ島の進駐軍、世話部（終戦後の日本司令部）の方々のヒューマニズムに感謝しつつ、ここに懐しき兄上に種々なる思ひを寄せ、筆を運べる次第なのです。
実際何から御話して良いか、すべを知りません。唯《ただ》感情の浮ぶままにぶっつける御話致します故、御許乞。
沈黙げなる大地も木々も、一時に活気付き、終戦後二年目の平和なる春を迎ひ、民主主義国家日本の再建に一歩一歩近づいてきました。ああ本当だが？　兄チャンは終戦を知らないんでせうね、終戦と云はれて貴方は心臓の鼓動に大なるショックを受け、卒倒するかも知れませんでせう。又、確かに茫然自失するかも知れません。これも当然なことでせう。否、貴方は或は終戦を信じないかもしれませんが、正しく終戦は昭和二十年八月十五日の午後一時付で発布されたのです。

私も当時水戸三七に服務し、当日天皇の詔勅により降伏するより他はなかったのです。私共の悲憤、血涙……。私共留守部隊として何と云って前線の兵士、並一億同胞に雪辱《せつじょく》せんと地団駄を踏んだが、天皇の命に背き奉ることは出来ません。結局、死を以て汚名を除こうと覚悟して居りました。が、マ元帥の善政、上陸の水戸進駐米軍の紳士的、博愛的な態度、又、個人の人権を尊重するてふ調子で、決してバーバリズムの処なく真にヒューマニズム、円満だったのです。吾々の予想はすっかりここで裏切られたのです。実に堂々たる紳士タイプなのです。驚嘆致し、感服し、現在ぢゃ絶対的信頼をマ元帥にかけ、全国民が一致して民主的文化国家の再建に大童《おおわらわ》なのです。

実際、馬鹿臭い戦争をやったもんですよ。財閥の呑欲戦で吾々一般国民は知らんで財閥の用心棒たる軍閥の手先になった訳なんですからね。吾々は〝敗戦〟〝捕虜〟〝降伏〟、此等を恥とするより、返へって吾々大衆が無智、無能なるが故、或は一部の指導者に捲込まれ、戦争をした事を恥なくてはならんと思ひます。〝悪は遂に亡びる〟は全く真理です。吾々の戦争原因は財閥の私欲で正義の為ではなかった故、敗戦と云ふ悲境のどん底にたたき込められたのです。が、真理とは云へ、無智なる吾々国民に対しては其の運命《さだめ》は余りにも残酷であり、又呪はれたる人生劇場ではありませんか。

吾々は今迄真なる祖国を持たなかった。其の国は一特権階級でのみ所有された、ゆがめられた国で吾々は彼等の牛馬だったのです。が、戦後マ元帥によって一切財閥軍閥は解体され、始めて吾々の祖国らしき国が芽生えて来た。そして其の祖国は吾々の手で治める民主的文化国家になりつつある。是非兄上も早く帰国し、祖国創造に一助されんことを願ふ。

利尻の若衆も力んでゐます。友部春男さん昨年の春、復員（終戦後除隊して帰郷することを云ふ）しました。ペ島の状況、兄上と二人で別れの一夜語り明したとか種々、楽しく生活したことを話してくれました。春男さんはペ島よりセブ島に転じたそうです。で、セブ島で終戦になり、比島の米軍命令で集合し帰郷したさうです。現在奥さんと子供さんと仲よく暮して居ります。水戸市電の車掌をやって居るそうです。近い中来るでせう。

平野屋の義ちゃんは手紙で解るでせう。沼田明星は無事復員、北方で歯科医開業、盛《さか》るさうです。技術優秀とかで。東条さん大島より昨年復員、復職致し関税の次席です。

通　様へ

御懐しい通さん、消息絶ってより幾とせ、今日四月十五日、貴方が御無事でいらっしゃるといふ事を聞き、夢かとばかりうれしく涙を流しました。遠く、故郷をはなれ、どんな生活をして居られるか想像さえつきません。家ではお母さん始めみんな元気です。早くお逢ひしたいとそれのみ思います。

私達の祖国日本は戦ひに敗れしとは言へ、決して悲観するものではありません。今迄歯をくひしばり苦難に苦難を続け、若い尊い血液を流して居られた貴方達皆様、我が祖国のために最後まで戦ひ通して身も心も捧げつくして来られたのに、本当に申訳ない事ですけど、降伏して戦ひは終っているといふのを告げるのは、私達としても身を切られる程つらいのです。敗戦日本に帰るのは通さんとしても本当に嫌な事でせうけど、家郷では貴方の帰られるのをどんなに待って居られるか、何卒何卒一日も早く戻って下さい。お母さんは本当に待って居るんですよ。

ね、通さん、決してあやまる考へなどなさらないで、何でもかんでも帰って来て下さい。それのみ念じて居りますのよ。鎮坊など大よろこびで、〝通叔父ちゃん帰って来るんだよ〟と、東の清やんの所や新聞屋（広木さん）に早速知らせに行きましたのよ。

何卒、隊長殿や上官殿、戦友によく話して下さい。皆さまの祖国日本は新らしい出発にはりきって居ります。文化日本、観光日本、芸術日本として輝やかしい未来が約束されて居ります。若い女の人達は美しくなり、街は貴方が出征なされし当時など及《およ》びもつかない程明るくきれいに、気持ちよくなりました。貴方達が祖国の土をふんだなら、きっと帰って来てよかったとつくづく思はれる事でせう。

何でもいいから帰って来て下さい。それのみ念じて居ります。私達も敗れたりとは言へ、決して日本人としての誇りを失ひません。アメリカ人は本当に親切な暖い人情味のある民族です。同等として我々の人格を認めてくれます。民主々義と自由思想の新らしい日本が建設されて居ります。（以下略）

四月十六日　明子

通　様

前略

貴君ニハ今尚南海ノ孤島ニテ無益ナル抗戦ヲ継続中ノ由仄聞《ソクブン》致シマシタ。日本帝国ハ昭和二十年八月十五日聯合軍ノ発セル「ポツダム宣言」ノ受諾ト共ニ米英支其ノ他ノ聯合軍諸国ニ対シ無条件降服ヲナシ、三ヶ年有半ニ渡ル大東亜戦争モ此処ニ終局ヲ告ゲマシタ。米国陸海軍ハ終戦ト同時ニ内地本土ニ進駐シ、日本ノ陸海軍ハ米軍ノ手ニ依リ武装ヲ解除サレ、永年ニ渡リ我々国民ノ膏血ヲ搾取セル軍閥モ同様解体サレタノデアリマス。

国ハ焦土ト化シ人民ハ飢ニ苦シミ、混乱タル社會状態ガ終戦直後現出致シマシタガ、進駐米軍ノ援助ト好意トニ依リ危機モ切リヌケ、現在ハ平和日本、民主日本ノ確立ニ懸命ニナッテ居リマス。既ニ東京ニ於テハ聯合軍ノ極東軍事裁判所ガ設立セラレ、カツテノ軍部ノ巨頭タル東條英機ヲ始メ大東亜戦争ノ責任者ヲスベテ戦争犯罪容疑者トシテ峻厳ナル審理ヲ行ッテ居リマス。

我々日本国民ハ此等戦争犯罪者ニ戦争ヲ無理ニ強ヒラレ、而シテ戦場ニ駆リ出サレ、貴重ナル国帑《コクド》ト国民ノ生命ヲ消耗シタノデアリマス。軍閥ニ左右サレタル日本国民ハ実ニ可憐ナル国民デシタ。然カルニ今ヤ日本国民ハ聯合軍ノ手ニ依リテ過去ノ封建制度ト憲兵政治カラ解放サレタノデアリマス。国ハ焦土ト化シマシタ。然カシ其ノ中カラ平和ナ民主日本ガ甦リツツアリマス。既ニ政治ハ人民ノ手ニ返リ、我々ニ依ッテ運営サレテヰマス。以上ガ終戦後ニ於ケル日本ノ現状デアリマス。

貴君ノ母上、兄上、弟、一家中貴君ノ一日モ早ク帰国サレンコトヲ念ジテオリマス。無益ナル抗戦ヲ即時ヤメ、米軍ニ投降サレタシ。米軍ハ紳士的ナ洗練サレタル軍隊デアリマス。必ズヤ貴君達ヲ英雄トシテ待遇シテクレルコトデセウ。矢ツキ刀折レテ投降スルノハ決シテ不名誉デハナイノデス。世ノ中ニ人命ホド貴重ナルモノハアリマセンカラ。「生キテ俘虜ノ辱《ハズカシ》メヲウケズ」――此レハ東条軍閥ノ勝手ナル寝言デシタ。

無益ナル抗戦ヲ中止シ、一日モ早ク米軍ニ降《クダ》リ、彼等ノ指揮下ニ入ル様ニ切ニ切ニ希望シテヤミマセン。貴君ノ母上、兄上、弟、ソシテ貴君ノ大好キナ鎮坊ハ貴君ノ帰リヲ一日千秋ノ思ヒデ待チ訖ビテヰマス。
呉々モ御自愛ノ程ヲ祈リマス。
昭和二十二年四月十八日
森島　通君

水戸上金町三　　石井賢一

ペリリュー島に潜伏する日本軍兵士に投降を呼びかける肉親や知人からの手紙は、かなりの数に上った。ここに紹介したのは山口永少尉と森島通一等兵宛の手紙だけであるが、それもほんの一部だけで、総数は三〇通近くある。私の手元に正確な記録はないが、故郷が判明していた他の兵士たち宛の手紙も含めると、おそらく一〇〇通は優に超えていたに違いない。

紹介した手紙の内容からもわかるとおり、文面には肉親・知人たちの喜びとともに、戦争は負けて終わったけれども、今の日本は平和で安心した世の中になっているということを、なんとか兵士たちに信じさせようとしている態度がにじみ出ている。同時に、米軍は紳士的で殺されるようなことは全くないから、一日も早く姿を見せ、故郷に帰ってこいと叫んでいた。

「直ちに戦意を捨てゝ米軍の許に到るべし」

三四名の日本兵に対する投降呼びかけの手紙は、肉親や知人のほか、かつての上官も書いていている。元パラオ地区集団（第十四師団基幹）参謀長だった多田督知《とくち》大佐である。多田大佐は、兵士たちが信じるようにという配慮からか、ペリリュー島守備隊長中川州男《くにお》大佐の自決後から、終戦によってパラオ集団が本土に帰還するまでの経緯を詳細に記していた。手紙は第一復員局（旧陸軍省）からの依頼で書かれたもので、同局を通じて米軍に届けられたものである。

左記は真実なることを証明す　第一復員局印

今尚《いまなお》ペリリュウ（ペリリュー）に在って遊撃戦闘を続けつゝある集団（師団）隷下の将兵勇士諸君に告ぐ

昭和二十二年四月十七日

元パラオ地区集團　第十四師團　参謀長　多田督知印

忘れやうとしても忘れ得ぬ昭和十九年十一月二十四日！　この日私パラオ本島鵾端《しずい》山で守備隊長中川大佐からの最後の電報を受領しました。輝かしくも幾星霜に亙り伝統を誇り続けて来た私達の歩兵第二聯隊の軍旗――満天下に気を吐く水戸、高崎の健児達が決死に勝る忍苦奮戦によって打ち樹てたペリリュウ戦の偉勲に御光を増した私達の軍旗――この軍旗はこの日中川大佐達の勇士に護られつゝ遂に永遠の世界に移されたのでした。

このことを伝へる中川大佐の最後の電報に続いて、この日私が入手したのは遊撃隊長根本大尉からのこれ亦《また》最後となった悲壮なる電報でした。

米軍から提供されたこぎれいな衣服を着た土田上等兵（中）と澄川少将（右）。左は米軍の熊井二曹（通訳）。

「生存者根本大尉以下六十五名、二十四日一七〇〇遊撃隊十七組の編成を終る　爾後一兵となるとも神出鬼没誓って敵の心胆を寒からしめむ之より無線連絡を絶つも最後は何等かの方法により連絡せむ」

と。この情報に接した集団の将兵は、勿論《もちろん》一人の例外もなく悉《ことごと》くペリリュウの勇士に続かむと固い固い決意を固めたのでした。

集団司令部に勤務中であった歩二出身の小久保大尉は集団の選抜決死の将兵を率ひて海上決死遊撃隊となりペリリュウ北側マカラカル島の岩屋に潜居して夜となく昼となく爆薬を引いて裸身游泳、敵の駆潜艇目がけて遊撃奇襲を続け飽くまで敵の心胆を寒からしめました。

本島並にコロールに於ても弾薬資材や食糧の徹底的不足に悩みつゝも将兵も官民も

打って一丸となり捨身の敢闘を打ち続けました。パラオ地区に関する限り誰も彼もが日本の最後の勝利を確信して死に勝る数倍の苦難を突破しつつ善戦を続けたのでした。

然し乍《なが》ら戦運は終《つい》に日本軍には有利に展開しませんでした。ペリリュウに続いて硫黄島の全員戦死となり逐次フィリッピン群島のレーテ、ルソンと決戦は移行し遂に沖縄も亦米軍の完全占拠に帰し本土亦敵の空襲により戦力維持さえ思ふにまかせざるに至りました。この間軍は勿論日本全国民悉くパラオに範をとって斬り込み体当りを続行しました。即ち陸続として飛行機と共に敵の航母戦艦に体当りする特攻戦法も現れ女子供までが全員工場に「斬り込み」といふ言葉と意気で勝利の挽回に死力を尽したのでした。

軍官民挙国一致の敢闘にも拘《かかわ》らず戦勢の挽回ならず愈々《いよいよ》最後のカン頭に立つとき俄然ソ聯は帝国に戦を宜し北方よりその魔手を差し伸ぶるに至りました。時は正に昭和二十年八月九日でした。

斯《か》くして宇内《うだい》の大勢と帝国の実情は最早交戦を続行し得ざる事態に立ち到りました。畏《かしこ》くも天皇陛下におかせられては我が国体護持の御信條の下に米英ソ並に重慶と和を講すべく御聖断を下されたのでした。此の時陸海軍に賜りたる勅語の一節に、

「今ヤ新ニ『ソ』国ノ参戦ヲ見ルニ至リ内外諸般ノ情勢上今後ニ於ケル戦ノ継続ハ徒《いたず》ラニ禍害ヲ累加シ遂ニ帝国存立ノ根基ヲ失フノ惧《オソレ》ナキニシモアラサルヲ察シテ帝国陸海軍ノ闘魂ノ猶《ナオ》烈々タルモノアルニ拘《カカワ》ラス光栄アル我カ国体護持ノ為朕《チン》ハ茲《ココ》ニ米英『ソ』竝《ナラビ》ニ重慶ト和ヲ

講セントス。……汝等《ナンジラ》軍人克《ヨ》ク朕カ意ヲ体シ……出所進退ヲ厳明ニシ千辛万苦《センシンバンク》ニ克チ忍ヒ難キヲ忍ヒテ国家永年ノ礎ヲ遺《ノコ》サンコトヲ期セヨ」

又一般国民に賜りたる詔書の一節に、

「交戦已《スデ》ニ四歳ヲ閲シ朕カ陸海将兵ノ勇戦、朕カ百僚有司ノ励精、朕カ一億衆庶ノ奉公各々最善ヲ尽セルニ拘ラス戦局必スシモ好転セス世界ノ大勢亦我ニ利アラス。惨害ノ及フ所真ニ測ルヘカラサルニ至ル而モ尚交戦ヲ継続セムカ遂ニ我カ民族ノ滅亡ヲ招来スルノミナラス延《ヒ》イテハ人類ノ文明ヲモ破却スヘシ斯クノ如クムハ朕何ヲ以テカ億兆ノ赤子ヲ保シ、皇祖皇宗ノ神霊ニ謝セムヤ。是、朕カ帝国政府ヲシテ共同宣言ニ応セシムルニ至レル所以ナリ……。

惟《オモ》フニ今後帝国ノ受クヘキ苦難ハ固《モト》ヨリ尋常ニ非ス。爾《ナンジ》臣民ノ衷情モ朕善ク之ヲ知ル。然レトモ朕ハ時運ノ趨《オモム》ク所堪ヘ難キヲ堪ヘ忍ヒ難キヲ忍ヒ、以テ萬世ノ為ニ太平ヲ開カント欲ス。朕ハ茲《ココ》ニ国体ヲ護持シ得テ忠良ナル臣民ノ赤誠ニ信倚《シンイ》シ常ニ爾臣民ト共ニ在リ」

と抑々進止取捨の悉《ことごと》くを大命に依り或は大御心に基く――これが皇軍の真の姿であり忠良なる日本人の徹底奉行すべき臣民道に他なりません。何人《なんぴと》と雖《いえども》大命の前には私心我見の存在を許さず、如何なる感情をも忽《たちま》ちに擲《なげう》ちて只管《しかん》陛下の御意のまにまに随順し奉る――これが日本人の三千年の伝統であり須臾《しゆゆ》も変らぬ信条でなければならぬ。大命とあらば假令《たとい》内に血涙を湛《たた》へ長恨を呑みつゝも戦意を捨て、陛下の御許に帰還することこそ真個の忠節であります。

マカラカル島以北のパラオ諸島に在りし陸海全将兵竝《ならび》に官民、ヤップ島の全将兵は此の信條の下集団司令官に統率せられて一員の例外もなく昭和二十年十月以降翌二十一年三月に到る間全員内地に帰還しました。

集団司令部の内地帰還に先立ち、私はパラオ方面米軍参謀長ファイク大佐より、ペリリュウに尚二、三の日本兵健在する旨を承知し、直ちに自らペリリュウに赴き事態の真相を告げ、携へて内地に帰還せむことを熱誠こめて懇願致しましたが、遂に許容せられなかった。止むなく次善の策として参謀部附たりし浜野少尉を二回に亙《わた》りペリリュウに派遣し捜索に努めしめたるも、遂に貴君等勇士の片影をだに発見し得ませんでした。即ち、私としては文字通り後髪引かるゝ想を持しつゝ米軍の指示通り昭和廿一年二月末日パラオ出発三月五日浦賀に帰還致しました。

今日本の現況は国体に大なる変革もなく、公正にして理解ある米軍庇護《ひご》の下に国家の再建に邁進しつつあります。勿論限前には幾多の難関の横たはるあり、平和日本の建設には並々ならぬ障害もありますけれども、斯くが故にこそ春秋に富み純情比なき君達勇士を必要とすることも亦蔽《おお》ひ得ぬ真実であります。

殊《こと》に貴君等勇士こそ祖国にペリリュウ戦の偉勲を伝へ、以て遊撃隊長根本大尉の「最後は何等かの方法により連絡せむ」との遺志を果すべき責があるのではありますまいか。

「捕虜となるよりは死を選べ」「死を選ぶよりは更に更に困難な戦を続行するに若《し》かず」とは参謀長としての私が常々口にした言葉でもあり、又私の確乎たる信念でもありました。然《しか》し乍《なが》ら状況は全く一変してゐます。大命とあらば問題の答は全然別個なのであります。再言致します。右するも左するも、生くるも死するも、悉《ことごと》く皆大命に随ひ陛下の御意志に添ひ奉る――これが皇軍たるものゝ天晴《あっぱ》れ行ずべき絶対の行なのであります。

賢明なる勇士諸君は茲《ここ》に想到し、これを充分に理解し得らるゝことゝ確信致します。幸に米軍はその他の国の軍隊とは異なり最も公正です。徒《いたず》らなる復讐感情によって人を遇するが如きことのないのは、終戦後に私達に与へられた所遇から観、私自身の体験からも充分裏付け得ることであります。

ペリリュウ島に在って超人的な抗戦を続けつゝある九名の集団勇士諸君よ、重ねて申上げる。大綱の順逆を誤る勿《なか》れ。よく理非《りひ》曲直《きよくちよく》を辨《わきま》へて小節の信義に大道を踏み迷ひ給ふな。須《すべか》らく私見我執を拂《はら》ひ感情の悉くを捨て去って、一途に大命に随順し、パラオ地区集団の最後を飾って戴き度《た》いのです。私はかつての集団参謀長に立ちかへり、集団司令官の意を體《てい》し厳厳呼として諸士に命令する。

「直ちに戦意を捨てゝ米軍の許に到るべし」

と。君達が私の此の言葉に従って呉れるとき、君達の父母兄弟は勿論郷党の悉くが如何に君達を喜びお迎へせらるゝことか　又全日本の崇敬が如何程多く君達の上に注がれることか、私はそれを想像した丈《だけ》でもこの書簡を書き綴る暇さへ堪へ難い焦燥に駆り立てられます。

実は私自身ペリリュウに赴《おもむ》き、目のあたり勇士諸君にお會ひして事の経緯も更に細々と述べ、私の確個たる信念も開陳し度く、米軍当局に私のペリリュウ島行を懇請中であります。だが心急ぐまゝに急遽この書簡を認《したた》めて諸士の一刻も速に大命に絶対随順せられんことを懇請する次第であります。

以上

冒順ニ証明シテ戴イタ第一復員局トハ大本営陸軍省ノ業務ノ残部並復員業務ヲ遂行シテヰル役所テ大本営陸軍省ハ昭和二十年十二月三十一日ヲ以テ解消致シマシタ　念ノ為　多田

（原文のまま。但し、適宜句読点を挿入した）

三四人の命を救った肉親の手紙

ペリリュー島に多数の日本兵生存！　という報告は新聞でも報道されたため、一般の人たちからの手紙も復員局に寄せられた。こうして肉親やかつての軍関係者たちの説得文は米軍に渡され、ペリリュー島に空輸された。そして島で待機している澄川少将、熊井二曹、土田上等兵、それに現地米軍関係者はその日のうちに行動を開始した。

澄川少将は、文字どおりこの救出作戦が最後になることを知っていた。米軍側は、もし今度の説得によっても出てこない場合は、洞窟に火焔放射器を撃ち込んで全滅すると公言していたからだ。澄川少将は、とにかく自分が説得に行くからと米軍側をなだめ、祈る想いで兵隊たちの潜むジャングルの洞窟地帯に入っていった。案内と同行は土田上等兵と熊井二曹である。ところが日系二世の熊井二曹は「怖い」と言って、海岸で待つと言う。土田上等兵も尻込みをした。

「お前が行かなければ潜んでいる洞窟がわからんじゃないか」

澄川少将は説得する。しかし、土田上等兵は返した。

「私が洞窟に行けば、殺される」

「では、私を洞窟まで案内すれば、お前は中に入らんでもいい。帰ってもいい。とにかく洞窟まで案内しなさい」

澄川少将はそう言って土田上等兵をせき立て、やっとのことで洞窟にたどりついた。

澄川少将はハンドスピーカーを手に、洞窟に向かって叫んだ。

「私は日本からお前たちを迎えに来た澄川だ。日本は戦争に負けたんだ。降伏したのだから話し合いをしよう。山口少尉、出て来い！」

シーンとして声がない。

「それではお前たちの家族からの手紙が今朝、内地から着いた。土田上等兵が君たちの名前を教えてくれたので連絡を出し、米軍の飛行機で運んでもらったのだ。私信の封を切って悪いが、いまから読むから聞いておれ」

澄川少将は静かに、しかし重々しく親兄弟たちが願いを込めて書き綴った手紙を読みはじめた。

「兄さん、お元気ですか、おばあさんも元気で兄さんの帰りを待ってをります……となりの六郎さんも元気でふくいんをしてをります。にいさんも一日も早くおばあさん、家中の人を喜ばせて下さい……山口信子」

「御懐かしい通さん、消息絶ってより幾とせ、今日四月十五日、貴方が御無事でいらっしゃるといふ事を聞き、夢かとばかりうれしく涙を流しました……明子」

洞窟内からは声ひとつ聞こえない。だが、兵隊たちは聞いていた。すでに澄川少将や土田上等兵たちが洞窟に近づいてくる足音を聞き、さまざまな思いにとらわれていたのである。原裕さんもその一人だった。

「土田さんが出て五日ぐらい経ったある日、壕の上に足音がする。それ来た、一人の足音じゃねえ、三、四人はいる。野郎（土田さん）がアメリカ兵を案内してきたのではないか……。それで全員銃に弾《たま》を込めて、来るなら来てみろということで、入口に待ち構えていた。そのうちに手紙を読みはじめたんです……」

手紙の効果はあった。仮に一人か二人の手紙であったなら、必要以上の警戒心と疑心暗鬼の洞窟生活をつづけている兵隊たちは、テンから信用しなかったかもしれない。だが、手紙は四人、五人の兵の家族からであり、それも親兄弟のみならず親類から兵隊個々の友人のものまである。

なかなか投降してこない日本兵のため、ジャングル内をパトロールする米軍。

〈やっぱり本物に違いない〉

兵隊たちは次第に態度をやわらげつつあった。

しかし、万が一ということを考えると洞窟を出る勇気は鈍《にぶ》り、ふたたび不信感が体をよぎるのだった。

兵士たちの中では最年長の工兵である斎藤平之助《さいとうへいのすけ》さんは、比較的冷静だった。

「澄川少将たちの足音が聞こえてきたのは午前十時ごろだった。珊瑚礁の島だから足音でもよく響く。カタン、カタンって感じだね。いよいよ来たぞというわけです。そうしたら、土田の声がして、

『隊長殿、隊長殿』

と言う。全員弾を込めろ、明かりを消せと大変だった。皆顔が真っ青だった。そして『これで終わりだ、一人二人で勝手な行動はするな』と申し合わせ、そして、これが最後になると思うからと

いうことで、皆で食おうと缶詰を開けたんだが、誰も手をつけなかった」

兵隊たちは話し合った。結果は「とにかく壕を出て様子を見てみよう」ということになり、梶上等兵と浜田上等兵が完全武装で壕を這い出した。すると壕からほんの数メートル先の岩陰に白髪の頭が見えた。二人はほとんど同時に叫んだ。

「そこにいるのは誰だ！」

「澄川少将だ、撃つな」

「それでは出て来て下さい」

「撃つんじゃないぞ」

「撃たないから出て来て下さい」

澄川少将はゆっくりと岩陰から姿を現わした。白髪のため一見西洋人に見えたが、まぎれもなく日本人である。梶、浜田両上等兵はじっと油汗のにじんだ額《ひたい》に皺《しわ》を寄せながらも、安堵感が走り抜けた。しかし、先ほど「隊長殿、隊長殿」と呼びかけた土田上等兵の姿がない。二人は聞いた。

澄川少将はかすかに笑みを浮かべながら言った。

「土田は姿を見せると君たちに撃たれるからと、隠れているよ」

澄川少将はそのときの状況をこんなふうに回想する。

「手紙を読みはじめてしばらくすると、壕内から『わかった。話はわかったから連絡員が出る』と初めて反応があった。それが梶と浜田だった。土田に彼等はどこから出るのかと聞いたら、

『あそこだ、あそこだ』と言うんだが、岩でうまく偽装してあってわからない。ところが土田は『私はこれで帰ります』と言う。『じゃあ、お前は帰れ、あとは俺一人でやるから』と土田を帰し待っていたのだが、洞窟の入口まで来るのに時間がかかるらしく、四、五分経ってからやっと岩がグラグラ動き出した。

すぐ発砲されたらいけないので、岩陰に隠れて待っていました。そうしたらカービン銃を持った二人の兵隊が飛び出してきて、伏せの姿勢であたりを見回してキョロキョロしている。

『ここだ、ここだ』

そう言って私は合図をしたんです。すると兵隊の一人が言った。

『誰だ？』

『私は海軍の参謀長の澄川だ、お前たちを迎えに来たので安心して出て来い。そのためには山口少尉をここに出してきて、私と談判をしよう』

『いや、あなたがこの壕の中に入ってくれ』

『それはいいが、私はこんなに内地の新聞や手紙を持っている……』

そう言って手紙類でふくらんだ鞄を見せたんです。すると『私どもが持ちましょう』と手に取ると、二人は先になって壕の中に入っていった。

ところが壕の中はひどいもので、奥は広かったんだが、入口は体を横にしてやっと出入りできるくらいの小さい穴でね。壕の中に入ってみたら全員鉢巻をして抜刀し、小銃を構えている者もいる。私は『俺は素手で来てるのだ。お前たちを助けに来ているのだ』と、取り囲む輪の真ん中に座り込んだのです。浜田は私の後ろに来て刀を振り上げて立っていた。私は内地の事情をいろいろと話し、いままで何度も投降するように呼びかけたのにどうして出てこなかったのかと聞いたら、私の姿を見たところ頭が白髪だったので、『あれは二世が放送しているのだ』と、おたがいに警戒して応じなかったというんですな。

こうして私の話を聞き、内地の肉親や知人から届けられた手紙を各人が読み、日本の敗戦を信じたんです。

『話はわかりました、出ましょう』

ということになったのです。それでも不安は完全に消えた様子もないので、私はこう言いました。

『もし俺がウソを言ったということがわかったら、いつでもその場で俺をたたき殺せ。俺は絶対にお前たちの命を保証する』

山口少尉はさすがに責任を感じていたからだろう、緊張していましたが、穴から出たときはさすがにホッとしたようだった。そこで私はみんなに言ったです。

『これからすぐ降伏するから、小便も出せないと困るからここでやっていけ』

すると『ウンコまでやっていいですか』と言って用便も済ませた者もいたですわ。

いまでもよう覚えておりますが、穴の中には食糧がいっぱいありましてな、出るときに誰かが言った。

『閣下、チョコレートのおいしいのがありますが、お食べになりませんか』

『おお、それはええのう、俺もこのごろはとんと甘いものは口にしてないから』

そう言うと出してくれた。

『少しお土産にしたいから袋に入れてくれ』

と言ったら兵隊さんが持ってきてくれましてね。それから『戦陣訓を持っておりますが、どうしましょう』と言うので、米軍に取られて笑い者になるようではいかんから、他の記録なんかもどうせ取られるのだから、あったら一緒に焼いてしまえといって焼かせてしまった。また、武器はここでいっさい捨てろ、刀だけ二本持って俺の後について出なさい。もし俺がウソを言ったときは、いつでもいいから俺を後ろから殺《や》れということにしていたんです。

するとかれらは、こう言うんです。

『もし閣下がウソを言っている場合、米軍が攻撃してきたらわれわれは逃げなければならない。そのときは夕方でないと逃げられないから、もう少し遅くなるまで待って下さい』

それで雑談をしながら夕方まで待ったのだが、いっぽう米軍側では、私が洞窟から出てくるのが遅かったので大分心配していたようでした。そんな心配をしている米軍側のところに、土田が自分の靴を片手にぶら下げて海岸をバシャバシャ歩いて帰ったものだから、海岸で待っていた熊井がそれを遠くから眺め、びっくりして米軍に報告しに走った。

『澄川少将が首を斬り落とされ、いま土田上等兵がその首を手にぶら下げてこちらに走って帰って来る！』

そう報告したんだ。ところが、戻って来た土田の片手を見たら靴だったという笑い話もありました」

こうして洞窟に潜む二六名の日本兵たちは、司令部の玉砕後、実に二年ぶりに娑婆《しゃば》に出たのであった。ここで、澄川少将は全員の武装解除を命じたが、隊長である山口少尉にはひと振りの日本刀と日章旗だけを持参するように言った。それは、正式な〝降伏式典〟の折りに、儀式にしたがって米軍司令官に手渡すためであった。

蛇足ながら付け加えれば、このとき山口少尉が持って出た日章旗は、潜伏期間中に米軍のキャンプに忍び込み、米軍将校の家族の物干し場から失敬してきた白いベッドカバーと、女物の赤いドレスを材料に作った手製の日章旗であった。もちろん米軍側に日章旗の秘密は伝えなかった。

ところで、湿地帯のマングローブの木の上にヤグラを組んで潜んでいた八名の〝湿地の連中〟が投降したのは、山口少尉以下の洞窟グループが投降した翌日であった。これらのグループの説得には、前日投降した山口少尉ら三名の日本兵と澄川少将が当たった。軍人精神の持ち主と自他ともに認めていた永井（旧姓館）軍曹らの一部は投降に反対したものの、すでに大勢は投降に傾いており、さほど強い抵抗は見せなかった。

〝湿地の連中〟の一員だった石橋孝夫さんはこう回想する。

「その日は満潮だったので安心して寝ていた。満潮だとマングローブの木の根っ子がもぐってし

澄川少将の説得と、日本の肉親からの手紙でやっと姿を見せた日本兵たち。

洞窟から出てきた直後の「大隊本部グループ」。左端の澄川少将が持っている自動小銃は日本兵たちが手渡したもの。

まうので、やたらには歩けないからです。逆に干潮のときは、いつ敵が来るかわからないから安心できない。ところが、満潮の湿地の中を歩いてくるガボン、ガボンという音がする。それも一人ではない。

〈敵だ！〉と思い、全員鉄砲を持って構えていました。すると、

『オーイ、俺だ、俺だよ』

と怒鳴ってくる。すぐ近くで米兵が作業している声も聞こえてくるというのに、なんて馬鹿な連中だと腹が立ったねえ。

『そんなでっけえ声だすな、敵がすぐ近くにいるんだから』

と言うと、こう返しやがった。

『心配ねえよ、俺らは昨夜アメリカ軍のところに泊ってきたんだから』

こちらはそんなことは知る術《すべ》もなかったですから、『そんなことを言ってるとぶっ殺すぞ』と言うと、澄川少将もびっくりした顔をして『待ってくれ、待ってくれ』と言う。そして、ようやくわれわれの〝住居〟まで来たので事情を聞くと、昨日《きのう》投降したと言うじゃないですか。さらに詳しい話を聞き、納得したわけです。ところが、永井軍曹は『降伏なんかしない。お前ら行くなら行け、ただし自分は絶対に降伏しない』と言い張って聞き入れない。澄川少将は『××時までに出ない場合は攻撃をする』という米軍側の申し出に、『必ず連れ戻す』と約束してきていたので困ってしまった。

永井軍曹への説得は、その時間ギリギリまでつづけられた。しかし、『うん』と言わない。そのとき澄川少将が、静かだが毅然と言った。

『とにかく私に命を預けろ』

最後に言ったこの一言が利き、やっと全員が出ることになったわけです。

澄川少将は内地の新聞なんかも持ってきましたが、〝湿地の連中〟で内地の家族からの手紙をもらった者はいなかったです。しかし、澄川少将の話を聞き、日本は負けたんだなあと本当に思いました。もし日本が勝っていれば、米軍はわれわれに向かって放送などしないだろうし、こうして澄川少将が一カ月近くもわれわれに向かって呼びかけなどしているはずはない、そう思いましてねえ。

米軍は澄川少将が来島する前から放送はやっており、たとえば「今日は○月○日です。では皆さんに懐かしい日本のレコードをお聞かせしましょう」なんて言って、拡声器で歌を流してきたこともあったから、私は〈日本は負けたんだなあ〉と密かに半信半疑ながら思ってたもんですからね。戦争に負ければ、男は全員殺されるなんていう噂《うわさ》もあったので、〈それならここで死ぬほかない〉と覚悟は決めていた。だから澄川少将の話を聞いたときは、正直いってホッとしたですわ。

とはいっても、いざ投降となると怖いもんです。もし騙《だま》し討《う》ちだったら？　という気も多少はあったからね。それで、恐る恐る道路に出ていったら、米兵が完全武装で並んでいた。私たちは武器は持たないで出たから、米兵たちも安心したんでしょうね、ワァーと低いどよめきのような声を出し、私らに近寄ってきて皆が握手しに来たんですわ。ああ、戦争とはこんなものなのかなあ……そう思ったです」

こうして三四人の〝最後の日本兵〟たちは全員が投降し、ペリリュー飛行場の米軍キャンプで遅れた降伏式典が行われた。隊長の山口永少尉は、米軍のパラオ地区司令官フォックス大佐に自分の日本刀と例の日章旗を手渡し、日本軍守備隊の終焉《しゅうえん》を宣した。昭和二十二年四月二十二日であった。満州を旅立ち、赤道直下のペリリュー島に転進してまる三年目に迎えた「旅の終わり」であった。同時に、この三四人の日本兵たちにとっての終戦記念日にもなったのであった。

その夜、澄川少将はフォックス大佐から感謝の言葉を聞いた。

「あなたは三四名の人間の命を救った。そして同時に、何人かのアメリカ人の命をも救ってくれた。私たちは今夜から安心して映画会をやれます」

この日、昭和二十二年四月二十二日に投降した日本兵は、「復員連名簿」によれば次の三四名である。（　）内は年齢。いずれも旧姓。

〈第十四師団歩兵第二連隊〉代表者　山口　永少尉
少　尉　山口　　永（二七）茨城県稲敷郡君賀村
軍　曹　館　　敬司（二七）茨城県西茨城郡大池田村
伍　長　福永　一孝（二七）大阪市此花区四貫島大通り

米軍のトラックに収容された日本兵たちの表情は一様に緊張しているが、大役を果たした澄川少将と熊井通訳には笑顔が見える。

日本兵を代表して山口少尉は米軍のパラオ地区司令官フォックス大佐に日本刀と手製の日の丸を贈った。

兵　長　片岡　一郎（二七）茨城県多賀郡多賀町
上等兵　鬼沢　広吉（二八）茨城県行方郡秋津村
〃　飯島　栄一（二九）茨城県鹿島郡上島村
〃　飯岡芳次郎（二八）茨城県筑波郡吉沼村
〃　中島　裕（二八）茨城県東茨城郡橘村
〃　梶　房一（二八）茨城県那珂郡野口村
〃　斎藤平之助（三二）栃木県上都賀郡今市町
〃　程田　弘（二七）茨城県結城郡大花羽村
〃　岡野　茂（二七）茨城県結城郡三妻村
〃　滝沢　喜一（二七）茨城県結城郡上山川村
〃　浅野　三郎（二六）茨城県結城郡大形村
一等兵　塙　博（二六）茨城県那珂郡村松村
〃　石井　慎（二五）茨城県行方郡立花村
〃　石橋　孝夫（二五）茨城県稲敷郡瑞穂村
〃　横田　亮（二六）茨城県真壁郡村田村
〃　小林八百作（二六）群馬県甘楽郡小幡町
〃　鷺谷　平吉（三二）茨城県猿島郡古河町

〃　森島　通（二八）茨城県多賀郡豊浦町
二等兵　上間　正一（三一）沖縄県国頭郡大宜味村
合計　二十二名

〈海軍西カロリン航空隊〉代表者　相川　勝二兵曹

二兵曹　相川　勝（三〇）長崎市大浦東山町
兵　長　高瀬　正夫（二七）愛知県渥美郡伊良潮岬村
〃　千葉　千吉（二七）北海道釧路国村
上等兵　浜田　茂（二六）山口県岩国市黒磯
〃　塚本　忠義（二六）東京都荏原区
〃　高田　誠二（二六）大阪市港区
〃　土田喜代一（二八）福岡県八女郡永田村
一等兵　亀谷　長成（二六）沖縄県浦添村
軍　属　勢理客宗繁（二八）沖縄県九谷村
〃　宮里　真男（三一）沖縄県浦添村
〃　智念　福樽（三九）沖縄県大里村
〃　上原　信蔵（三〇）沖縄県与那城村
合計　十二名

整列した34人の日本兵たち。

終章 祖国

——祖国日本に翻弄された三四人の戦後

投降して知った「鬼畜米英」の素顔

戦いは終わった。ペリリュー島の兵士たちは肉親のいる故国に帰ることになった。数名を除けば大半が独身の青年である。平凡な農村の若い衆であり、下町の次男坊であり、商店の跡取り息子たちである。昭和二十二年五月十九日作製の留守業務局南方課島嶼《とうしょ》班のファイル『第十四師団歩兵第二連隊「ペリリュー」島生存者の覚書』の中にはこう記されてある。

「五月七日ペリリュー出港、アンガウルより燐鉱船に便乗、十五日横浜に上陸す。船中、米飯、茶、梅干の美味さを知る。船員の待遇に感謝せり」

三四人の日本兵たちは、投降後二週間で島を離れたのであった。

しかし、四月二十二日に投降してから、島を離れるまでの二週間という期間は、三四人にとっては決して安堵《あんど》の日々ではなかった。騙《だま》し討《う》ちでは？　という疑惑はいぜんとして消えていなかったからである。浜田茂さんは「投降したとき、米軍の司令官が通訳を通して、お前たちの命は保証するからゆっくりして欲しいといった内容の話をしたが、それでも半信半疑だった」と回想している。

原裕《はらゆたか》さんも〝湿地の連中〟だったから、投降は一日遅れ組だったが、同じように半信半疑だった。

「その日、米軍キャンプに行って前日投降した連中と合流し、風呂に入って新しい洋服や靴をもらった。そして次は予防注射をすると言うんです。ここでひと悶着《もんちゃく》ありましてねえ。

理由はこうです。予防注射だといって、一時間か二時間で知らずの間に殺してしまう注射じゃないのか？　いまさらこんな敵のド真ん中で殺《や》られたのではあわねえ、注射なんかやらねえ、どうしてもというなら閣下から先にやって下さい、ということで澄川少将が一番最初に注射をやったというわけです。

ところが今度は、相川二兵曹がハワイ生まれの日系二世の通訳に『お前やれ』と言い出した。二世の通訳は『いや、私は注射はだめなんだ、もともとあんまりやらないんだから』と断わったものだから、相川二兵曹は『じゃ、俺もやらん』と言い出してしまった。澄川少将が『仕方がないから君やれよ』と私に言ったので、私はしぶしぶ注射したですよ。それで、みんなに言ったです。

『俺は終わったから、みんなもやったら？』

『いやだめだ、少なくとも二、三時間は様子を見なくちゃ……』

『ずいぶん警戒すんじゃねえげ』

『いままで生きてきたんだもの、青空を見たとたんにポクッといったんでは、いくらなんでもあっけなかっぺ』

そう言って、どうしても注射をしない。それで、とうとう二時間近く様子をみることになったんだが、もちろん私も澄川少将もピンピン。

『なんともねえけ？』

とみんな怪訝《けげん》そうな顔で聞いてきたから、『ほれ、このとおり、なんてことねえよ』と言ったので、初めて全員注射をしたということもあったです。

私が注射してからのその二時間近くの間ですが、全員医務室に腰をかけて、私や澄川少将の〝容態〟を見ていました。米軍の軍医や看護婦たちは笑ってましたね」

生還した三四人の中のある人は、「われわれが米軍の処遇に疑問を持ったのも当たり前で、入隊以来の軍隊教育は〝鬼畜米英〟一本ヤリだったから、米軍が敵の捕虜に衣類から食糧、住まいを与え、それに予防注射までしてくれるなんて想像もしていなかったから」だと言い、捕虜になったら殺されると教えられていたことが、どうしても頭から離れなかったという。それだけに、注射騒動のあとも米軍側の扱いには常に疑惑をいだき、ささやかながらも抵抗心は失わなかったともいう。

原裕さんは、こんな話もしてくれた。

「われわれはアメリカ兵の入っている隣のカマボコ兵舎にいたんだが、入口には二人一組で四人の歩哨が四六時中いた。便所に行くときでもその歩哨が連れていく。一人の歩哨はわれわれ日本兵を二人しか連れていかない。その便所というのがカマボコ兵舎から五〇メートル以上も離れているので、アメリカ兵はわれわれを自動車に乗せて行ったり来たりするわけです。

ところが、なかには意地の悪い歩哨もいてね、便所まで駆け足をさせるのがいる。それである日、『よし、今夜はあの野郎をひと晩中駆け足させてやろう』ということになり、まず二人が便所に行って帰ってくるや、よしきたと次の二人が『ウンコがしたいであります』と申し出、駆け足をする。二人が帰ってくると同時に、別の二人が『ショーベンが……』とやり、また駆け足という具合にね……。え？　せっかく行ったんだから、チョロチョロぐらいはしたんじゃないですか。

しかし、同じアメリカ兵でもいい人もいました。言葉が通じないから筆談でよく話しました。通訳をつけてくれて雑談もよくしたです。ヒゲがのびるとカミソリと石鹼を持ってきてくれたりしてね。食事もアメリカの兵隊と一緒で、同じものだった。ただ、日本人はパンの量が少なく、日本人は二枚、アメリカ人は四枚だった。アルミニウムの食器を持って立っていると、コックが一品ずつ入れてまわる。最後にはコーヒーでもミルクでもあった。

いま思うと、アメリカ軍と日本軍の差は、そうした捕虜の扱い方でもわかるように、兵隊も同じ人間だという発想だね。日本軍の場合、軍人とは将校のことで、兵隊は軍人でも人間でもないという扱いだったもの。日本は負けるべくして負けたのかもしれないですねえ……」

半信半疑の投降生活は、前記のように二週間でピリオドを打ったが、疑惑は帰還船に乗る直前まで解けなかったという。いよいよ日本に帰国させると米軍側から連絡があったときも、もしかしたら日本ではなくアメリカ本国に送られるのではないか、そのときは船を乗っ取ってしまおう、いや、船を乗っ取っても操船できる者がいないじゃないかといった議論も密かに交わされていたことでもわかる。

帰還船はアメリカ国籍であった。終戦と同時に採掘が再開されたアンガウル島の燐鉱石を日本に運ぶ輸送船だったが、船員は全員が日本人であった。三四人の日本兵たちは、ここで、初めて日本の敗戦を確認し、疑惑と不安を解くことができたのであった。

石橋孝夫さんは、この故国に向かう船上で一人涙したことを決して忘れたことはない。投降があと三日、いや一日遅れたら、こうして日本に向かう船上に自分の姿はなかったであろうと思うからである。

「私は投降する二日前から虫歯が痛み出してね……。もちろん治療などできないから針金を真っ赤に焼いて虫歯の中に差し込んで神経を焼き殺し、一時は痛みが止まった。ところがバイ菌が入ってしまい、出る二日前に痛みはどうしようもないくらいになっていた。このままじっとしていても医者がいるわけではないし、もうどうしようもない、こうなった以上は死ぬほかはない、そう思ってこっそり手榴弾を持って出掛けたことがあったんですよ。

近くでやると戦友に迷惑をかけるから、なるべく遠くに行って死のうと思ってね。ところが戦友に見つかってしまい、どこに行くのだと聞かれましてね……。実は歯が痛くてしようがない。こんなふうでは皆に迷惑をかけ、足手まといになるだけだから、すまないが先に逝《ゆ》くからと言ったんです。そうしたら、そんなことでどうする、頑張れと引き止められた。それから二、三日して投降したのだから、もう少し長くなっていたら、あのペリリューで死んでいたと思います。

投降してからすぐ米軍の歯医者に治療してもらい、痛みもとれたんだが、それだけに同じ生きて帰った中でも、私は奇跡みたいなものですよ。それがいまだにこうして生きているんですから、人間なんてわからんもんです。戦場でも何度か死線をさまよい、洞窟に潜んでからも死の一歩手前まで行っていた……。私はもう何回も死んでいるんですよ……」

滝沢喜一さんは、そんな石橋さんを励ました一人であり、同じ歩兵第二連隊第二大隊通信隊の仲間であったが、その滝沢さんは「虫歯ぐらいでもというが、本当に死ぬ気にもなる。希望というものがない毎日で、ただ食って生きているだけだから、ちょっと痛いところがあると、すぐ死を考える。体験しないとわかってもらえないでしょうが、人間とはそんなものなんだよ。あのとき、もし石橋に『そんならお前死んでしまえ』と言っていたら、石橋は本当に死んでいただろうね」と、当時を思い出したのか、ふっと淋しそうな表情を走らせた。

船上の三四人は、石橋さんだけではなく、誰もが忘れようとしても忘れ得ない体験をぎっしり秘めてはいたが、もう、あまり口にする者はいなかった。それは、とても語り尽くせないものであったこともあろうが、それよりも事態と環境の急変が、三四人の男たちの口を閉ざしてしまったのかもしれない。

たとえば、ジャングルの洞窟で暮らしていた自分たちの方が、内地にいる人たちよりもはるかに恵まれた食生活をしていたことを船員たちに知らされ、あらためて驚きを味わったのもその一つであった。三四人の兵隊たちは、ペリリュー島を出発する際、米軍から当座の食糧としてかなりの缶詰類を支給されていた。帰還船とはいえ、本来は燐鉱石を運ぶ民間の船であり、兵隊たちは便乗者であるからだ。

「私らが缶詰ばかり食っているものだから、船員たちがめずらしがりましてね、それで食堂の食事と交換してくれといわれ、おかげでご飯を食うことができたというわけです。缶詰三個で一食分ということになり、横浜に着くまで一日一回は食堂でご飯を食うことができたです」（原裕さん）

船中、米飯、茶、梅干の美味さを知る。船員の待遇に感謝せり――というわけである。日本国内は食糧不足の極にあり、戦争末期以上の混乱期であった。買い出し列車と称された東京近郊へのびる国私鉄は、連日食糧を求めて農村地帯へ繰り出す人々で鈴なり状態であった。そうした内地の状況を知っている船員たちにしてみれば、三度の食事をアメリカ製の缶詰で賄《まかな》っている日本兵たちは、まさに羨望《せんぼう》の的であったに違いない。だが、アメリカ製の缶詰を辟易《へきえき》するほど食ってきた兵隊たちが、その缶詰がいかに貴重品であるかを認識する日は、そう遠くはなかった。

米軍からの支給品を詐取された生還兵たち

昭和二十二年五月十五日、三四人の兵隊たちは、二度と踏めないであろうとあきらめていた日本の土の上に立った。大半が五年から六年ぶりの故国の土であった。斎藤平之助《さいとうへいのすけ》さんはこの五月十五日には苦い思い出がつきまとって生涯離れなかった。

「内地に帰るとき、現地の米軍や関係者が、日本では食べる物も着る物も大変に困っているから、洗濯したものでよければ持てるだけ持っていきなさいといわれ、その上缶詰も三箱もくれるといった親切な扱いを受けた。それが、日本に着いた途端《とたん》に逆な扱いを受けたんです……。

ええ、横浜が見えるちょっと前に、船員が『兵隊さん、こんな（米軍製の）缶詰や衣類を持って上陸したら税関で捕まって沖縄へ重労働で連れていかれるよ』というんですわ。こちらは日本の状況などわからないから、そんなら捨てようというと『それは困る、外国から入港する船はこの船だけだから、缶詰や衣類がぷかぷか浮いていたら、すぐ捨てたということがバレてしまう』という。じゃあどうしたらいいだろう？　と聞くと『では私の方で処分してやろう』というので、よろしく頼むと全部渡してしまった。

ところが、これだけならまだ我慢のしどころだったんだが、横浜に上陸しても、来るといった税関は来ない。それで世話課に行ったら、今度は『米軍のMPが来るから』という。そのときは、現地を出るときもらった新しい服やシャツ、はみがき、タオルといったものを持っていたわけです。で、日本人の役人が持ち物の検査をして、これが多い、あれがいけないといって、多いものは全部取られてしまった。MPなんかは最後まで来ませんでしたよ。

結局、日本人に騙されたんだが、それに気づいたのは帰って二カ月経《た》ち、三カ月経ちして国内の食糧不足の状態を知ってからでしたが、その当座は帰って来られたんだからいいじゃねえかという気持ちだった。しかし、落ち着いてから思い出すと腹が立って仕方がなかったですよ。俺たちは何のために二年半もあの洞窟に潜んでいたんだろうかと思うとね……」

もちろん持ち物を詐取されたのは斎藤さん一人だけではなく、事情を知らない〝いま浦島〟たち三四人全員であった。この三四人の帰国の日を知らされた家族はいなかった。迎えてくれたのは、他人のことなどかまってはいられない、敗戦の波にもまれた利己的な、すさんだ醜《みに》い日本人たちだったのだ。日の丸の旗の波に送られ、聖戦という名のもとに戦わされ、そして生き残って帰ってきた天皇の軍隊の、これが淋しい凱旋帰国の歓迎だったのである。

〈俺たちは何のために二年半もあの洞窟に……〉

この〝歓迎〟が、斎藤さんの反問への答えだったともいえる。そして三四人が、その代償に横須賀にあった復員局からもらったのは三〇〇円の帰還手当だけだった。もっとも、敗戦後のインフレ経済を知らない三四人は、現金を手渡されたとき、あまりの大金にびっくりした。

「三〇〇円ももらっちゃってどうしようか」

と、しばし鳩首《きゅうしゅ》会談を繰り広げたという。前にも書いたが、茨城県日立市の造り酒屋の息子である森島通《もりしまみち》さんは述懐する。

「日本に向かう船の中で一番話題になったのは女の話と食い物のことだった。芸者買いに行くとか女郎屋に行くとか、あるいはソバを食いたい、新巻のお茶漬けでサラサラと流し込みたいといったことばかりだったね。だから復員局で三〇〇円もらったときは〈これだったら東京で一週間ぐらいは芸者買いができるな〉と思いました。当時の貨幣価値がどんなものなのか知らないですからね。

三四人の戦友とはこの横須賀の復員局で『十年経ったらどこかで会おうや、三四人そろってな』と約束して別れたんだ。それで歩兵第二連隊の者はほとんどが茨城県出身だから、横須賀に泊まってても仕方ねえから家へ帰ることになった。海軍の千葉二等兵曹は北海道なので、このまま

34人が横須賀港に着いたころ、他の外地の日本兵も続々引き揚げている最中だった。写真は横須賀の隣の浦賀に上陸した日本兵たち。これから故郷を目指して汽車に乗る。

帰るのはとても無理なので私の家に泊まることになり、横須賀を出ました。

省線で上野駅に着いたんだが、そこで見た男や女が、これが日本人だとはとても思えんかったね。若い女は髪を長くし、スカートをひらひらさせてアメリカ兵の腕にすがりついたりしているんだからね。ああ、日本は本当に負けたんだなあと、初めて実感したですよ。

で、いよいよ故郷に向かう常磐線に乗り換えようというとき、誰かが『突然帰って驚かすのもなんだから、電報ぐらい打っておこうや』と言い出し、それぞれ電報を打つことになったわけです。ところがですよ、駅の係に電文を書いた頼信紙を出したら三〇円かかると言うじゃないですか。

『そんな高い電報料金があるかあ！』

と、なかば怒鳴りつけるように言ったら、怪訝そうな顔つきで「規定の料金です」と言い、さらに言った。

『この電報は今日のうちに着きませんよ。皆さん今日汽車に乗られるんなら、皆さんのほうが先に着きますよ』

それじゃあ意味がねえやと、電報は全員やめました。腹が減っていたのでソバでも食ってから汽車に乗ろうということになり、駅の近くの屋台を覗《のぞ》いたら、これがまた一杯三〇円だという。こんな高いソバじゃとてもじゃないが食えねえから、ソバもやめて、米軍から携帯食糧をそれぞれ一カ月分もらっていたので、それを上野駅のホームに車座になって食いはじめたんです。そうしたら、ホームにいる子供が食いたそうに見ている。

『欲しいか?』

と言うと、『うん』と言うので一袋くれたら、親が感謝して礼を言い、いま買うと一五〇円するという。

川尻駅（常磐線の日立―高萩駅間）に着いたのは夜中の二時だった。実家に電話するため駅の事務室に行ったら、知ってる駅員がいて『森島さんじゃない?』と言う。田舎のことだから交換手がなかなか出ない。五月十六日とはいっても深夜のことであり、南洋の生活に慣れきっていたからか、寒くてブルブル震えていたらストーブを焚《た》いてくれましてねえ。日本に着いてから、初めて親切というものを味わいました。ああ、やっぱり故郷だなあと思ったです。

とうとう電話交換手は起きなかったらしく、宿直で寝ていた部下が起こされた。

『キミ、すまんが森島さんの家まで行ってきてくれ。電話交換手がいくら鳴らしても起きてきやしねえから。どうやら幽霊じゃなくて本物の森島さんらしいからな』

と、なかば冗談とも本気ともとれる口調で命令してたのをいまでも覚えてます。

この日は私の実家の周辺は祭りのあとだったらしく、ちょうど親戚の人たちがいっぱい集まっていた。そこに駅員の〝伝令〟が『いま川尻駅に森島の通さんが戦友と二人で着いた』と知らせたから、もう大騒ぎになった。集まっていた全員が、ぞろぞろと迎えにやってきたんですね。川尻駅と実家は約一里(四キロ)くらい離れているんだが、そこをリヤカーと三輪車を引っ張ってね。え？　いやね、われわれが二人でいるというものだから、てっきり体が弱っていて歩けず、誰かに付き添われて来たと思ったんですよ。で、ご対面となったわけだけど、こちらの二人があまりにピンピンしているんで大驚きってわけです。それでも、われわれにリヤカーと三輪車に乗れと言うんだが、こちらはジャングルの中に生きていたんだからね、家に帰るのくらいわけないですよ。そこで、『大丈夫だから』と断わって、迎えに来た人たちの自転車を借り、千葉さんと二人で乗って帰りました」

再会を果たした生還者たちの戦後

森島さんは生家の青畳の感触を味わった。次に先祖に無事帰還を報告するため仏壇の前に正座した。線香をあげようとして気がついた。自分の写真が飾ってある。

「私は、まずその写真をはずさせた。医者が呼んであって、診《み》てもらった。『立派な体だ、大丈夫だ』

そう言われ、『でも疲れているだろうから』とビタミン剤だけ射ってくれた。次は腹が減っているだろうと言って、持って来たのがお粥《かゆ》だったんだね。

『なんでお粥なんか作ったんだい、せっかく帰って来たのに米の飯くらい食わしてくれ！』って言ったら、『シベリアから帰った人たちは、いきなりご飯を食ってみんなやられてしまってるから』と言うんです。それで炊き直してくれたご飯で、久し振りの〝食事〟をしました。

そのうちに誰かがこう言った。

『こうして帰って来たんだから、墓標と骨壺をなんとかしよう』

そう、私の墓があったんです。それで早速掘り起こしてきた。骨壺の中を見たら、頓服《とんぷく》薬を包むみたいにして砂が入っていた。『通の英霊』と書いてね。聞くと、戦死者の合同葬式が行われたときに、国からもらったものだという。のちに役場に行って、『あれはどこの砂なの？』と聞いたら、『ペリリュー島の砂です』と言うじゃないですか。

『なに？　あれがペリリューの砂だ？　冗談じゃない、われわれが記念に持ってこようと思ったら断わられているのに、なんで日本にいたあんたらが手に入ったんだ。人を馬鹿にするのもいい加減にしろ！』

そう私が怒鳴り散らすと、『これ以上聞かないでくれ』と頭を下げるもんだから、まあしようがないと、その場は引っ込みました。しかし、腹が立ったですよ。いや、それより腹が立ったのは、戦死ということで戸籍が抹消されているので、配給ものがもらえなかったことでした。一番困ったのは煙草《たばこ》だった。役場に行って『煙草を分けてもらえまいか』と言っても、『配給なので、あなたに分けると数がなくなってしまう』と言う。またむらむらっと腹が立ちましてねえ。『なにを言っとるか、勝手に戦死にし、戸籍を消してしまったのは貴様ら役人じゃねえか。その間、こっちはジャングルの中で戦っていたんだ。お国のためと教えられたとおりにな。いや、ジャングルの洞窟から出てきたわれわれを、昨日の敵だったアメリカでさえ〝世界の英雄〟と言って迎えてくれた。衣類から食糧までくれて、日本に送り返してくれた。それなのに、こんなちっぽけな町で煙草の配給の融通ぐらいきかないはずはあるまい……』

それで、役場の中には二五、六の事務机が並んでいたんだけど、それを全部ひっくり返して帰ってくるという大暴れをしましてねえ……。

とにかく、日本に着いたときから、日本というか日本人というか、扱い方に腹が立って仕方がなかったし、無力感っていうのかね、それとも幻滅っていうのか、そんな感情を味わっていましたからね。そう、戸籍が復活したのはその年（昭和二十二年）の六月一日でした。『県知事の命により』ということでね」

それぞれの故郷に帰っていった三四人は、この森島通さんと似たような経験をほぼ全員が経験している。そして、誰もが自問している。いったい自分たちは何のために戦い、誰のためにジャングルの洞窟の中で耐えてきたのかと。自問はするものの、当時の三四人には自答できない世情の急変であった。

昭和十八年一月十日に広島の大竹海兵団に入隊した浜田茂さんは、四年半ぶりに故郷の山口県岩国市黒磯の生家に帰還したが、戸籍は森島さんと同じように抹消されていた。復活するのに一週間かかると聞かされた浜田さんは、苦笑まじりに話す。

「兵隊なんか好きこのんで行ったのではないのにと思うと腹が立ってね。それで、役場に行って『お前らはなんということを言うか、われわれはお国のために行ってきたのだ、いますぐ戸籍をつくれ!』と、役場の机をたたき毀《こわ》し、止めに入った人をぶん殴って大暴れをしてしまいました」

浜田さんは次男坊である。次男坊は生家に帰って兄と父の死を知った。実兄は海軍予備学生を志願し、フィリピンのレイテ湾の攻防の際、特攻隊員として戦死したと知らされた。昭和十九年十月二十七日午前十時三十三分と戦死公報には記されてある。

十月二十七日といえば、ペリリュー島の玉砕戦も終末段階に入っていたころである。かろうじて生き残っていた将兵は負傷者を含めても五〇〇名足らず、誰もが死を覚悟しての洞窟戦の真っ最中であった。米軍の火焔放射器で執拗《しつよう》に洞窟内に撃ち込まれ、岩肌は熱流で焼けただれ、兵たちの中には喉《のど》の渇きに耐えられず、日本軍守備隊の唯一の水源であった「馬蹄《ばてい》の池」に水を求めて敵に撃たれた者も多い。

池には日本軍の死体がそこここに浮き、さらに新たな死体が加わるという地獄絵図を繰り広げていたころであった。すでに、この水源地区を手中にしていた米軍は、狙撃兵を配して水を求める日本兵を撃ち殺していたのだったが、ついにこの日十月二十七日に、池の周囲に蛇腹《じゃばら》型の鉄条網を張りめぐらし、日本兵の決死の水汲《く》みをも遮断してしまった。忘れようにも忘れられない日である。洞窟の中は「水、水、水をくれ」という負傷者の声で充満していた。

ところが翌二十八日、ペリリュー島には久方ぶりに雨が降った。ペリリュー島からの暗号電文は「本日降雨ノタメ全戦線ニワタリ　元気百倍シ　士気マスマス旺盛ナリ」と集団本部に書き送っている。もしかしたら、弟の苦しみを想って兄が贈ってくれた〝涙の雨〟だったのかもしれない……。仏壇の兄の位牌に刻まれた戦死の日にちを見たとき、浜田さんはそう思ったという。

「父は終戦のちょっと前に、岩国の航空隊に勤労奉仕に行っていて爆撃の直撃弾を受けて死んだそうです。もちろん戦死にはならなかったです」

戦いに敗れた戦後の日本は、これら生還兵にとっても厳しい日々であった。命の危険こそなかったが、毎日の生活は、戦場とはまた異なった意味で苦しさと忍耐の連続であった。昭和二十二年五月に横浜に上陸し、横須賀の復員局で別れ別れになるとき、「十年後に全員で会おう」と約束した〝戦友の誓い〟も、いつしか個々の脳裏から押しやられていた。いや、誓いが頭をかすめる余裕すらない、生活との戦いに追いまくられていたといった方がいいであろう。もう、誰がどこで何をしているのかを考えることもなくなっていた。

三四人が再会したのは十六年後であった。きっかけは、波田野八百作《はたのやおさく》さんが昭和三十八年一月二十七日付の『サンケイ新聞』紙上に、『終戦後の昭和二十二年に、太平洋諸島ペリリュー島から帰国された方、ご連絡下さい』といった内容の投書を読者欄に寄せたことだった。やがて戦友たちから続々と連絡が入り、この年、仲間は再会を果たしたが、その数は三四人に満たなかった。事故などで鬼籍に入られていた人や、新聞の投書を知らなかった人もいた。帰国後住所が変わり、連絡のつけようがなかった人もいた。しかし、中には戦友の呼びかけを知っていながら、あえて連絡をとろうとしなかった人もいたという。

理由はさまざまであったであろう。だが、本書の序章でも書いたように、私たち太平洋戦争研究会は週刊誌に「ドキュメント太平洋戦争――最前線に異常あり」という記事を連載した折り、このペリリュー島から生還した人たちにも会い、体験談を聞かせてもらった。その取材のとき、かなりの人たちが「これだけは書いてくれるな」「その件については絶対言えない」「いまさら古傷を暴かなくてもいい」といった洞窟潜伏中のタブー集については口をつぐんだ。

だが、多くの生還者たちに個別にインタビューを重ねていくうちに、私たちは〝三四人の秘密〟のいくつかは知ることができた。食糧調達に関しての対立、人間関係からの対立、軍人精神に固執《こしつ》する人と現実主義との対立、あるいは投降派と抗戦派、加えてこれらの対立から生まれた殺人事件といったアクシデント。

三四人の若い男たちが、極限状況の中で二年半も行動をともにし、生活をともにしていたのだから、「口争いや対立はあったが、すぐ元に戻った」と生還者たちが口をそろえるのを、率直には受け取れない。対立は集団生活では当然であるし、ないことのほうが不自然である。それは戦後十六年目の再会に、全員が集まれなかったことがなにより立証していよう。ある生還者は、「××さんは洞窟生活中のことが気まずく、暫《しばら》くは顔を見せなかった」「○○さんは例の一件があるから、最初は出席しづらかったんじゃないですかね」と、はっきり言う。

だが、その第一回の再会をきっかけに、その名も「三十四会《みとし》」と付けた戦友会に発展し、全員が連絡を取り合い、新たな親交を重ねて親兄弟以上のつき合いをするようになっていった。そうした和《なご》やかな「三十四会」に、取材者だった私と広田和子さんも数回参加させてもらった。

また生還者たちは、戦友が眠っているペリリュー島に自費で何回か遺骨収集に行き、その遺族と協力して現地に慰霊碑と納骨堂も建立している。二十歳《はたち》をいくつも出なかった若き兵士たちも、慰霊碑建立時には五十歳を過ぎる年齢になっていた。ある人は、娘の新婚旅行先にペリリュー島を選ばせ、「父さんたちが青春を費やした場所を見てこい」と、最後の一夜を送り出したという。

洞窟を一人脱出し、米軍側に投降することによって三三人の仲間を救うことになった土田喜代一《つちだきよかず》さんは、噛みしめるような口調で言った。

「遺骨収集に行ったとき思ったとですが、いろいろな思い出の残るこの島に自分の骨を埋めてもらいたいとね。この前は一番先に出たけれども、今度は一番先にこの島に戻りたいと。それが生き残ったわれわれの、一万数千名の戦友に対する務めのような気がしたもんですから……」

おわりに

本文の冒頭にも記したように、私がペリリュー島生還兵の皆さんの取材をはじめたのは一九七〇年（昭和四十五）でした。そのとき生還兵の何人かの方はすでに亡くなっていましたが、大半の皆さんは五十歳前後と若く、社会の第一線で活躍されているときでした。

当初の取材目的は、「ドキュメント太平洋戦争・最前線に異常あり」と題する週刊誌の連載記事の執筆のためでした。そして連載が終わり、研究会（太平洋戦争研究会）のメンバーが各戦場ごとに分担して単行本化することになったのです。私は迷うことなくペリリュー島の戦いを選び、帰還兵の皆さんの取材をつづけました。単行本は「終戦三十周年記念出版」（新人物往来社）として、一九七五年（昭和五十）から順次刊行されました。本書の原版である『証言記録　生還──玉砕の島ペリリュー戦記』（学研パブリッシング）の元になった本です。

この取材続行の中で、私は帰還兵の皆さんに誘われてペリリュー島の遺骨収集と慰霊《いれい》の旅に参加するようになり、現在までに八回ほど島を訪ねています。現在、三四人の生還兵の中で存命なのはお二人ですが、その一人の土田喜代一《つちだきよかず》さんとは一九七一年（昭和四十六）の遺骨収集をともにしています。土田さんは二〇一五年に天皇・皇后両陛下がペリリュー島を訪れたとき、現地の

「西太平洋戦没者の碑」の前で両陛下をお迎えした一人です。

私が土田さんたちペリリュー島帰還兵三四人の皆さんが結成した戦友会「三十四会《みとし》」の方や、ご遺族の皆さんと慰霊の旅にペリリュー島に行っていた当初、周囲の人の大半は「ペリリュー？知らんなー」と首をかしげていました。しかし現在は、この春大学を卒業した女性がパラオの旅行会社に就職して、日本人観光客のペリリュー島ガイドをしようというほどポピュラーな存在になってきました。ペリリュー戦に没頭してきた私にとって、これほどの朗報はありません。

平塚柾緒

二〇一八年五月

〈著者略歴〉
平塚柾緒（ひらつか　まさお）
1937年、茨城県生まれ。出版社勤務後、独立して取材・執筆グループ「太平洋戦争研究会」を主宰し、数多くの元軍人らに取材を続けてきた。
著書に『東京裁判の全貌』『二・二六事件』（以上、河出文庫）、『図説　東京裁判』（河出書房新社）、『見捨てられた戦場』（歴史新書）、『写真で見る「トラ・トラ・トラ」男たちの真珠湾攻撃』『太平洋戦争裏面史　日米諜報戦』『八月十五日の真実』（以上、ビジネス社）、『玉砕の島々』（洋泉社）、『写真で見るペリリューの戦い』（山川出版社）など多数。原案協力として『ペリリュー　―楽園のゲルニカ―』（武田一義著・白泉社）がある。

装幀：西垂水敦（krran）
カバー・本文写真：近現代フォトライブラリー、アメリカ国防総省

玉砕の島 ペリリュー
生還兵34人の証言

2018年7月5日　第1版第1刷発行
2018年12月28日　第1版第2刷発行

著者　平塚柾緒
発行者　清水卓智
発行所　株式会社ＰＨＰエディターズ・グループ
〒135-0061　江東区豊洲5-6-52
☎03-6204-2931
http://www.peg.co.jp/
発売元　株式会社ＰＨＰ研究所
東京本部　〒135-8137　江東区豊洲5-6-52
普及部　☎03-3520-9630
京都本部　〒601-8411　京都市南区西九条北ノ内町11
PHP INTERFACE　https://www.php.co.jp/
印刷所
製本所　図書印刷株式会社

ISBN978-4-569-84104-5